LA CASA DELLE VOCI

Donato Carrisi

心理催眠師

多那托・卡瑞西——著　李蘊穎——譯

獻給安東尼奧。

我的兒子，我的記憶，我的身分。

2月23日

睡夢中的一陣輕撫。

在睡夢與清醒的朦朧界限間，在墜入遺忘深淵的前一瞬，冰冷纖細的手指輕輕觸碰到她的前額，伴隨著一聲憂傷且溫柔無比的低語。

她的名字。

聽見有人喚她，小女孩猛地睜開雙眼。她立刻害怕起來。在她熟睡的時候，有人來探望過她。可能是這座房子曾經的老住戶，她有時會和他們聊天，或是聽見他們像老鼠一樣貼著牆壁掠過。

但那些幽靈更像是在她的身體中說話，而不是在身體之外。

阿多——可憐的阿多，憂鬱的阿多——也會來探望她。然而，不同於其他所有幽靈，阿多從不說話。因此，現在令她心神不寧的，是一種更貼近現實的憂慮。

除了媽媽和爸爸以外，在活人的世界裡，沒有人知道她的名字。

這就是「規則三」。

想到自己違背了爸爸媽媽立下的五條規則之一，她感到十分驚恐。他們一向信任她，她不想讓他們失望。可不能在這個時候讓他們失望，爸爸已經答應了要教她用弓箭狩獵，媽媽也已經被說服了。但她又思索道：這怎麼能是她的錯呢？

規則三：永遠不要將你的名字告訴陌生人。

她從未把她的新名字告訴過陌生人，也不可能有某個陌生人無意間得知她的名字。這是因為，至少在兩個月內，他們都沒看見有人在這座農舍附近遊蕩。他們在空曠荒涼的鄉野中與世隔絕，離最近的城市都隔著兩天的路程。

他們很安全。這裡只有他們一家三口。

規則四：永遠不要靠近陌生人，也不要讓他們靠近你。

這怎麼可能呢？是這座房子在呼喚她，沒有別的解釋。有時候，屋梁會發出不祥的嘎吱聲或音樂般的呻吟聲。爸爸說這是農舍的地基在下沉，就像一位上了年紀的老婦人坐在扶手椅上，時不時覺得需要挪動身體，調整成更舒服的姿勢。在半睡半醒間，其中一陣響動在她聽來像是她的名字。僅此而已。

她不安的心靈平靜下來。她重新閉上眼睛。睡夢用它無聲的召喚吸引她跟隨，進入那溫暖安寧之所。在那兒，一切都會消散。

就在她即將放任自己睡去時，有人再一次呼喚了她。

這一次，小女孩從枕頭上抬起頭來。她沒有下床，只是在房間裡的黑暗中試探。走廊裡的爐子在幾小時前就已熄滅。在被子之外，寒冷包圍了她簡陋的床鋪。現在她完完全全地提起了警惕。

無論呼喚她的是誰，那人都不在屋裡，而是在屋外，在冬季的黑夜中。

她與從門縫下和關著的百葉窗中透進來的風聲交談。但這陣寂靜深得可怕，她無法感知到其他聲音，只能聽見自己耳邊傳來怦怦的心跳聲，就像一條魚在桶裡跳動。

「你是誰？」她本想向黑暗詢問，卻又害怕聽到答案。或許，她已經知道那個答案了。

規則五：如果有陌生人喚你的名字，那就快逃。

她從床上起身。但是在動身前，她摸索著找到那個和她睡在一起的布娃娃，它是用碎布做成的，只有一隻眼睛。她緊緊抓住布娃娃，把它帶在身邊。她沒有開床頭櫃上的燈，而是在房間裡摸黑冒險，光著小腳在木地板上踩得咚咚響。

她必須告訴媽媽和爸爸。

她出門來到走廊上。從通往樓下的樓梯那兒傳來壁爐中緩緩燃燒的木柴的味道。她想起廚房裡的橄欖木桌子，桌上仍然擺滿了昨晚歡宴的殘羹剩飯。那個砂糖麵包蛋糕是媽媽用燒木柴的爐子烤成的，不多不少正好缺了三塊。那十支生日蠟燭是她坐在爸爸的膝上一口氣吹滅的。

當她靠近爸爸媽媽的房間時，快樂的思緒消失了，取而代之的是陰鬱的預感。

規則二：陌生人就是危險。

她曾經親眼看到：陌生人來抓人，將他們從親人身邊帶走。沒人知道他們去了哪兒，也沒人知道他們的下場如何。或許她年紀還太小，還沒有準備好，因此沒人願意向她講述這些事。她所確定的唯一一件事是，那些人再也沒有回來過。

再也沒有。

「爸爸、媽媽……房子外面有人。」她低聲道，但說話的口氣篤定得像是不願意僅僅再被當成一個小女孩。

爸爸第一個醒來，隨即媽媽也醒了。小女孩立刻吸引了他們兩人全部的注意。

「你聽見什麼了？」媽媽問道。與此同時，爸爸握住了他一直備在床邊的手電筒。

「我的名字。」小女孩猶豫著回答道。她擔心會受到責備，因為她違反了一條規則。

但他們什麼也沒有對她說。爸爸打開手電筒，用手遮住光束，使它勉強照亮黑暗的房間，這樣闖入者就不會發現他們醒著了。

爸爸媽媽沒再問她別的。他們在考慮是否要相信她。但這不是因為他們懷疑她說謊，他們知道她從不在這種事情上撒謊。他們只是需要考慮清楚她所說的是否屬實。小女孩也希望這僅僅是她的幻想。

媽媽和爸爸提高了警惕，但他們沒有動。他們沉默著，微微抬起頭，聆聽著黑暗——就像她從天文書上看到的無線電望遠鏡一樣，觀測著天空中藏匿的未知，期待著，也害怕著接收到一個信號。因為，正如爸爸向她解釋的那樣，發現自己在宇宙中並不孤單不一定是個好消息：「外星人可能並不友善。」

時間一秒一秒流逝，絕對的靜默似乎永無終止。唯一的聲響是吹動枯樹枝葉的風聲，是屋脊上生鏽的鐵風向標的哀泣，是老舊的乾草倉的嘟囔聲——就像一頭在海洋深處沉睡的鯨魚。一陣金屬聲。

一只桶子落到地上。準確地說，是老水井的水桶。爸爸之前把它繫在了兩棵柏樹之間，這是他每天晚上都會在房子周圍設下的聲音陷阱之一。

水桶的位置在雞舍附近。

小女孩想要說些什麼，但在她開口之前，媽媽用手捂住了她的嘴。她原本想要提醒說，這或許是一隻夜行動物——一隻貂或者一隻狐狸——不一定是個陌生人。

「狗。」爸爸低聲道。

她這時才想起來。爸爸說得有理。如果這是一隻貂或一隻狐狸，在水桶落地發出聲響後，他們的看門狗一定會開始吠叫，提醒他們有別的動物在。如果狗沒有叫，那就只有一種解釋。

有人讓這些狗噤了聲。

想到她這些毛茸茸的朋友可能遭遇了不幸，小女孩的眼眶裡滾動著熱淚。她努力不讓自己哭出來，她的傷心與一陣突然襲來的恐懼混在了一起。

她的父母只需互相交換一個眼神就夠了。他們非常清楚該怎麼辦。

爸爸第一個下床。他匆匆穿好衣服，卻沒有穿鞋。媽媽也照著做了，但她還做了一件事，讓小女孩一時間不知所措起來：在小女孩看來，媽媽似乎在等待著爸爸注意不到她的時刻；接著，她看見媽媽將一隻手伸到床墊下，取出一個小物件並迅速放進衣袋裡。小女孩沒來得及看清那是什麼東西。

她覺得很奇怪。媽媽和爸爸之間從來沒有秘密。

她還沒來得及提問，媽媽就把另一支手電筒交給她，並在她面前跪下身，往她的肩上披了一條毯子。

「你還記得我們現在應該做什麼嗎？」媽媽問道，認真地注視著小女孩的眼睛。

小女孩表示記得。媽媽堅定的眼神給了她勇氣。自從他們搬進這座被棄置的農舍以來，在將近一年的時間裡，他們已經演習過數十次這個「程式」——爸爸是這麼稱呼它的。在此之前，他們從來都不需要真正啟動這個程式。

「把你的布娃娃抓緊。」媽媽叮囑她，接著牽起她的手，握在自己溫暖有力的手中，帶領她離開。

當她們下樓梯的時候，小女孩回頭看見爸爸從貯藏室裡取出一個桶子，正在沿著上一層樓的牆根灑出桶裡的東西。那液體滲入木地板，散發出刺鼻的氣味。

她們來到了底樓。媽媽拉著小女孩，朝房子後部的房間走去。小女孩赤裸的雙腳沾上了木頭的碎片，她緊閉著嘴唇，努力控制自己不發出痛苦的呻吟。但無論如何，這已經沒用了，她們不需要再掩藏自己。在屋外，那些陌生人已經明白了一切。

她聽見他們在房子周圍走動，想要進來。

以前，在他們認為安全的地方，也曾有某樣東西或某個人來威脅他們。最後，他們總能戰勝危險。

她和媽媽經過那張橄欖木桌子；經過那個插著十支熄滅的生日蠟燭的蛋糕；經過那只上了釉

的牛奶杯，她本應該在第二天用它吃早餐；經過父親為她製作的那些木質玩具；經過裝著餅乾的圓罐；經過書架，架子上放著他們一家在晚餐後一起讀的書。所有這些東西，她本應該向它們再一次道別。

媽媽走近石質壁爐，將一隻手臂伸入煙道裡，尋找著某樣東西。終於，她找到了一條被煙燻黑的鐵鍊的末端。她開始用盡全力拉鐵鍊，讓它繞著藏在煙囪頂部的一只滑輪滑動。火炭下面的一塊砂岩板開始移動，但它太重了，需要爸爸也來幫忙，這套複雜的器械是他發明的。為什麼他花了這麼長時間還沒過來找她們？這個意料之外的情況讓小女孩感到更加害怕。

「快來幫我。」媽媽吩咐她道。

小女孩抓住鐵鍊，和媽媽一起用力拉著。慌亂間，媽媽的手肘撞上了壁爐擱板上的一個白堊土花瓶。她們只能眼睜睜地看著它在地上摔碎。一陣低沉的聲音從農舍的幾個房間中穿梭而過。

片刻之後，有人開始用力敲起了屋門。敲門聲在她們周圍迴響，就像是一個警告。

我們知道你們在這兒。我們知道你們在哪兒。我們來抓你們了。

母女二人重新開始以最大的力氣來拉鐵鍊。火炭下方的石板挪出一個空隙，剛好夠她們通行。媽媽用手電筒照亮了一架向下通往地下室的木梯。

敲門聲仍在繼續，越來越急切。

小女孩和媽媽轉向走廊，終於看見爸爸趕了過來，他手中拿著兩個瓶子：瓶口上沒有瓶塞，取而代之的是一塊浸濕的碎布。之前在樹林裡，小女孩看到過爸爸用這樣的瓶子點火，然後將它朝一棵枯樹扔去，那棵樹瞬間便燃燒了起來。

陌生人仍敲打著屋門。令他們驚訝的是，用來固定屋門的鉸鍊正漸漸從牆壁上脫離，那四個將門閂住的插銷隨著每一次撞擊顯得愈加脆弱。

在一瞬間，他們明白了，那最後一道障礙不足以長時間抵擋住入侵者。

爸爸看了看她們，又看了看門，然後再次看向她們。沒時間啟動那個程式了。因此，他沒有多加考慮，朝她們的方向示意了一下，與此同時，他將手中的一個瓶子放在地上，但僅僅是為了騰出手從口袋中掏出一只打火機。

屋門猛然被砸開了。

當吼叫著的身影越過門檻時，爸爸朝小女孩和媽媽最後看了一眼——他看著她們兩人，彷彿在擁抱她們。在這短短的注視中，爸爸的眼中凝聚了那樣多的愛、同情與遺憾，足以讓道別的痛苦變得永遠甜蜜。

在點火的時候，爸爸似乎露出了一絲微笑，只為她們兩人。然後他扔下瓶子，與那些身影一同消失在燃起的火焰中。小女孩沒能看見別的東西，因為媽媽把她推進了壁爐下的通道口，然後捏著鐵鍊的末端，跟著她衝了進去。

她們上氣不接下氣地沿著木梯往下跑，好幾次險些被絆倒。從上方傳來一陣爆炸的悶響、聽不懂的叫嚷聲和激動的呼喊聲。

來到梯子底部，在潮濕的地下室裡，媽媽鬆開鐵鍊，讓機械裝置將她們頭頂的石板重新合上。但有什麼東西卡住了，留下了一道寬闊的縫隙。媽媽拉扯著、猛拽著，試圖解除裝置遇到的阻礙。只是徒勞。

根據程式，在遭遇襲擊時，全家人本應躲在地下室避難，而房子本應在他們頭頂上燃燒。陌生人也許會因受到驚嚇而逃走，也許會以為他們都死於火災。按計畫預想，當他們的上方回歸平靜時，媽媽和爸爸會重新打開地下室的活動板門，然後他們會回到地面上。

但有什麼地方出了問題。一切都出了問題。首先，爸爸沒有和她們在一起；其次，那該死的石板門沒有完全關上。與此同時，在她們上方，一切都開始燃燒。煙霧已經透過縫隙蔓延下來，要將她們趕出地下室。而在這個狹窄的地下室中並沒有出路。

媽媽將小女孩拉到這個封閉陰暗的地下室最盡頭的角落裡。離她們幾米遠的地方，在一棵柏樹下冰冷的土地裡，埋葬著阿多。可憐的阿多，憂鬱的阿多。她們本應該把他從那兒挖出來，帶他離開。

但現在就連她們自己都無法逃脫了。

媽媽把毯子從她的肩上取下來。「你還好嗎？」她問道。

小女孩將只有一隻眼睛的布娃娃緊貼在胸口，但仍然做出了肯定的表示。

「那麼聽我說，」媽媽繼續道，「現在你必須非常勇敢。」

「媽媽，我害怕，我沒法呼吸。」她說著，開始咳嗽起來，「我們離開這兒吧，求求你。」

「如果我們走出去，就會被陌生人抓走，你知道的。你難道想要這樣嗎？」媽媽斷言道，帶著責備的語氣，「為了不被陌生人抓走，我們已經做出了那麼多犧牲，難道我們應該在這時候投降嗎？」

小女孩將目光投向地下室的天花板。她已經能聽見他們的聲音了，就在距離她們幾米遠的地方：那些陌生人正在嘗試衝過火焰，來抓她們。

「我遵守了所有規則。」她抽噎著為自己辯護道。

「我知道，親愛的。」媽媽安慰她，撫摸著她的臉頰。

在她們上方，聲音之家在火焰中呻吟著，猶如受傷的巨人。實在令人心痛。現在從砂岩板的縫隙蔓延下來一陣更濃、更黑的煙霧。

「我們沒有多少時間了。」媽媽說，「我們還有一個辦法可以逃出去……」

於是，她將一隻手插進口袋，取出一樣東西。那個她甚至瞞著爸爸的神秘物件是一只小玻璃瓶。

「一人一口。」

媽媽拔出軟木瓶塞，將玻璃瓶遞給她。

小女孩猶豫了：「這是什麼？」

「別問，喝吧。」

「喝了之後會發生什麼？」她驚恐地問道。

媽媽對她微笑道：「這是遺忘水……我們會睡著，然後，當我們醒來時，一切都會結束。」

但她不相信媽媽。為什麼遺忘水沒有被列入程式中呢？為什麼爸爸對此一無所知呢？

媽媽抓住她的手臂，搖了搖她：「規則五的內容是什麼？」

小女孩不明白此刻有什麼必要列舉那些規則。

「規則五，快說。」媽媽堅持要求道。

「如果有陌生人喚你的名字，那就快逃。」小女孩慢慢地重複道。

「規則四呢？」

「永遠不要靠近陌生人，也不要讓他們靠近你。」她回答道，這 次她的聲音因為哭泣開始變得斷斷續續。「規則三是永遠不要將你的名字告訴陌生人。但我沒有把我的名字告訴過陌生人，我發誓。」她立刻為自己辯解道，回想著這天晚上的一切是怎麼發生的。

媽媽的語氣重新變得溫和起來：「規則二，繼續說……」

過了一會兒，小女孩說道：「陌生人就是危險。」

「陌生人就是危險。」媽媽嚴肅地與她一起回憶起來。接著，媽媽將瓶子送到唇邊，喝了一小口，而後再一次把瓶子遞給她：「我愛你，親愛的。」

「我也愛你，媽媽。」

小女孩看著媽媽，媽媽也看著她。然後，媽媽盯著自己手裡的玻璃瓶。小女孩接過瓶子，不再猶豫，吞下了瓶子裡剩下的東西。

規則一：只能信任媽媽和爸爸。

1

對一個小孩子來說，家是世界上最安全的地方。或者，是最危險的地方。

彼得羅．格伯試圖永遠沒忘記這一點。

「好吧，埃米利安，你想告訴我關於地下室的事嗎？」

小男孩沉默著。他六歲，皮膚蒼白，幾近透明，看上去如同一個幽靈。他甚至沒有從彩色積木塊搭成的小堡壘上抬起目光，直到這一刻，他們一直在一起搭建它。格伯繼續耐心地往堡壘的牆壁上增添楔子，不慌不忙。經驗告訴他，埃米利安自己會找到合適的時機開口。

每個孩子都有他自己的時機，他總是這麼說。

在這個沒有窗戶的房間裡彩虹色的地毯上，格伯在埃米利安身邊蹲了至少四十分鐘。房間在一幢十四世紀的大樓的三樓，這座建築位於佛羅倫斯歷史中心區的斯卡拉大街。

從一開始，這幢大樓就被佛羅倫斯的慈善機構用於「為走失的孩子提供庇護」，也就是那些因為家庭貧困無力撫養而被遺棄的孩子、私生子、孤兒以及遭受社會犯罪現象侵害的未成年人。

從十九世紀下半葉開始，這幢大樓就成了未成年人法庭所在地。

在周圍建築的光輝中，這幢大樓幾乎顯得默默無聞。那些建築密密匝匝地聚集在小小的幾平方公里範圍內，讓佛羅倫斯成了世界上最美的城市之一。但這個地方不能被看作和其他地方一樣，因為它的起源——這裡先前是一座教堂，裡面那些濕壁畫遺跡正是波提切利❶的《聖母領報》。

也因為這裡的遊戲室。

這個遊戲室裡，除了有埃米利安正在忙著搭建的積木塊外，還有一個洋娃娃之家，一列玩具火車，各式玩具轎車、鏟土機和卡車，一個搖擺木馬，一個用於製作想像出來的美食的小廚房，以及各種各樣的絨毛玩具。還有一張帶有四把小椅子的矮桌，以及齊全的繪畫用具。

但這只是個偽裝，因為這個二十多平方米的房間中的一切，都只是用來掩蓋這個地方的真實性質。

這個遊戲室實際上是一個審判庭。

其中一面牆壁被一面巨大的鏡子佔據，鏡子後藏著法官、檢察官，還有被告及其辯護律師。設計出這個地方是為了保護小受害者們的內心不受傷害，讓他們在一個受保護的環境中作證。為了順利完成筆錄，房間裡的每一個物件都是由兒童心理師考慮和挑選過的，以便在對事件的敘述和闡釋中起到確切的作用。

孩子們常常會使用絨毛玩具或洋娃娃，用它們在遊戲扮演中代替傷害他們的人，讓那些玩偶經受他們自己受到的對待。一些孩子比起講述更願意畫畫，另一些則編故事，在故事裡提及他們

❶ 桑德羅・波提切利（Sandro Botticelli，1445—1510），十五世紀末佛羅倫斯的著名畫家。

所遭遇的事。

但是，有時候，一些資訊是在無意識間被透露出來的。

正因如此，從牆上的海報中，快樂的幻想人物和隱形的微型攝影機會一起監視小客人們的遊戲。每一個詞語、手勢和舉動都被記錄下來，作為判決的有效證據。但也存在一些電子鏡頭無法捕捉到的細微變化。這些細節，年僅三十三歲的彼得羅・格伯已經學會精確識別了。

隨著他繼續和埃米利安一起搭建彩色積木堡壘，他認真地觀察著小男孩，希望能捕捉到哪怕是最微小的敞開心扉的跡象。

室內溫度是攝氏二十三度，天花板上的燈發出柔和的藍色光芒，背景音樂中的節拍器以每分鐘四十次的頻率打著節奏。

這是最能讓人完全放鬆的氣氛。

如果有人問格伯他的工作是什麼，他永遠不會回答「專攻催眠療法的兒童心理師」。他會用另一種表達，創造這個詞的人教給他一切，而這個詞最能概括他的任務的意義。

兒童催眠師。

格伯清楚，許多人認為催眠術是一種用於控制他人頭腦的神秘學招數，或者認為被催眠者會失去對自己和自身意識的控制，聽憑催眠師的擺布，而催眠師能夠促使他說出或做出任何事。

實際上，這只不過是一門幫助那些迷失的人與自我取得聯繫的技術。

被催眠者永遠不會失去對自我的控制或失去意識——證據就是，小埃米利安仍然一直在玩耍。因為催眠術，他的清醒程度越降越低，直至外部世界的干擾全都停止。排除一切干擾後，他對自我的感知增強了。

但彼得羅．格伯的工作還要更特別一些：他的工作是教孩子們整理好他們脆弱的記憶——他們的記憶懸在遊戲與現實之間——並且分辨出哪些是真的，哪些是假的。

然而，格伯能夠與埃米利安共度的時間逐漸減少，這位專家想像得到，負責未成年人案件的法官巴爾迪與其他人一起藏在鏡子後露出失望的表情。是巴爾迪任命他做這個案子的顧問，也是她一直以來在指導他應該向小男孩問些什麼。格伯的任務是分辨出引導埃米利安提供資訊的最佳策略。如果他在接下來的十分鐘內還不能取得進展，他們就不得不擇日再開庭。但是，這位心理師不願屈服：他們已經是第四次見面了，此前有過微小的進步，但從未有過真正的進展。

埃米利安——那個幽靈一樣的小男孩——本應該在法庭上重複他某天對學校老師意外講出來的故事。問題在於，自那以後，他再也沒有提過那個「地下室裡的故事」。

沒有故事，也就沒有證據。

在宣告這次嘗試失敗前，格伯使出了最後一招。

「如果你不想談地下室的事，那也沒關係。」他說。他沒等小男孩做出反應，就停止了搭建堡壘的動作，反而拿起一些彩色積木塊，開始在第一座建築旁邊搭起了第二座建築。

埃米利安注意到了這一點，於是停下來注視著他，顯得不知所措。

「我在自己的小房間裡畫畫的時候，聽見了那首童謠……」片刻後他說道，聲細如絲，沒有看格伯的臉。

格伯沒有做出反應，任由他繼續說。

「那首關於好奇小孩的童謠。你聽過嗎？」埃米利安開始反覆低聲哼唱道，「有個好奇小孩，在角落裡玩耍，在寂靜黑暗裡，聽見一個聲音。開玩笑的幽靈，喚了他的名字，他想要吻一吻，這個好奇小孩。」

「是的，我聽過。」格伯承認道，繼續擺弄著積木，就像這只不過是一段平常的對話。

「於是我走過去看這聲音是從哪兒傳來的……」

「然後你發現了什麼？」

「那是從地下室傳來的。」

第一次，格伯成功將埃米利安的思維從遊戲室中抽離出來：現在他們在小男孩的家裡了。他必須盡可能讓埃米利安在那兒待得久一些。

「你去看地下室裡有什麼東西了嗎？」

「是的，我下去看了。」

埃米利安的承認很重要。作為激勵，格伯遞給他一塊彩色積木，允許他參與到新堡壘的搭建中。

「我想那裡應該是一片黑暗。你不害怕獨自到那兒去嗎？」他斷言道，為的是對小證人的可靠程度進行第一次測試。

「不是。」小男孩毫不猶豫地回答道，「那兒有一盞燈亮著。」

「那你在下面找到什麼了？」

小男孩又開始猶豫不決。格伯停止向他遞積木。

「門不像之前那樣用鑰匙鎖上了。」小男孩回答道，「媽媽說我永遠不能打開那扇門，那樣很危險。但這次門開了一道縫，可以看見門裡……」

「所以你偷看啦？」

小男孩表示肯定。

「你知道偷看是不對的嗎？」

這個問題有可能產生意料之外的效果。如果埃米利安感覺受到了責備，他可能會躲藏在自我中，不再講下去。但如果格伯想要確認他的證詞無可置疑，就必須冒這個險。如果一個孩子無法認識到自己行為中的負面含義，他就不能被看作能夠對他人行為做出理性判斷的可靠證人。

「我知道，但我忘記了偷看是不對的。」小男孩辯解道。

「那你在地下室裡看見什麼啦？」

「那裡有幾個人……」

「是小孩子嗎？」

埃米利安搖搖頭。

「那就是大人了？」

小男孩表示肯定。

「他們在做什麼呢？」格伯追問道。

「他們沒穿衣服。」

「是像去泳池或者海裡游泳那樣，還是像淋浴那樣？」

「像淋浴那樣。」

這則資訊意味著證詞上的一個寶貴進展：對孩子而言，成年人的赤身裸體是一種禁忌，但埃米利安克服了尷尬的障礙。

「他們還戴著面具。」格伯還沒有問他，他就補充道。

「面具？」格伯假裝驚訝道，他其實知道埃米利安的老師講述的故事，「哪種面具？」

「是塑膠的，後面有鬆緊帶，只遮住臉的那種。」小男孩說道，「動物形狀的。」

「動物？」格伯重複道。

小男孩開始列舉：「一隻貓、一隻羊、一頭豬、一隻貓頭鷹……還有一頭狼，對，是一頭狼。」他強調道。

「你覺得，他們為什麼要戴面具呢？」

「他們在做遊戲。」

「是什麼遊戲？你能看出來嗎？」

小男孩思考了片刻：「他們在做網路上的那些事。」

「網路上的那些事？」格伯想要埃米利安說得更明白些。

「我的同學利奧有一個十二歲的哥哥。有一次，利奧的哥哥給我們看了一支網上的影片，那些人全都沒穿衣服，互相用奇怪的方式擁抱和親吻。」

「你喜歡那個影片嗎？」

埃米利安做了一個鬼臉：「然後利奧的哥哥對我們說，我們必須保守這個秘密，因為那是大人的遊戲。」

「我明白了。」格伯肯定道，不讓自己的語氣中透出任何評判的意味，「你很勇敢，埃米利安，換作我的話一定會被嚇到的。」

「我不害怕，因為我認識他們。」

格伯停了下來，這是個微妙的時刻：「你知道那些戴著面具的人是誰嗎？」

像幽靈一樣的小男孩在這一瞬忘記了積木堡壘，抬起目光，看向裝有鏡子的那面牆。在那塊玻璃後，五名被告正在安靜地等待他的回答。

一隻貓、一隻羊、一頭豬、一隻貓頭鷹，還有一頭狼。

在那一刻，格伯明白自己幫不了埃米利安。他希望這個孩子能利用他僅有的六年生命中的經驗，獨自找到勇氣，說出那個噩夢中的主角們的名字。

「爸爸、媽媽、爺爺、奶奶。還有盧卡叔叔。」

對一個小孩子來說，家是世界上最安全的地方。或者，是最危險的地方——彼得羅·格伯在內心重複道。

「好的，埃米利安，現在我們一起來倒數。十……」

2

休庭後，格伯看了看他調至靜音的手機，發現只有一通未接來電，來自一個他不認識的號碼。當他思索著是否要回撥過去時，巴爾迪冷不丁問他道：「你怎麼看？」

沒等格伯關上他們身後的辦公室門，她就問出了口。在聽過埃米利安的話後，她大概一直被疑問糾纏著。

格伯很清楚，這位女法官急著跟他分享關於證詞的感想。但她真正想問的是另一個問題。

埃米利安說的是真的嗎？

「小孩子的頭腦是可塑的。」格伯宣稱道，「有時候他們會捏造出假回憶，但這並不是真正的謊話：他們真心相信自己經歷了某些事情，哪怕是最荒謬的事情。他們的幻想是如此生動，以致在他們看來那些虛構的事都是真實的，但他們的幻想又是如此不成熟，以致他們無法分辨出什麼是真、什麼是假。」

對巴爾迪來說，這個解釋顯然不夠有說服力。

在走到辦公桌旁坐下前，巴爾迪走向窗戶，儘管冬日的清晨寒冷又陰沉，她還是打開了窗，就像在盛夏時一樣。

「這起案子中有一對年輕的養父母，一直以來都渴望得到一個孩子；有兩個慈愛的祖父母，他們會盡可能讓孫輩們開心；還有一位收養機構的負責人，多年以來，他一直致力於把像埃米利安這樣的未成年人從糟糕的家庭環境中解救出來，並確保他們有一個充滿關愛的未來……還有那個活潑可愛的小男孩，他跟我們講述了一個離經叛道的狂歡儀式。」

巴爾迪試圖用諷刺來緩解失望之情，格伯理解她的沮喪。

埃米利安出生於白俄羅斯，格伯在他的檔案裡一遍又一遍地讀到過。文件顯示，兩歲時，在經受過各種虐待後，他從原生家庭中被帶走。他的親生父母從考驗他的生存欲中取樂，就像在生存遊戲裡一樣：他們一連幾天不給他食物，任由他在自己的排泄物中哭喊、打滾。幸運的是，格伯對自己說，小孩子沒有三歲以前的記憶。但是，如果埃米利安頭腦中的某處仍留有被囚禁的痕跡，那也是正常的。

盧卡是在一所學校裡發現埃米利安的，他很快就在數十個孩子中注意到了他：埃米利安學習滯後，極少說話。盧卡在國外管理著一所非常活躍的遠端收養機構，他為埃米利安找到了一戶人家：一對年輕的義大利夫婦。在走完冗長且昂貴的收養手續後，他們最終得以將他帶到義大利。

埃米利安僅僅在這個幸福的家庭中生活了一年，就彌補了自己與同齡人之間的巨大差距，並且能相當流利地說義大利語。但是，當一切似乎都在好轉的時候，他開始表現出兒童厭食症的症狀。

他拒絕進食，變成了一個像幽靈一樣的小男孩。

養父母帶他去看了一位又一位醫生，毫不在乎花費，但沒有人能夠幫助他。所有人都認為，這種嚴重進食障礙應該從他過去的孤獨與暴力經歷中追根溯源。

儘管無法找到治癒的方法，養父母卻沒有放棄。養母甚至辭去了工作，只為全身心地照顧孩子。在這種情況下，面對降臨在這對夫婦頭上第無數次壞運氣，巴爾迪的巨大失望並不令人驚訝。

但格伯打斷了她：「我不認為有別的選擇。我們應該繼續聽聽埃米利安要說的話。」

「我不知道我是否願意在那兒聽他說。」巴爾迪斷言道，語氣中帶著點苦澀，「當你還小的時候，你別無選擇，只能去愛那個把你帶到世界上的人，即使他傷害你。埃米利安在白俄羅斯的過去是一個黑洞，而現在，他處於一個完全相反的環境裡，他剛剛發現自己擁有一件強大的武器：來自新家庭的愛。他正是用這份愛來對付他們，並且不受懲罰，就像他的親生父母對待他那樣。而這僅僅是為了體驗做一個殘酷的人會是什麼感覺。」

「受害者變成了施暴者。」格伯同意道，他仍然在辦公桌前站著，像被凍僵一般。

「是的，就是這樣。」巴爾迪堅定地重申道，用手指指著臉，強調格伯的話正中問題的核心。

在格伯還是個實習生的時候，安妮塔．巴爾迪是他合作過的第一位法官，她也因此總是用親切隨意的語氣和他說話。但是，格伯從來不會對她用同樣的語氣。多年來，他很欣賞她教授的東西和發過的火，她大概是他在這個領域中認識的最正直、最有同情心的人。她還有幾個月就要退休了。她從未結過婚，一生致力於關愛她不曾有過的孩子。她背後的牆上掛著一些畫，是那些來過這間黑暗房間的孩子為她畫的。她的桌子塞滿了司法卷宗，其中散落著彩色的糖果。

在這些文件中間的，是埃米利安的檔案。格伯注視著它，思索道：不幸的是，對這個幽靈一樣的小男孩來說，透過換一個國家、城市和名字來獲得新生活是不夠的。因此，這一次安妮塔・巴爾迪弄錯了。

「事情沒有這麼簡單。」格伯宣稱道，「我擔心有別的問題。」

巴爾迪聞言向前探身：「這讓你想到了什麼？」

「您注意到小男孩抬眼看向鏡子了嗎？」他問道。但直覺告訴他，巴爾迪無法解釋這件事。

「注意到了，然後呢？」

「儘管處於輕微的恍惚狀態，埃米利安也知道有人在別處觀察著他。」

「你認為他直覺意識到了這個偽裝？」她驚訝地問。「那麼他就更有可能只是在演戲了。」

巴爾迪滿意地總結道。

格伯堅信他的想法：「埃米利安希望我們在那裡，並且希望他的新家庭也在那裡。」

「為什麼？」

「我現在還不知道，但我會弄明白的。」

巴爾迪認真考慮起格伯的看法。「如果埃米利安說了謊，他這麼做就是出於一個確切的目的。如果他說的是真話，那也一樣。」她評判道，她終於理解了格伯話中的含義。

「我們應該信任他，看看他想要用他的故事把我們引向哪裡。」格伯說道，「很可能不會有任何結果，他的故事自相矛盾，或者這一切都是為了達到某個目的，而我們至今沒有注意到它。」

他們不該再長時間等待下去：在涉及未成年人的案子裡，審判的進度更快，下一次開庭的時間已經定在了下週。

一聲驚雷震動了窗外的風，一場暴風雨正在城市上空聚集。在四樓也能聽到來自斯卡拉大街的遊客們的聲音，他們正忙著找地方避雨。

彼得羅．格伯想，如果他不想淋大雨的話，就該立刻離開，儘管他的事務所和法院只隔著幾條街。

「如果沒有別的事……」他僅僅這麼說著，朝門口示意性地邁了一步，希望她打發他離開。

「你妻子和兒子怎麼樣？」安妮塔．巴爾迪改變了話題問道。

「他們都好。」他倉促地回答道。

「你得好好把那姑娘留在身邊。馬可呢，現在幾歲了？」

「兩歲了。」他一邊回答，一邊繼續朝窗外看去。

「你知道，孩子們信任你，我看得出來。」巴爾迪說，重新開始談論埃米利安，「你不只能說服他們敞開心扉，還讓他們有安全感。」接著，她悲傷地停頓了一會兒。為什麼人們總是一定要「悲傷地停頓」呢？格伯暗自問道。那個短暫的停頓預兆著一句他早已熟知的話。

巴爾迪果然補充道：「他一定會為你感到驕傲的。」

聽見她間接提到B先生，格伯身子一僵。

幸運的是，這時他口袋裡的手機響了。他取出手機，查看螢幕。

又是那個當他在庭上時打來過的陌生號碼。

他想那也許來自他的某個小病人的父母或監護人。但他注意到這個號碼帶著國際區號。大概是某個煩人的傢伙——一個想要哄騙他辦理某個「不可取消」的業務的呼叫中心？無論那是誰，都是個幫他離開的完美藉口。

「如果您不介意的話。」他說著，舉起手機，想讓她明白他有事要忙。

「當然，你走吧。」巴爾迪終於做了個手勢允許他離開，「替我問候你的妻子，給馬可一個吻。」

格伯氣喘吁吁地衝下法院的樓梯，盼著能及時避開暴風雨。

「抱歉，您剛剛說什麼？」他問通話人。

信號受到干擾，手機裡出現了電流聲——電話線路被擾亂得非常嚴重，肯定是受到了這座老建築的牆壁厚度的影響。

「請稍等，我聽不見您說話。」他對著手機說。

他跨過了大樓的門檻，恰恰在開始下暴雨的時刻來到街道上。他立刻加入那些匆忙逃竄的行人中，他們力圖逃離這場世界末日般的暴雨。他豎起舊外套的立領，將手舉到耳邊，試圖理解電話那頭的女聲想要表達什麼。

「我說，我叫特雷莎・沃克，我們是同行。」那女人重複道，她說的是英語，但用的是一種格伯從來沒有聽過的口音，「我從澳大利亞的阿德萊德給您打來電話。」

發現這通電話甚至來自地球的另一端，格伯感到驚訝。

「我能為您做些什麼，沃克醫生？」他說著加快了步伐，雨水在此時猛烈地砸向一切。

「我在世界心理衛生聯合會的網站上找到了您的電話號碼。」那女人肯定地說。為了讓自己顯得可信，她接著又說道：「我想要把一個病例交給您。」

「如果您可以耐心等一會兒，十五分鐘後我就能回到我的事務所，然後您就可以跟我詳細說明。」他說道，蹦蹦跳跳地避過水坑，拐進一條小巷裡。

「我等不了。」她強調道，語氣驚慌，「就要到了。」

「誰就要到了？」格伯問道。但是，正當他提出問題的時候，一種不祥的預感掠過他心頭。

雨越下越大了。

3

一陣毛骨悚然的感覺像蛇一樣爬遍全身。

格伯不知道怎樣描述這種緩慢、滑膩的感覺。或許正因如此，他才停在道路旁的一座大門下避雨。

他必須弄明白。

「您對A.S.瞭解多少？」沃克繼續問道。

A.S.，即「選擇性遺忘症」。

格伯不知所措。這個話題經常被人討論，是個有爭議性的問題。一些心理師認為這是一種很難診斷的疾病，另一些則堅決否認它的存在。

「瞭解得不多。」他說道。這是真話。

「但您對這個話題持什麼態度？」

「我持懷疑態度。」他承認道，「根據我的職業經驗，從人的記憶中去掉某些片段是不可能的。」

然而，對立理論的支持者認為，這是人的精神無意識間觸發的一種自我保護機制，主要發生在童年時期。被託付給新家庭的孤兒會突然間忘記自己是被收養的；經受過重大創傷或虐待的孩子會從腦海中完全刪去那些經歷。就連格伯也經手過一個類似的病例：一個未成年人協助父親謀殺了母親，他的父親在這之後自殺身亡。數年後，心理師再次遇見了他：他正在念高中，堅信父母二人都死於自然原因。但是，這個插曲不足以說服格伯改變想法。

「我曾經也認為這不可能。」沃克醫生出人意料地宣稱道，「這種假設的失憶沒有生理學依據作為理論基礎，比如腦損傷之類的。連受驚也無法解釋它，因為當失憶症狀出現的時候，造成創傷的事件早已經過去了。」

「我認為這種對記憶的刪除很大程度上是個體選擇的結果。」格伯同意道，「這就是為什麼討論遺忘症是不確切的。」

「但關鍵點在於，個體是否真有可能選擇遺忘某些東西。」沃克接著說道，「就好像人的大腦能自主決定，為了從創傷中倖存下來，就有必要全力否認它：把那個沉重的包袱藏在心底，只為了能夠繼續走下去。」

很多人或許會認為，能夠忘記壞事是一種福氣，格伯想。這也是所有製藥工業的幻想：找到一種能夠讓我們忘記生活中最陰暗的片段的藥物。但格伯認為，發生在我們身上的事——哪怕是最糟糕的事——都幫助我們成為我們自己。那些事是我們的一部分，即使我們想方設法要忘記它們。

「在那些被認為診斷出A.S.的孩子身上，童年記憶會毫無預兆地在他們長大成人後浮現。」格伯提醒道，「記憶突然回來的後果總是無法預料的，而且常常是有害的。」

最後一句話尤其吸引了沃克的注意，因為她不再說話了。

「但您為什麼要問這些？」彼得羅．格伯問道，這時雨水正在為他提供遮護的大樓門廊外嘩啦作響，「您想要交給我的奇怪病例是什麼？」

「幾天前，有位名叫漢娜．霍爾的女士來到我的事務所，想要接受催眠治療，最初的目的是想整理她過去的痛苦記憶。但在第一次治療的過程中，發生了一件事……」

沃克再次停頓了很長時間。格伯猜想她正在尋找最合適的字眼來解釋令她不安的是什麼。

「這麼多年來，我從來沒有見過類似的場面。」在繼續說下去之前，沃克為自己辯解道，「治療開始時好得不能再好了：病人對療法做出回應，並且積極配合。但是，漢娜突然開始大聲喊叫。」她停了下來，無法再講下去。「她的頭腦中重新浮現出關於一起謀殺事件的回憶，事件發生時她還只是個小女孩。」

「我不明白，您為什麼沒有說服她去報警呢？」格伯插話道。

「漢娜．霍爾沒有講那件罪行是怎麼發生的。」沃克明確道，「但我確信那是真的。」

「好吧，但是您現在為什麼要告訴我這些？」

「因為受害者被埋葬在義大利，在托斯卡納鄉村一個具體位置不詳的地方，而且從來沒人知道關於這場謀殺的任何事情。」沃克斷言道，「漢娜．霍爾認為她清除了有關此事的記憶，所以她正趕往那兒——她想要回憶起當時到底發生了什麼。」

漢娜．霍爾即將到達佛羅倫斯。儘管他不認識她，這個消息還是令他警覺起來。

「對不起，我們談論的是一位成年人，對嗎？」格伯打斷她道，「這兒有個誤會，沃克醫生，您應該找別人，因為我是個兒童心理師。」

他無意冒犯這位同行，但他感到很不自在，而且不明白為什麼。

「那位女士需要幫助，而我在這兒什麼也做不了。」特雷莎．沃克繼續道，不顧他試圖擺脫她，「我們不能無視她所說的事。」

「我們？」格伯被激怒了。他為什麼要被牽涉其中？

「您比我更清楚，突然中斷催眠治療是不可取的。」沃克堅持道，「這可能會對病人的心理造成巨大的傷害。」

他清楚這一點，也知道這是違背義務倫理規則的。「在我的病人中，年齡最大的只有十二、三歲。」他抗議道。

「漢娜．霍爾聲稱這場謀殺發生在她年滿十歲之前。」沃克堅持道，毫無放棄的意思。

「她可能有謊語癖，您考慮過這一點嗎？」格伯反駁道，他的確不想和這件事有什麼牽連，「我強烈建議您去找一位精神病專家。」

「她聲稱受害者是一個名叫阿多的小男孩。」

這句話飄懸在巨大的雨聲中。彼得羅．格伯再也沒有力量反駁。

「或許有個無辜的孩子，不知道被埋葬在什麼地方，應該有人找出真相。」沃克平靜地繼續道。

「我該做些什麼？」格伯讓步道。

「漢娜沒有在世的親人，甚至連手機也沒有。但她承諾說，她一到佛羅倫斯就會告知我。等她通知我後，我就讓她去找您。」

「好的，但是我該做些什麼？」格伯再次問道。

「聆聽。」沃克簡單地回答道，「在這個成年人的內心，有個只想傾訴的小女孩。應該有人跟她取得聯繫，聽她說話。」

你知道，孩子們信任你，我看得出來。

巴爾迪法官不久前曾這樣說過。

你不只能說服他們敞開心扉，還讓他們有安全感……他一定會為你感到驕傲的。

換作B先生，他一定不會退卻。

「沃克醫生，已經過了這麼多年，您確定這樣做真的值得嗎？即使我們透過催眠從那位女士的頭腦中找回了關於阿多的遭遇的記憶，那段記憶想必已經被時間和經歷侵蝕，被她在那之後度過的人生污染了。」

「漢娜．霍爾說她知道殺害孩子的兇手是誰。」沃克打斷他道。

格伯停下了。他在通話開始時感受到的那種令人不快的感覺再次湧上心頭。「那是誰呢？」他問道。

「她自己。」

4

謀殺了另一個小孩子的小女孩會是什麼樣子？在同意對這個奇怪的病例進行評估後，彼得羅．格伯很長時間都在好奇這一點。

他第一次見到那個外表是成年女人的小女孩，是在一個灰暗冬晨的八點鐘，漢娜．霍爾坐在通往他的事務所的樓梯的最後一級台階中間。

這位兒童催眠師——外套滴著雨水，兩隻手放在衣袋裡——停下來打量那個他從未見過的脆弱的女人，瞬間就認出了她。

漢娜被視窗透進來的微弱光亮勾勒出輪廓，而他隱匿在陰影裡。那女人沒有察覺到他在這兒。她向外看著，細密的雨珠落在切爾奇大街的窄口。在街道的盡頭，領主廣場❷的一角隱約可見。

格伯感到驚訝，他竟無法從她身上移開目光。這個陌生女人在他心中激起了一種不同尋常的好奇心。他們之間隔著數級台階，從他所在的位置，他只需伸長手臂就能觸及她用簡單的橡皮筋紮起的金色長髮。

他產生了一種怪異的衝動，想要撫摸她，因為一見她就令他心生憐憫。

❷義大利佛羅倫斯舊宮前的L形廣場，得名於舊宮（領主宮），建於十四世紀。

漢娜．霍爾穿著一件寬版黑色高領毛衣——連她的胯部也遮住了；一條黑色牛仔褲和一雙帶點跟的黑色短靴；一只黑色手提包斜挎在她肩上，包身被她擱在腿上。

令格伯驚訝的是，她沒有穿大衣或者別的更暖和的衣物。顯然，像許多來佛羅倫斯觀光的遊客一樣，她低估了這個季節的氣候。誰知道為什麼人們都以為義大利永遠是夏天。

漢娜彎著身子，兩臂交叉著抱在懷裡，右手只從過長的衣袖中露出來一點兒，指間夾著一支香菸。她被一陣薄薄的煙霧包裹著，沉浸在她的思緒中。

只需一眼，格伯就能將她看穿。

三十歲，衣著普通，不修邊幅。黑色讓她不引人注意。雙手輕微顫抖，是她服用的抗精神病藥或抗抑鬱藥帶來的副作用。被啃過的手指甲和稀少的眉毛顯示她處於持續焦慮狀態——失眠、頭暈，偶爾驚恐發作。

那種病症沒有名字。但是他見過數十個與漢娜．霍爾相似的人：他們在墜入深淵前都處於同樣的狀態。

但是，彼得羅．格伯無須治療那個成年人，那不在他的能力範圍內。正如特雷莎．沃克所說，他應該和那個小女孩交談。

「漢娜？」他溫柔地問道，試圖不嚇到她。

那女人突然轉過頭來。「對，是我。」她確認道，用的是道地的義大利語。

她有著清秀的面部線條。沒有化妝。藍色的雙眼周圍有細小的皺紋，眼睛顯得無比悲傷。

「我原本是在等您九點鐘到。」他對她說。

女人舉起手臂，她的手腕上戴著一只塑膠的小手錶：「而我原本期望在九點鐘看到您來。」

「那麼很抱歉，我提前到了。」格伯微笑著回答道。但她仍然嚴肅。格伯明白她沒有理解這句反諷，但他把這歸因於，雖然她的義大利語說得很流利，但仍然存在著語言隔閡。

他走過她身邊，在口袋裡翻找鑰匙，打開了事務所的門。

一走進室內，他就脫下濕透的外套，打開走廊的燈，掃視各個房間，確保一切都井然有序，同時為這位不尋常的病人讓路。

「週六早上這兒通常都沒人。」

他原本也應該跟妻子和兒子一起去外地拜訪朋友，但他向西爾維婭承諾會在第二天出發。他用眼角的餘光看見漢娜在一張用過的紙巾上吐了點唾沫，在上面熄滅了菸，然後把紙巾重新放回手提包裡。女人順從地跟隨著他，一言不發，試圖在這座帶有複折屋頂的古老建築的頂樓中辨別方向。

「我更願意在今天跟您見面，因為我不希望有人問太多關於您為什麼在這兒的問題。」或許這讓她感到尷尬，格伯想，但他沒有說出口。這個地方通常都擠滿了小孩子。

「格伯醫生，準確地說，您負責的是什麼？」

格伯把襯衫袖子捲到橙色套頭衫上，尋找著一個不那麼複雜的方式來向她解釋：「我負責有各種心理問題的未成年人。一些病例常常是法院委託給我的，但有時候是他們的家人帶他們來找我。」

那女人沒有評論，而是緊抓著斜背帶。格伯覺得她被他嚇到了，於是試圖讓她感到自在些。

「我給您沖杯咖啡吧？或者您也許更願意來杯茶……」他提議道。

「來杯茶就好。兩塊方糖，謝謝您。」

「我稍後給您送來，您可以在我的辦公室裡坐下。」

他向她指了指走廊盡頭兩扇門中的一扇，那唯一一扇開著的。但漢娜準備進入對面那扇門。

「不對，不是那個房間。」他有些粗暴地走到她前面。

漢娜停下了腳步：「抱歉。」

那個房間已經三年沒有被打開過了。

兒童催眠師的辦公室位於頂樓，是個舒適的地方。

那裡有朝右邊逐漸傾斜的天花板、可以看見的房梁、櫟木地板、石質壁爐。地上鋪著一塊寬大的紅色地毯，上面散佈著木質或布質的玩具，以及裝著鉛筆和蠟筆的馬口鐵盒子。移動書架上交替擺放著科學論文、童話書和著色書。

還有一把讓小病人們一見傾心的搖椅。通常，他們在進行治療時都想坐在那裡。

孩子們不會注意到這個房間裡少了一張辦公桌。心理師的位子是一張黑色的皮質扶手椅，配著經典的紅木裝飾，旁邊是一張櫻桃木茶几，上面整齊地放置著一只用於催眠治療的舊節拍器、一本筆記本、一支自來水筆和一個被倒扣著的相框。

除此之外，沒有別的傢俱。

當他端著兩只加了糖的、熱氣騰騰的茶杯回到漢娜．霍爾身邊時，她正站在房間中央。她環顧四周，緊抓著手提包，不確定該坐在哪兒。

「我很抱歉。」他立刻說，意識到她因為那把搖椅而不知所措，「請稍等。」

他把茶杯放在茶几上，片刻後，從等候室帶回來一把天鵝絨小扶手椅。

漢娜．霍爾坐下了。她挺直背，雙腿併攏，雙手隔著手提包，搭在膝蓋上。

「您冷嗎？」格伯一邊問，一邊將茶杯遞給她。「您一定很冷吧。」他自問自答，「週六不開暖氣，但我們馬上就能解決⋯⋯」

他走近壁爐，開始忙著用木柴點燃溫暖的火堆。

「如果您想的話，您可以抽菸。」他肯定道，想像著她有很大的菸癮，「其他的病人，我都不允許他們在滿七歲之前抽菸。」

這一次，格伯的俏皮話還是沒能激起女人的幽默感。漢娜似乎只等著他的允許，立即點燃了一支菸。

「所以您是澳大利亞人？」格伯一邊在木柴下放置幾張紙，一邊說道，只是為了營造一種親切的氛圍。

女人點頭表示肯定。

「我從來沒有去過那兒。」他補充道。

格伯從擱板上的盒子裡取出一根火柴，將它點燃，插進那個小小的柴堆中。然後他彎下腰，朝壁爐裡小心地吹氣，為火焰提供氧氣，使它在幾秒鐘後充分燃燒起來。終於，他直起身子，滿意地看著自己的作品。他用手在小羊駝毛長褲上蹭了蹭，擦乾淨手掌，走回他的扶手椅前坐下。

漢娜・霍爾一刻不停地用目光跟隨著他的動作，像是在觀察他。「現在您要催眠我，還是做別的什麼？」她問道，顯得很緊張。

「今天不用。」他回答道，帶著一個安撫人心的微笑，「我們先來一次初步的閒聊，讓彼此更加瞭解。」

事實上，他應該先評估是否要接受她做他的病人。他此前答應過沃克，他只在預估能得到成果的條件下才會開始對漢娜進行治療。但這常常取決於個體的素質：催眠在許多人身上並不能產生效果。

「您是做什麼的？」格伯突然問道。

這個問題看似微不足道，對病人來說卻是最難回答的。如果你的生活是一片空虛，就不存在答案。

「您問的是什麼？」她果然懷疑地問道。

「您有工作嗎？曾經有過工作嗎？或者說，您靠什麼度日呢？」他試著簡化問題。

「我有一些積蓄。等到錢用完的時候，我就做些義大利語翻譯。」

「您的義大利語說得非常好。」他微笑著稱讚道。

懂外語可能意味著對他人的態度非常開放，以及傾向於體驗新的經歷。但特雷莎・沃克說過，漢娜沒有親人，甚至沒有手機。像漢娜這樣的病人是他們自己的小世界裡的囚徒，總是重複同樣的習慣。如果能發現她為什麼在英語之外還如此精通義大利語，那會很有趣。

「您曾經在義大利度過人生中的一段時光嗎？」

「只度過了童年時期，我十歲時就離開了。」

「您和家人一起移民到澳大利亞了嗎？」

在回答之前，漢娜停頓了片刻。

「其實我從那以後就沒見過他們了……我是在另一個家庭長大的。」

格伯記錄下了這條資訊：漢娜曾經被收養過。這一點非常重要。

「您現在定居在阿德萊德嗎？」

「是的。」

「那地方美嗎？您喜歡在那兒生活嗎？」

女人停下來思索。「我從沒想過這些問題。」她簡單這麼回答。

格伯想，客套話已經說夠了，於是他立即進入正題：「您為什麼決定要接受催眠治療呢？」

「我經常做同一個夢。」

「您願意談談這個夢嗎？」

「一場火災。」

奇怪！特雷莎．沃克沒有跟他提過這個。格伯在他的筆記本上記錄下這個細節。他決定不強求漢娜，之後會有時間再回到這個話題上的。相反，他問道：「您希望從催眠治療中獲得什麼呢？」

「我不知道。」她承認道。

小孩子的精神世界更容易透過催眠被探索。和成年人相比，他們不會那麼激烈地抵抗，能夠允許他人進入自己的大腦。

「您只接受過一次催眠治療，對嗎？」

「的確，是沃克醫生向我提議了這種療法。」她說著，從鼻孔中噴出灰色的煙霧。

「您對這種療法有什麼看法？請您坦率地說……」

「我得承認我一開始並不相信。我就躺在那兒，身體僵硬，閉著眼睛，感覺自己像個傻瓜。我依從她所說的一切——關於放鬆的事——同時我感覺鼻子癢，想著如果我撓了鼻子，她會對此很不高興。這樣做表明我還處於警醒狀態，不是嗎？」

格伯表示同意，覺得有趣。

「治療開始時，外面陽光燦爛。就這樣，當沃克醫生讓我睜開眼睛時，我覺得僅僅過了一個小時，然而天已經黑了。」她停頓了一會兒。「我沒有意識到過了這麼久。」她驚訝地承認道。

她完全沒有提及沃克曾談到的漢娜在催眠狀態下發出的叫喊。這在格伯看來也很奇怪。

「您知道您的治療師為什麼讓您來找我嗎？」

「那您知道我為什麼在這裡嗎？」她問道，強調著這個原因的重要性，「也許她也懷疑我瘋了。」

「沃克醫生完全不這麼認為。」他安慰她道，「但您來到佛羅倫斯的原因非常特別，您不覺得嗎？您認為二十年前有個小男孩被殺了，您只記得他的名字。」

「阿多。」她說，強調她說的是真話。

「阿多。」格伯重複道，對她表示贊同，「但您無法說出這場謀殺發生在什麼地方、為什麼會發生，而且您聲稱罪責在您，但您也並不那麼確定。」

「我當時還是個小女孩。」她自我辯護道，似乎認為更需要辯解的是對她記憶力脆弱的指控，而不是年幼時就能殺人的指控，「在火災之夜，媽媽讓我喝下了遺忘水，所以我什麼都忘了……」

在繼續談話之前，格伯在筆記本上也記下了這句古怪的話。

「但是，幾乎可以肯定，現在已經不存在關於那場罪行的物證了，您知道，對嗎？即便有一件兇器，現在誰也不知道它在哪兒了。即便能夠找到它，也無法肯定它與那場罪行有關。然後，沒有屍體，謀殺也就無從談起……」

「我知道阿多在哪裡。」女人反對道，「他仍然被埋葬在發生火災的農舍旁邊。」

格伯用自來水筆敲打著筆記本：「這座農舍在哪兒呢？」

「在托斯卡納……但我說不清具體位置。」漢娜確認了這一點，垂下眼睛。

「我明白這令人沮喪，但您不能認為我不相信您。相反，我在這裡正是為了幫助您回憶，和您一起確認那段記憶是真是假。」

「是真的。」漢娜・霍爾強調道，但語氣溫和。

「我想向您解釋一件事。」格伯耐心地說道，「相關研究已經證實，兒童在三歲之前沒有記憶。」他肯定道，回想起他對埃米利安的看法：「自三歲以後，人們不會自動記憶，而是學著去記憶。在這個學習過程中，現實和幻想會交替著互相幫助，但也會因此無可避免地混雜在一起……所以，我們現在不能排除懷疑，不是嗎？」

女人看上去平靜下來了，然後將目光移到天窗上。從那兒可以看見維琪奧宮[3]的塔樓正被一層陰暗細密的雨籠罩著。

「我知道，這是只有少數人才有幸看到的風景。」格伯先開口說道，以為她在欣賞那座古建築。

然而，她傷感地說道：「阿德萊德幾乎從不下雨。」

「雨會讓您變得憂鬱嗎？」

「不，會讓我害怕。」漢娜出人意料地說道。

格伯想到了她或許不得不經受內心的無數磨難才來到這裡與他見面，也想到了她面前仍存在的那些磨難。

「您常常會覺得害怕嗎？」他小心翼翼地問道。

她用她那雙藍眼睛注視著他：「無時無刻。」

他覺得她是真心的。

「您會害怕嗎，格伯醫生？」

女人一邊問，一邊看著櫻桃木茶几上倒扣著的相框。在那張照片裡，格伯與他的妻子和兒子一起，在阿爾卑斯山的美景前擺著姿勢。但漢娜・霍爾不可能知道這一點。她怎麼可能知道，把這張照片擺在身邊對他很重要，而他之所以遮蓋著它，是因為他幸福的家庭合影不適合展示給那些有著嚴重情感問題的孩子看。但是無論如何，格伯認為她注視著相框的動作是有意為之的。不管她的目的是什麼，這都使他感到很不自在。

「我母親過去總說，沒有家人的人不知道什麼是真正的害怕。」女人繼續說道。這讓他明白她憑直覺意識到了相框裡照片上的人是誰。

「然而有人認為生活就是冒險，對所有人來說都是冒險。」格伯反駁道，為的是轉移話題，「如果我們不接受這個簡單的論斷，我們就會永遠孤獨一人。」

女人淡淡一笑，這是她第一次露出笑容。然後她向前探身，低聲說道：

「如果我告訴您，面對有些事物您無法保護您的親人，您會相信我嗎？如果我告訴您，有一

❸ 亦稱「舊宮」「領主宮」，建於十三世紀，是佛羅倫斯重要的市政建築。

些我們無法想像的危險已經潛伏在我們的生命中，您會相信我嗎？如果我告訴您，這個世界上存在著我們無法逃避的邪惡力量，您會相信我嗎？」

在別的情況下，格伯會在心裡把病人的話歸為單純的譫語。但這段討論是從他的全家福出發的，這使他極為不安。

「您指的是什麼？」他問道。

漢娜・霍爾小心捧著茶杯，垂眸看著這杯熱飲，問道：「您相信幽靈、不死的死者和女巫嗎？」

「我很久以前就不相信這些了。」他佯裝冷靜地說道。

「這恰恰就是關鍵……為什麼您小時候相信這些？」

「因為那時我很幼稚，也不具備長大成人後得到的知識：經驗和文化幫助我們戰勝迷信。」

「僅僅是因為這個嗎？您就想不起來，您的童年裡至少發生過一件無法解釋的事情？您就沒有碰到過一些神秘的事情？」

「確實，我從未經歷過類似的事。」格伯再次微笑道，「也許我有個平淡無奇的童年。」

「您再好好想想。不可能什麼事都沒有。」

「好吧。」格伯同意道，「有一次，一個八歲的病人跟我講了一個故事。那是在夏天，他和堂哥在埃爾科萊港❹的一幢海濱別墅裡玩耍。那兒只有他們兩人，突然來了一場暴風雨。他們聽見前門重重關上，於是走過去看，以為有人闖進了家裡。」他頓了一會兒，接著說：「在通往上一層樓的樓梯上有濕腳印。」

「他們去檢查情況了嗎？」

他搖搖頭：「腳印在樓梯中段的地方就消失了。」

這個故事是真實發生過的，但格伯隱瞞了一個細節：主角之一是他自己。他仍然能感受到多年前看見那些濕腳印時的感覺：嘴裡有種苦味，腹部暗暗發癢。

「我敢打賭，那兩個孩子什麼都沒有跟父母說。」漢娜．霍爾宣稱道。

事實的確如此。格伯記得很清楚：他和堂哥沒有勇氣提起那件事，因為害怕沒人相信，或者更糟——被人嘲笑。

漢娜愣住了，陷入了沉思。

「您可以從那個本子裡撕一張紙給我，並把自來水筆也借我用一會兒嗎？」她問道，指向他手裡拿著的東西。

這個要求在他看來不同尋常，而且使他不安：迄今為止，只有兩個人握過那支自來水筆。女人似乎看出了他的猶豫，但在她詢問原因之前，他還是決定滿足她的要求：他從筆記本上撕下一張紙，取下自來水筆的筆蓋。

在把這些東西遞給她的時候，他輕輕觸碰了她的手。

❹ 義大利港口城鎮，位於托斯卡納大區格羅塞托省，是著名的旅遊勝地。

漢娜似乎對此並不在意。她在紙上寫了些東西，但又立即劃掉了，在上面胡亂塗著，就好像她突然改變了想法。她把那張紙折起來，放進手提包裡。

最終，她交還了自來水筆。

「謝謝。」她簡單說道，沒有做任何解釋。「回到您的故事，您可以問您想問的任何人：每個成年人的記憶裡都有一個童年時期無法解釋的事件。」她肯定地說道，「但是，在長大後，我們傾向於把那些事件歸為想像的結果，只是因為當它們發生的時候，我們年紀太小，無法合理地解釋它們。」

再說，他也是這麼做的。

「但如果我們小時候擁有一種特殊能力，能夠看見現實中不可能存在的事物呢？如果我們在人生的最初幾年裡真的具備這種能力——能夠看到現實以外的東西，能夠與一個看不見的世界進行溝通，卻在長大成人後失去了這種能力呢？」

心理師突然發出一陣短暫而緊張的笑聲，但這只是用於掩飾，因為那些話在他心中激起了一陣微不可察的不安。

漢娜注意到了他的猶豫。她伸出一隻冰冷的手，抓住他的手臂。接著，她用一種使他心裡發寒的聲音說道：「當阿多晚上來找我的時候，在聲音之家裡，他總是藏在我的床底下……但那次叫我名字的人不是他……是陌生人。」

她接著總結道：「規則二：陌生人就是危險。」

5

「你從來沒有跟我講過你和你堂哥在海濱度假別墅的那個故事。」西爾維婭坐在客廳的沙發上，邊說邊品嘗著夏多內葡萄酒。

「是因為我刻意忘掉了這個故事，絕對不是因為我為它感到羞恥。」他反駁道。他穿著一件襯衫，肩上搭著一條抹布。他剛剛沖洗完最後一口鍋，準備把它和其他餐具一起放進洗碗機。晚飯是妻子做的，所以輪到彼得羅・格伯來清理廚房。

「但是，回憶起樓梯上的濕腳印這個細節，你還是一樣害怕，是吧？」西爾維婭追問道。

「我當然害怕。」格伯乾脆地承認道。

「現在再想想那件事，你相信那真的是個幽靈嗎？」她向他挑釁道。

「如果我當時是獨自一人的話，我現在就會認為那是我想像出來的……但當時伊西奧也和我在一起。」

「伊西奧」指的是毛里齊奧，但大家在他小時候就這麼叫他了。這是個早晚會降臨到所有家庭中的某個人身上的命運：也許你最小的妹妹唸錯了你的名字，要是大家都覺得這種唸法特別討喜，那麼這個讓人無法理解的名字就會黏著你一輩子。

「也許你應該給伊西奧打個電話。」她打趣他道。

「這可不好玩……」

「不，等等，我明白了。這位漢娜．霍爾可能擁有超自然能力，她正在試圖向你揭示什麼，一個秘密……或許就像布魯斯．威利❺參演的那部電影裡那個說出『我看見了死人』的孩子一樣……」

「那部電影簡直是所有兒童心理師的噩夢，所以別開玩笑了。」格伯反駁道，忍受著她的玩笑。

接著他關上洗碗機的門，啟動最環保的清洗模式。他擦乾手，把抹布扔到桌子上，為自己倒了杯酒，回到西爾維婭身邊。

調暗燈光後，他坐到沙發另一頭，而她伸長腿，把雙腳放在他腿上取暖。馬可在他的小床上睡著了，現在格伯只想關心妻子。他度過了艱難的一週：首先是埃米利安——那個幽靈一樣的小男孩，還有他講的那個關於全家人和一個收養機構的負責人戴著動物面具狂歡的故事，然後是漢娜．霍爾的胡言亂語。

「說真的，」他對西爾維婭說道，「那個女人認為，我們小時候都遇到過無法合理解釋的事件。你遇到過嗎？」

「我當時六歲，」她不假思索地回答道，「我奶奶去世的那天晚上，鬧鐘響起的時候，我感覺有人正坐在我的床上。」

「天哪，西爾維婭！」格伯喊道，他沒有料到她會講這樣的故事，「我覺得我再也睡不著覺了！」

兩人都大笑起來，笑了至少有一分鐘。他感到幸福，不僅因為和她結了婚，也因為她同樣是心理師，所以他可以自由地跟她談論自己的病例。西爾維婭很明智，選擇成為私人婚姻諮詢師，這比跟有心理問題的小孩子打交道壓力小得多，而且賺的要多得多。

與相愛之人一起大笑是對情緒最好的良藥。和其他許多女人不同，尤其和漢娜．霍爾不同，西爾維婭甚至覺得他的俏皮話很有趣。因此現在彼得羅．格伯感到寬慰，但這種寬慰沒有持續多久。

「心理師特雷莎．沃克告訴我，漢娜自稱在她年紀還很小的時候謀殺了一個叫阿多的小男孩。」他回憶道，臉色沉了下去，「漢娜曾經跟原生家庭居住在托斯卡尼，直到她十歲時搬到了阿德萊德，由另一個家庭撫養長大。她認為，直到今天，她一直刻意隱藏著關於那場謀殺的記憶，她回到義大利只為弄明白那是不是真的。」

當阿多晚上來找我的時候，在聲音之家裡，他總是藏在我的床底下……但那次叫我名字的人不是他……是陌生人。

「規則二：陌生人就是危險。」格伯重複道，回想著那名假定的殺人兇手的原話。

「這個『聲音之家』是什麼？」西爾維婭問道。

❺美國電影明星，文中提到的電影是其主演的《靈異第六感》。

「我完全不知道。」他搖著頭回答道。

「她漂亮嗎？」妻子故意用一種不懷好意的語氣問道。

他裝出生氣的樣子：「誰？」

「那個病人……」她微笑道。

「她比我小三歲……比你大一歲。」為了滿足她，他描述道，「金髮、藍眼……」

「總之，是位絕色佳人。」西爾維婭評論道，「但你至少查過關於特雷莎．沃克的信息吧？」

格伯查看過這位同行在世界心理衛生聯合會網站上的履歷和個人資料，她之前正是透過同樣的方式與他取得了聯繫。照片上是一位親切的六十歲老太太，蓬鬆的紅髮圍繞著她的面龐，照片旁邊是一份令人尊敬的履歷。

「是的，那位治療師沒問題。」他說道。

西爾維婭把盛著夏多內葡萄酒的杯子放到地上，撐起身，雙手捧起他的臉頰，以便彼此對視。「親愛的，」她說道，「這位漢娜．霍爾缺乏幽默感，你跟我說過她聽不懂你的俏皮話。」

「所以呢？」

「無法理解諷刺是精神分裂症的表現之一。此外，還有妄想、譫語和幻覺。」

「所以，你覺得我沒有注意到這些？」

換作B先生，他一定會注意到。他對自己說。他一定會明白這一點。

「但這很正常。你只接診小孩子，最多接診青春期少年。你不習慣於辨認某些症狀，因為它們通常只在孩子長大後出現。」為了讓他心裡好受些，妻子辯解道。

格伯思考著這一點。「是的，你說得有理。」他承認道，但他內心的某個聲音告訴他西爾維婭錯了。

精神分裂症患者只限於講述妄想、譫語和幻覺。漢娜．霍爾讓他回憶起在海濱別墅裡發生過的那個插曲，是為了讓他感同身受。她幾乎成功了。

如果我告訴您，面對有些事物您無法保護您的親人，您會相信我嗎？如果我告訴您，有一些我們無法想像的危險已經潛伏在我們的生命中，您會相信我嗎？如果我告訴您，這個世界上存在著我們無法逃避的邪惡力量，您會相信我嗎？

這個週日，他們按計畫去往住在外地的朋友家裡吃了午飯。那兒有一大群人，差不多二十人。這樣一來，彼得羅．格伯自然地融入他人的談笑中，沒有人注意到他那天格外沉默寡言。

有個念頭一直在糾纏他。

小孩子的大腦是可塑的——他反覆回想著他對巴爾迪法官說的關於埃米利安的話——有時候他們會捏造出假回憶……他們真心相信自己經歷了某些事情……他們的幻想是如此生動，以致在他們看來那些虛構的事情都是真實的，但他們的幻想又是如此不成熟，以致他們無法分辨出什麼是真、什麼是假。

這一切對小時候的彼得羅．格伯來說也成立。

在坐到餐桌旁之前，格伯躲在陽台上打了個電話。如果西爾維婭問他，他會說那是關於一名小病人的事情。

「喂，伊西奧，我是彼得羅。」

「嘿，最近怎麼樣？西爾維婭和馬可怎麼樣？」他的堂哥問道，顯得很驚訝。

「他們很好，謝謝。你們怎麼樣？」

伊西奧只比他大一歲，住在米蘭，從事證券行業，在一家投資銀行工作，事業蒸蒸日上。自從三年前B先生的葬禮後，他們就再沒見過面，只在耶誕節時互相問候。

「昨天我和西爾維婭談起你了。」

「真的嗎？」堂哥表現得很驚訝，他肯定在疑惑格伯打這通電話的原因，「為什麼呢？」

「你知道，我在考慮明年夏天重新使用埃爾科萊港的別墅，想要邀請你、格洛麗亞和女孩們一起去。」

這不是真的。他厭惡那座房子。那兒充滿了無用的回憶。但他為什麼還沒有掛牌出售它呢？

「現在問我還太早了點。」伊西奧提醒他，因為現在還是冬天。

「我想讓整個家族聚在一起。」格伯試圖為自己辯解，想讓這件事顯得不那麼古怪，「我們從來沒有過團聚的機會。」

「彼得羅，一切都好嗎？」堂哥再次問道，語氣有些擔憂。

「當然，」他回答道，但他說話的聲音在他自己聽來都不可信，「你還記得我們在船庫裡抽爺爺的菸斗被當場抓住嗎？」

「我還記得我們那天挨了多少打。」伊西奧確定道，覺得有趣。

「是啊，我們一整個星期都被禁足了……還記得那次暴風雨的時候，我們以為屋裡進了一個幽靈嗎？」

「誰能忘得了！」堂哥喊道，突然大笑起來，「到現在只要想起那件事，我都會覺得害怕。」

格伯感到很糟糕。他其實希望伊西奧會告訴他那件事從未發生過。如果能確定那只是他童年時期虛構的記憶，那麼他會感到心安。

「那件事過去了將近二十五年，你怎麼解釋它呢？」

「我不知道。你才是心理師，應該由你告訴我。」

「或許是我們互相暗示了對方。」格伯肯定道，或許事實的確如此。

又寒暄了幾句後，他掛掉了電話，感到自己很愚蠢。

他為什麼要打這通電話？他怎麼了？

黃昏時分，回家路上，馬可在車裡的兒童座椅上睡覺，西爾維婭在用平板電腦看新聞，而格伯在問自己是否真的應該給漢娜・霍爾進行催眠療法。

他擔心自己幫不了她。

前一天，在他們第一次簡短會面結束的時候，他跟她約定了星期一再見。事實上，在那女人抓住他的手臂後，心理師就找了個藉口結束了這次初步會談。漢娜沒有料到他們會結束得這麼早，感到迷惑不解。

格伯仍然能感覺到那女人冰冷的手指觸及他的皮膚。他沒有向西爾維婭講述那個細節，因為他早就知道關於此事她會對他說什麼。她會明智地建議他與沃克醫生聯繫，告訴對方他要跟漢娜斷絕一切聯繫。

治療師和病人之間必須永遠保持一段不可逾越的距離、某種力量場或者無形的屏障。如果二者之一越過了界限，就算只越過了一點點，這也會像是某種污染，整個治療會因此受到無法彌補的損害。

「心理師該做的是觀察，」B先生過去總說，「就像紀錄片導演不會從獅口救下羚羊幼崽一樣，心理師不會干涉病人的精神。」

但是，不知為什麼，彼得羅・格伯繼續問自己，是不是他鼓勵了漢娜做出那樣的舉動，又是用什麼方式鼓勵了她？

如果是這樣，情況就會非常嚴重。

到家後，在西爾維婭給馬可做晚餐的時候，他編了個理由去事務所，但承諾會很快回來。

他一到位於切爾奇大街的那間帶複折屋頂的頂樓，就朝他自己的辦公室走去。

他打開燈，眼前便出現他整天都想逃避卻又避無可避的場景：漢娜・霍爾坐過的小扶手椅仍在原來的地方；櫻桃木茶几上，在節拍器的旁邊，是他們一起啜飲過的兩杯茶；空氣中還殘留著那女人抽菸的餘味。

格伯走向書架。他打開一只抽屜，從中取出一台筆記型電腦，拿著它走到他的扶手椅前坐下，把它放在膝蓋上。

電腦開機後，他開始搜索監控畫面。

事務所被十個微型攝影機監控著，這些攝影機經偽裝全被安放在最意想不到的物件裡——擱板上的一個機器人、一本書的書脊、一盞獨角獸形的檯燈、幾幅畫作和幾件傢俱。

格伯習慣對治療過程進行監控。他把監控影片保存在一個檔案夾裡。他這麼做是出於謹慎，因為他在工作中接觸的是未成年人，他不希望成為他們某個危險幻想中的主角。他這麼做也是為了更好地觀察小病人們，或許還能藉此糾正他的治療策略。

前一天，在接待了漢娜．霍爾後，他在隔壁房間裡為兩人沏茶的時候，趁她不注意，打開了監控系統。

他打開了存有那個週六資料的影片檔，開始觀察他們第一次見面時的影像。其中一個片段比其他的更能引起他的興趣。

您可以從那個本子裡撕一張紙給我，並把自來水筆也借我用一會兒嗎？

他回想起，這個要求當時在他看來不同尋常，使他感到不安，尤其是關於借自來水筆的要求。

那支自來水筆曾經屬於B先生。

而且，除了彼得羅．格伯之外，沒人有權使用它。實際上，上面沒有寫禁止觸碰的說明。只不過彼得羅避免有人碰它。

那麼他為什麼會突然願意把它借給一個完完全全的陌生人呢？他本可以編個理由來拒絕，為什麼反而同意借給她了呢？

當螢幕上顯現出他把紙張和自來水筆遞給病人的那一幕時，答案就來了。這和他回想起來的一樣。

在遞給她的時候，他輕觸了她的手。

這是一個有意的舉動還是純屬意外？漢娜意識到這個動作了嗎？是因為這個小小的親密接觸，她之後才覺得自己有權抓住他的手臂嗎？

正當這些疑問充滿他的思緒時，格伯重看了那女人寫下一條筆記又快速劃去的一幕。他注意到漢娜把那張紙折疊起來放進手提包裡，最後把自來水筆還給了自己。

格伯暫停了這段影片，試著尋找一份更清楚的錄影。或許某個微型攝影機的拍攝位置比其他的更清晰。

事實上，在病人背後的那面牆上的畫裡就有一個。

格伯打開錄影。當他看到漢娜寫下筆記的時候，就嘗試去讀她寫下的內容。

那條筆記只有一個詞。

但女人接著便用極快的速度胡亂塗劃著劃去了它。於是格伯放慢了播放速度，但還是看不清那個詞。

他沒有認輸。他倒回錄影，在漢娜劃去那個詞的前一瞬暫停了影片，然後試著放大畫面。他對變焦鏡頭用得不太熟，之前從來沒有用過。但嘗試了兩次後，他成功地把鏡頭聚焦在那張紙上。

他還是沒有辦法把焦點對準那幾個模糊的字母。唯一的方法或許是盡可能地把臉靠近螢幕。他這麼做了，感到自己有些滑稽。但這次嘗試獲得了回報，他費了些力，成功讀到了內容。

彼得羅．格伯猛地從扶手椅上站起身。筆記型電腦落到他的腳邊，摔在地面上。但他仍舊難以置信地看著它。

那張紙上寫著「伊西奧」。

但他從來沒有把他堂哥的小名告訴過漢娜．霍爾。

6

他一晚上沒有睡著。

他在床上輾轉反側，尋找著一個解釋。但腦海中浮現的那些解釋都無法給他任何安慰。

漢娜．霍爾知道發生在埃爾科萊港別墅裡的那個關於幽靈的故事，但她假裝相信了他的說法——這是發生在一個八歲的病人身上的事。她怎麼會知道這件事？她調查過他嗎？但在他們兩個從未見過面的人相見之前，她怎麼能在這麼短的時間裡調查他呢？即便漢娜知道他的堂哥是誰，可「伊西奧」又是一個只在家人間使用的名字，她怎麼會瞭解到這麼私密的細節呢？在初步會談時，他們談論了童年時期的怪異事件，可格伯甚至沒有向西爾維婭提起埃爾科萊港那個幽靈的故事，漢娜又怎麼會知道格伯要講的一定是這件事呢？

在這個無眠之夜裡，格伯做出了決定：明天他就給沃克醫生打電話，告訴她他很抱歉，但他無論如何都要拒絕這項委託。是的，這是他該做的最明智的事。但是，當外面天光初亮時，他的思緒仍然一片混亂。顯然，如果他不能解決這個謎團，就無法徹底放下，尤其是如果他不知道自己有沒有弄錯，就無法擺脫那個故事。

他很早就出了門，用一個匆忙的吻告別了西爾維婭。他感覺到妻子的目光追隨著他來到門口，好在她沒有提出疑問。

他回到事務所裡。

那兒只有一個負責清潔的男員工。格伯把自己關在辦公室裡，以便在頭腦清醒的情況下重新觀看與漢娜．霍爾初步會談的影片。如果用早晨的眼睛觀察，那麼很多東西都會起變化，B先生過去總這麼說，為的是讓格伯願意早起複習在學校裡會被提問的那些科目。他說得有道理，事實上，格伯已經學會了把人生中每一個重大決定都推遲到一天的清晨來做。

格伯確定，重新觀看影片後，他會對幾小時前所見的內容改變看法。

但是，當他看到錄影的關鍵點時，問題不但沒有顯得更明晰，反而變得更加複雜起來。前一晚，儘管需要把視線貼近螢幕，他還是成功放大並看清了畫面。現在，無論他怎麼嘗試調整影片，都無法像之前那樣幸運地切中那個畫面了。

結果是，他不再確定那女人用大寫字母寫下的是「伊西奧」。

徹底放棄後，他沮喪地呼出一口氣。在這之後的一小時內，漢娜．霍爾應該會打電話給他，而他還沒有想好要怎麼應對她。此外，無論是工作上還是個人情感上，他都已經捲入了這件事。儘管這種情況並不算逾越了心理師與病人之間應保持的治療必需距離，但彼得羅．格伯不再確信自己能否做到足夠客觀。

留給他做決定的時間不多了。

在領主廣場上，里瓦爾咖啡館門外的招牌上寫著「蒸汽巧克力工廠」這幾個金色的大字。這家古老的咖啡館位於拉維森大樓底層，可以追溯到一八七二年。

這裡不但可以抵禦憂傷的寒冬，還是嗅覺的庇護所。

彼得羅．格伯站在那兒享受著剛出爐的甜點香氣，手裡端著一小杯咖啡。

他看見她出現在櫥窗外，正在瓦凱雷恰大街的廣場上拐彎，如同一個黑點，跟在一隊湧向烏菲茲美術館的遊客後面。漢娜．霍爾還是和上週六一樣的裝束：套頭毛衣、牛仔褲、短靴和手提包，頭髮紮在腦後。這一次，她的服裝還是與季節不相稱。

從他所在的地方，格伯能夠不被注意地看著她。他想像她的鞋跟在被雨水沖刷得發亮的鋪石路面上發出的聲響，那兒曾經有段時間全鋪著佛羅倫斯陶磚，為的是讓女士們的步伐更輕些。

他看見她走進一家菸草店，認真地排起隊。輪到她的時候，她指了指展示在櫃檯後的一包菸，然後在包裡翻找，掏出幾張捲起來的鈔票和一些硬幣，傾倒在售貨員面前，讓他幫忙計算她不認識的貨幣面值。

這些笨拙的小動作表現出她拿不定主意，也表現出她沒有能力參與困難的生活遊戲。這些小動作說服了彼得羅．格伯再給她一次機會。

她與其他玩家不同，格伯對自己說。她出發時就已經處於劣勢。

也許那個女人並不像他看過影片後所認為的那麼邪門。也許她的確需要有人傾聽她。否則，她就不會辛苦地來到世界另一端，只為弄清像謀殺一個名叫阿多的小男孩這樣的悲劇事件是否真正發生過，尤其是，她是否對這個事件負有任何責任。

片刻後，當漢娜坐在她之前坐過的那把小扶手椅上點燃第一支菸時，他問道：「您吸的是什麼菸？」

女人從打火機的火焰上抬起目光。「溫妮。」她說道，接著從手提包中取出一包香菸，展示給他看，「是澳洲產的，我們那兒都這麼叫它。」

格伯藉機向她手提包裡那張從筆記本上撕下來的紙瞥了一眼，漢娜之前在那張紙上寫下了「伊西奧」的名字。

「您喜歡吸菸嗎？」在她發覺他在偷看前，他問道。

「是的，但我得控制自己。不是因為健康原因。」她覺得有必要解釋清楚，「在澳洲，香菸可不便宜：一包菸差不多要二十澳元。在未來幾年內，政府還想讓價格翻倍，為的是讓所有人都戒菸。」

「所以到了這兒，在義大利，您一定很欣喜了。」他評論道。但女人迷惑地看著他。格伯忘記了漢娜不具備幽默感。這進一步證實了精神分裂症的診斷結果。

此前，心理師交給她一個小碟子，這是一個五歲的小病人用手工黏土做來送給他的。這件手工製品有著不規則的形狀，裝飾著豐富的琺瑯色彩。按照製作者的意圖，它應該看起來像個菸灰缸。

與前一次相比，漢娜沒那麼緊張，氛圍也顯得更輕鬆。心理師想要重新營造出他們第一次會面時的環境：點燃的壁爐，兩杯茶，沒人打擾他們。

「我原以為您不想再跟我見面。」漢娜冷不防說道。

「您為什麼會這麼想？」

「我不知道……或許是上週六聊天結束時您的反應。」

「我很抱歉讓您得出了這個結論。」他說道，為她看出了這一點感到歉疚。

漢娜輕輕眨了眨那雙清澈的藍眼睛：「那麼您會幫助我，對嗎？」

「我會盡我所能。」格伯向她保證道。

他思考了很久要怎麼對待漢娜。正如和他的澳洲同行商議的那樣，他應該忘記那個成年女人，和那個小女孩交談。對他的小病人們，有一個方法總能有效地幫助他們更容易地重現發生在自己身上的事情：

孩子們喜歡被人傾聽。

如果一個成年人表明他準確地記住了他們之前說過的話，孩子們就會感到自己得到了重視，會在自身中找到接著把故事講下去的自信。

「上一次，我們的會面結束時，您講了一件事……」格伯試著不犯錯，重複著她的原話，「當阿多晚上來找我的時候，在聲音之家裡，他總是藏在我的床底下……但那次叫我名字的人不是他……是陌生人。」

格伯當時在他的筆記本上記下了讓他印象深刻的三個詞。

「請您滿足一下我的好奇心……如果阿多已經死了，他怎麼能叫出您的名字呢？」

「阿多話說得不多。」漢娜明確說道，「我只知道他什麼時候和我在一起，什麼時候不在。」

「您怎麼知道的呢？您看見他了嗎？」

「我就是知道。」病人重複道，沒有補充別的解釋。

格伯沒有抓住這個話題不放，轉而問道：「您記得童年時期的許多事，但在這些過去的回憶中，沒有關於阿多如何被殺的記憶，對嗎？」他想要再次講明情況。

「是的。」

他們兩人都沒有提到漢娜自稱是殺死小男孩的兇手。

「事實上，您可能消除了一連串記憶，而不僅僅是那一段。」

「您怎麼能斷言這樣的事呢？」

「因為那些事件構成了一條心理路徑，而這條路徑通向那個特定片段的記憶。」

就像童話故事《大拇指湯姆》中的麵包屑❻一樣：森林裡的小鳥吃掉了麵包屑，使得可憐的主人翁無法找到回家的路。格伯喜歡向他的小病人們這樣解釋。

「我們應該重構這條路徑，透過催眠來重構。」

❻ 童話故事《大拇指湯姆》中的主人翁大拇指湯姆將麵包屑撒在路上，想藉此找到回家的路。

「那麼，您準備好開始了嗎？」他問道。

他讓她坐到搖椅上，然後讓她閉上眼睛，隨著櫻桃木茶几上節拍器的節奏搖擺。

一分鐘四十下。

「假如我無法醒來，會發生什麼？」

他已經聽小病人們將這個問題重複了上千遍。甚至在成年人中，這也是一種常見的恐懼。

「沒人會一直處於被催眠的狀態，除非他們自己不想醒來。」他像往常一樣回答道。與電影中呈現的不同，催眠師沒有能力把被催眠者囚禁在他們的頭腦中。「那麼，您覺得怎麼樣，我們要開始嗎？」

「我準備好了。」

隱藏在房間裡的微型攝影機已經在記錄第一次催眠治療。彼得羅．格伯重讀了一遍本子上的筆記，以便確定從哪裡開始。

「我跟您解釋一下這是怎麼運作的。」他補充道，「催眠就像一台時間機器，但不需要根據時間順序講述事件。我們會在您人生的頭十年中來回遊走。我們會一直從出現在您腦海中的第一個畫面開始，或者從一種感覺開始。通常，我們從最親近的家人開始……」

漢娜．霍爾仍舊抓著她一直抱在懷裡的手提包，但格伯注意到她顫抖的手指開始平靜下來。這意味著她正在放鬆。

「直到十歲，我都不知道我父母的真名，連我自己的真名也不知道。」漢娜肯定道，在她頭腦中不知哪個陰暗的角落裡搜尋到這個奇怪的細節。

「這怎麼可能呢？」

「我很瞭解我的父母。」女人詳細說明道，「但我不知道他們真正叫什麼名字。」

「您想要從這裡開始講述這個故事嗎？」催眠師問道。

漢娜．霍爾的回答是：「是的。」

7

我什麼也看不見。第一個感覺是一只鈴鐺的召喚聲。就像人們繫在貓脖子上的——一只鈴鐺。但這只不在貓脖子上，它在我身上，用一條紅色緞帶繫在我幼小的腳踝上。

我不知道阿多身上發生了什麼，但不知為何，這只鈴鐺發出的聲音與發生的那件事情有關。儘管我仍然不知道原因，這陣聲音把我帶回了那段時間，帶回到媽媽和爸爸身邊。

我的家人對我很好。我的家人很愛我。

所以，我的爸爸媽媽為了把我從死者的地界接回來，在我的腳踝上繫了一只鈴鐺。在我看來，這很正常。

我是個小女孩，所以對我來說，這件怪事和其他所有怪事都是規則。

媽媽總說，每件事物裡都藏著一點魔法。當我不聽話或者闖了禍時，她不會懲罰我，而是淨化我周遭的氣場。爸爸每天晚上都會坐在我的床上，給我講睡前故事。誰知道他為什麼喜歡編些關於巨人的故事呢。爸爸會永遠保護我。

我的家庭是個幸福的家庭。

我的爸爸媽媽和別的爸爸媽媽不一樣。但在火災之夜之後，在一切都改變之後，我才發現這一點。現在我們又回到了開始，而開始時我還無法知曉這一點。

我不記得爸爸媽媽的面容，但我知道那些細節。對許多人來說，這些小事可能顯得無關緊要。但對我而言，卻不是這樣。因為那些小事都只屬於我，其他任何人都無法擁有它們。

我不知道我的爸爸身材是高是矮，是胖是瘦。我無法描述他的眼睛或鼻子。可談論他頭髮的顏色，對我又有什麼意義？對我而言，唯一重要的是，他的頭髮是那麼捲曲濃密，他總是無法讓它們保持整齊。有一次，在嘗試理順頭髮時，他把一只梳子卡在了頭上，媽媽不得不剪掉一些頭髮才把它取下來。

我爸爸的雙手長著老繭，當他捧起我的臉時，兩隻手聞起來像乾草。其他人都無法知道這個細節。而正是這一點才讓他成為我的爸爸。因為這個無關緊要的細節，他永遠不會成為別人的爸爸。而我永遠是他的女兒。

媽媽的左腳踝上有一個粉色的胎記。它不顯眼，而且非常小：一件寶貴的小東西。你得非常仔細，尤其是要靠得非常近，才能注意到它。所以，如果你不是她的女兒或者愛著她的那個男人，就無法看到它。

我不知道我的爸爸媽媽來自哪裡，也不瞭解他們的過去。他們從不跟我談起我的祖父母，也從未告訴過我他們是否在別處有兄弟姊妹。我們似乎自出生起就在一起了。我的意思是，就好像我們前世也是這樣。

只有我們一家三口。

媽媽堅信人可以轉世，從一世的生命中轉到另一世，就像從一個房間走到另一個房間那樣簡單。你不會改變，改變的只是房間裡的陳設。那麼，顯而易見，不可能存在一個過去和一個將來。

我們就是這樣，也會永遠這樣。

但有時候，有人在穿過房間時會被卡在門檻上。那就是死者的地界，時間在那兒停滯。

我的家庭是一個地方。是的，一個地方。或許對大多數人而言，瞭解自己的故土、瞭解自己來自的地方幾乎是很正常的。對我來說，卻不是這樣。

那個地方對我而言，就是我的爸爸媽媽。

事實上，我們從來不在同一個地方住很久，久到足以感覺那地方的確屬於我們。我們不斷地搬家。我們停留的時間從來不超過一年。

我會和爸爸媽媽一起在地圖上確定一個點——一個隨機的點，憑直覺選擇——然後就搬到那兒去。那地方通常在地圖上綠色的部分，有時在褐色或淺褐色的部分，靠近一些藍色的點，但總是遠離那些黑色的線和紅色的點——必須遠離黑色的線和紅色的點！

我們通常是徒步旅行，穿過草地和山丘，或者總是行經次要的道路。又或者我們走到一個車站，在晚上貨運火車都空著的時候，登上一列火車。

旅行是最美好的部分，是讓我玩得最高興的部分。白天的時光都用於探索世界，晚上則置身星空之下。只需要點燃一堆火，爸爸彈起舊吉他，媽媽唱起甜美而憂鬱的旋律，我自出生起就習慣於伴著那些音樂入睡。

我們的旅程結束時，總是伴隨著重新開始旅行的承諾。但我們到達目的地後，就開始了另一段生活。首先，我們巡查那個地區，尋找一座荒廢的房子。因為再也沒人想要那些房屋，它們就屬於我們了。儘管只是在很短一段時間之內。

每一次我們來到一個新地方，都會改掉我們的名字。

每個人都會選擇一個新名字。我們可以決定自己想要的名字，其他人都不可以反對。從那以後，我們就得這樣稱呼對方。我們常常借用書裡的名字。

我不是漢娜，這時還不是。相反，我是白雪、愛洛、辛德瑞拉、貝兒、山魯佐德❼……世上還有哪個小女孩能說她一直是個公主呢？當然，真正的公主除外。

然而媽媽和爸爸選的名字就要簡單得多。但對我而言沒什麼區別，我從來不用他們的新名字：對我而言，他們永遠都是「媽媽和爸爸」。

但是，有一個條件：那些名字只能在家裡用。最重要的是，我們永遠、永遠、永遠不能把那些名字告訴其他任何人。

❼ 均為童話中女主人翁的名字，白雪出自《白雪公主》，愛洛出自《睡美人》，辛德瑞拉出自《灰姑娘》，貝兒出自《美女與野獸》，山魯佐德出自《一千零一夜》。

規則三：永遠不要將你的名字告訴陌生人。

在決定我們的新名字後，媽媽會讓我們進行一場儀式，用於淨化我們的新居。儀式內容是在房間裡跑來跑去，喊著我們剛取的新名字。我們用盡力氣喊出新名字，到處互相喊著對方的新名字，那些聲音就變得熟悉起來。我們學著去信賴那些名字，學著變得不同，同時卻保持著一成不變的生活。

這就是為什麼對我來說，每個新家都變成了聲音之家。

我們的生活並不容易。但在我眼中，媽媽和爸爸讓生活看上去像一場大型遊戲。他們能把一切逆境變成娛樂。有時我們沒有足夠的食物，為了忘記飢餓，爸爸會彈起他的吉他，我們三個人都躺在大床上，講著故事，暖暖和和地度過一天。或者，當雨水從破損的屋頂漏進來時，我們撐著傘在房子裡走來走去，放上鍋碗瓢盆，讓雨滴落在上面發出聲響，編成歌曲。

我們一家三口在一起，這就夠了。沒有別的媽媽和別的爸爸，也沒有別的孩子。我甚至從不懷疑還存在別的小孩子。

就我所知，我是這世上唯一的孩子。

我們沒有貴重物品，也沒有錢。我們和任何人都沒有聯繫，也就不需要任何人。

媽媽種了一片菜園，一年四季都可以從中收穫大量的蔬菜。爸爸不時會用弓箭去打獵。

我們常常養些家禽家畜：雞、火雞、鵝。有一次還養了一隻用來擠奶的母山羊。還有一次養了大約四十隻兔子，但這只是因為我們當時控制不了情況。這些動物往往是從某個農場跑出來的，從未有人來認領牠們。

但我們總是養很多狗，讓牠們看家。

這些動物不會跟著我們搬家，所以我不該太過喜愛牠們。顯然，我們旅行時只帶著必需品。我們一旦安頓下來，就設法在周圍弄到我們需要的一切——衣物、廚具、床鋪。通常，那都是人們丟棄或遺忘在某個地方的。

我們選擇的地點總是鄉村地區，農民們拋棄了這些地方，為尋求更好的機會搬去了別處。從那些荒廢的房屋中，可以找出一堆仍然可用的器具。有一次，我們找到了一堆布料和一台腳踏式縫紉機，於是媽媽在那個夏天為我們做出了絕好的冬裝。

我們不需要科技進步。

當然，我知道存在電話、電視、電影、電力和電冰箱。但我們從未擁有過任何這些東西，除了我們留待緊急情況下使用的手電筒。

儘管如此，我仍然瞭解這個世界，並且受到了良好的教育。我不上學，但媽媽教我讀書和寫字，爸爸給我上算術課和幾何課。

其餘的知識我會在書裡找到。

那些書也是我們從周圍收集來的。每次找到一本新書，我們就會高興得像過節一樣。

書頁中的世界很迷人，同時也很危險，就像一頭被關在籠子裡的老虎。你欣賞牠的美麗、牠的優雅、牠的力量……但如果你將一隻手臂伸入柵欄中，想要撫摸牠，牠會毫不猶豫地把你的手臂撕咬得粉碎。或者，至少爸爸媽媽是這麼向我解釋的。

我們遠離世界，並希望世界也遠離我們。

多虧有爸爸媽媽，我的童年成了一種冒險。我從不問自己，我們這樣生活是否有一個確切的理由。就我所知，當我們厭倦一個地方時，就會收拾行李重新出發。儘管我年紀很小，我還是明白了一件事：我們不斷搬家的原因與我們一直帶在身邊的一件東西有關。

一只褐色的小木匣，差不多三拃長。

匣子上刻著一個詞，是爸爸用燒紅的鑿子刻上的。每當我們到達一個新地方，他就會挖一個深坑，把它放在地裡埋起來。我們只在必須再次離開的時候才把它挖出來。

我從來沒見過那匣子裡的東西，因為爸爸用瀝青將它封了起來。但我知道裡面鎖著唯一一個不改名字的家庭成員：那名字用燒紅的鐵器刻在匣蓋上。

對媽媽和爸爸而言，阿多會永遠是阿多。

8

漢娜沉默下來，就好像她決定獨自為那個故事畫上句號。對目前來說應該夠了。

彼得羅．格伯仍然感到迷惑。他不知道該相信什麼。但還是有積極的一面：在某些時刻，傾聽病人的時候，他聽見了她內心那個小女孩的聲音。圍繞著那個小女孩，過往一層又一層地，令她沉澱成了他面前這個三十歲的女人。

「好的，現在我想要您和我一起倒數，然後睜開眼睛。」格伯說道，隨即像往常一樣從十開始倒數。

漢娜照做了。然後，她在辦公室的半明半暗中睜開了她那雙藍眼睛，顯得難以置信。

格伯伸出一隻手，讓搖椅停止擺動。「等它停下再站起來。」他建議道。

「我應該深呼吸，對嗎？」她問道。她肯定想起了她的第一位催眠師特雷莎．沃克的指示。

「沒錯。」他同意道。

漢娜開始吸氣和呼氣。

「您不記得您親生父母的真名，對嗎？」格伯問道，為了驗證他是否弄明白了。

漢娜搖了搖頭。

被收養的小孩子沒有保留關於他們原生家庭的記憶，這很正常。但漢娜搬到澳洲時已經十歲了，她本應該記得親生父母的名字。

「我也是在去往阿德萊德後才成為漢娜・霍爾的。」女人解釋道。

「當您住在托斯卡納的時候，你們總是不斷搬家？」

女人點頭證實了這第二條資訊。

當心理師記錄下這些資訊的時候，她禮貌地問道：「我可以用洗手間嗎？」

「當然。洗手間在左邊第二道門。」

女人站起身來，但在離開之前，她取下手提包的背帶，把它掛在搖椅的靠背上。

這個舉動沒有逃過彼得羅・格伯的眼睛。

當漢娜離開房間時，他一直注視著那個黑色的仿皮質物件，它在他面前像個鐘擺一樣晃動著。包裡還存放著那張漢娜從他在初次面談時遞給她的筆記本上撕下來的紙。在那張紙上，她寫下了伊西奧的名字。她不可能知道我堂哥的綽號，他對自己重複道。這個想法正在變成他無法擺脫的煩惱。但要想核實這個錯覺，他就必須侵犯病人的個人隱私，在她的物品中翻找，背叛她的信任。

B先生是永遠不會這麼做的。相反，他甚至一定會反對嘗試這麼做的念頭。

時間一秒一秒過去，彼得羅・格伯仍無法做出決定。真相就在那裡，在觸手可及的位置。但是，把那張從筆記本上撕下來的紙拿來讀意味著他會在那種奇怪的關係中捲得更深，而漢娜・霍爾在他的病人中已經夠不尋常了。

片刻後，女人從洗手間回來，發現他正注視著搖椅。

「對不起，我想，洗手液用完了。」她說道。

格伯試圖掩飾尷尬：「抱歉，我會讓清潔工再準備些，謝謝。」

漢娜重新拿起手提包，斜挎在背上。她拿出溫妮菸盒，點燃了一支菸，吸菸時卻仍站著。

「之前您說，您的父母在您的腳踝上繫了一只鈴鐺，為了把您從死者的地界接回來。」格伯幾乎逐字逐句地引述道，「我的理解對嗎？」

「是的。」她確認道。「一只人們通常繫在貓脖子上的鈴鐺。我的鈴鐺有一條漂亮的紅色緞帶。」她重複道。

「真的發生過嗎？」他追問道，並仔細觀察著她的眼睛，「您死去後他們來接您，真的發生過嗎？」

女人沒有轉開目光：「我從小就死過好幾次。」

「阿多也有一只跟您一樣的鈴鐺嗎？」

「不……阿多沒有，所以他留在了那裡。」

漢娜肯定可以從他臉上讀到他所有的懷疑、憂慮以及不可置信。或許她感到他在同情她，但格伯沒有別的方法能幫助她分辨出什麼是真、什麼是假。他必須向她證實，她記憶中的魔鬼並不存在。只有這樣才能讓她解脫出來。

「小孩子知道成年人不瞭解的事物嗎，漢娜？比如怎麼從死者的地界回來？」

「是的，就是這樣：成年人忘記了那些事情。」她用細若柔絲的聲音肯定道，眼中充滿了一種奇異的懷念。

格伯可以聽見她內心的聲音：也許漢娜想要憤怒地哭泣，想要喊出她的失望。因為他拒絕承認在我們周圍運行的黑暗力量可能存在。因為他和其他人一樣，頑固地保持著遲鈍。

但女人深吸了一口菸，說道：「您的兒子是否曾在午夜呼喚您，因為在他床下有一個怪物？」

儘管他無法容忍她再次牽扯到他的家人，彼得羅．格伯還是表示了肯定，試著展現出溫和的態度。

「為了讓他安心，您會像一個好爸爸那樣俯身去檢查，向他證實事實上沒什麼好害怕的。」漢娜肯定地說道，「但是當您掀開床罩的時候，如果僅僅有一秒鐘想到一切都可能是真的，您也會感到一陣隱秘的戰慄……您能否認這一點嗎？」

儘管他是個極為理性的人，他也無法否認。

「好吧，今天先到這裡。」他宣布道，結束了這次會面，「如果您方便的話，我們明天同一時間繼續。」

漢娜什麼也沒說。但在告辭之前，正如一個習慣吸菸的人那樣，她快速地舔了舔拇指和食指，用手指掐滅了菸頭，像是在掐一隻昆蟲的頭。那支菸散發出一道細煙。當她確定菸已經熄滅後，漢娜並沒有把菸頭放進格伯遞給她的手工黏土做的菸灰缸裡，而是從包裡拿出那張折疊起來的紙，把菸頭包裹在裡面，扔進了房間角落裡的垃圾桶。

彼得羅・格伯的目光跟隨著那個小紙團劃出的拋物線，直到它落進其他垃圾之間。

漢娜似乎注意到了，但她什麼也沒說。相反，或許這正是她想要達到的目的：激起他的好奇心。

「那麼，祝您度過愉快的一天！」在離開頂樓前，她說道。

格伯等待著前門重新關上的聲音響起，感覺自己像個傻瓜。我竟會落入這麼平淡無奇的圈套裡，真不可思議，他對自己說道。他搖搖頭，嘲笑著自己，但那笑聲中藏著他所有的挫敗感。接著他從扶手椅上站起身，不慌不忙地走向垃圾桶。他低頭看去，甚至期待著什麼也找不到，就像一場戲法中被愚弄的、傻乎乎的觀眾一樣。

然而那張被揉成團的紙就在那兒。

他伸出手臂去撿它，把它拿到手裡，再展開，確信從這一刻起，許多事情都將改變。

但他必須知道。

這張紙來自他自己的筆記本，寫下那個詞又胡亂塗劃著劃去它的墨水來自那支他之前從未借給任何人的自來水筆。

只是那個用大寫字母寫出的名字不是「伊西奧」。

而是「阿多」。

9

「那麼，您覺得她怎麼樣？」

「她不修邊幅，菸抽得相當多。我還注意到她雙手顫抖，但我沒問她是否在服用藥物。」

「她告訴我她服用過一段時間的左洛復[8]，但後來停藥了，因為副作用太大。」特雷莎・沃克告訴他。

阿德萊德現在是早上九點半，而佛羅倫斯是午夜。西爾維婭和馬可睡在他們各自的床上，而彼得羅・格伯在廚房裡，儘量壓低聲音，以免吵醒他們。

「她告訴過您她住在哪兒，要在佛羅倫斯待多久嗎？」

「您說得有理，我本該問她的。我會彌補這一點。」

過去的一刻鐘裡，格伯都在電話裡用英語概述漢娜那個關於她童年的奇怪故事。

「有什麼東西讓您尤其印象深刻嗎，格伯醫生？」

「漢娜有幾次提到了一場火災。」他回憶道，把手機從一隻耳朵移到另一隻，「在治療期間，她的確提到了一個『火災之夜』。」

……在火災之夜，媽媽讓我喝下了遺忘水，所以我什麼都忘了……

「我不知道。」沃克說道，「她沒有跟我提到過。」

「真奇怪，因為她告訴我，您試圖用催眠尋找答案，正是因為那個經常出現的夢。」

「這個夢可能與過去的一件事有關：一件在她身上留下痕跡的事。」

事實上，格伯覺得那是過去與後來之間的一段休止：「那位女士講述她的童年時，把它形容得像一段與她生命的其他部分隔開的封鎖地帶……此外，『漢娜．霍爾』是她在十歲以後才採用的身分。就好像那個成年女人和那個小女孩不是同一個人，而是兩個不同的個體。」

「也許，當您深入探尋她在托斯卡納的過去時，我應該調查她在澳洲的現在。」特雷莎．沃克在他開口前提議道。

「這主意再好不過了。」他贊同道。

實際上，除了知道她透過不定期地做翻譯來賺錢之外，他們對這位病人一無所知。

「我認識一位私家偵探。」沃克向他保證道，「我會請他幫忙調查。」

「我應該嘗試和那位女士的親生父母取得聯繫。」格伯肯定道，「當然，前提是他們還活著。」

「我推測，想要在二十年後再找到他們並不容易。」

「是的，您說得對。」

誰知道他們怎麼樣了。格伯回憶起來，他們決定在荒無人煙的地方與世隔絕地活著，不斷搬

❽ 一種抗抑鬱藥物。

家，過著不穩定的生活。

我們遠離世界，並希望世界也遠離我們。

「他們在地圖上選一個地方，然後搬去那兒，但遠離黑色的線和紅色的點。」

「主幹道和聚居區。」沃克解釋道，「為什麼呢？」

「我不知道，但漢娜堅信她經歷了某種冒險，她的父母弱化了生活中的困難，把生活的不便變成專為她設計的遊戲……一切都被某種新紀元運動[9]精神主宰著：父親用弓箭打獵，母親負責舉行怪異的儀式、淨化氣場之類的事情。」

「當時是二十世紀九〇年代。這有些不合時代。」沃克懷疑地思索道。

「在我們第一次會面的時候，漢娜提到了幽靈、女巫和不死的死者。她似乎堅定地相信這一切都是真的。」

所以，我的爸爸媽媽為了把我從死者的地界接回來，在我的腳踝上繫了一只鈴鐺。在我看來，這很正常。

「我不擔心古怪的家庭或者迷信。」沃克肯定地說道，「最讓我憂慮的是那些名字。」

特雷莎．沃克說得有理。漢娜．霍爾在童年時期多次更改過自己的名字，這也使格伯感到憂心。

一個個體的身分是在生命最初幾年中形成的。名字並不僅僅是它的一部分，更是它的支點。名字變得像磁鐵一樣，那些定義我們是誰並且使我們更獨一無二的特性都聚集在它周圍。外貌、特殊的痕跡、愛好、性情、優點和缺點。身分對於定義人格是至關重要的。轉換身分可能會損害人格，使它變成某種不定的東西。這對個體來說非常危險。

用另一個名字取代自己的名字，即便一生中只有一次，也會破壞個體的穩定性，會對自我評價造成嚴重的傷害。因此，法律上改變身分的程式極其複雜。誰知道漢娜・霍爾不斷地轉換身分產生了什麼樣的後果。

我是白雪、愛洛、辛德瑞拉、貝兒、山魯佐德……世上還有哪個小女孩能說她一直是個公主呢？

他一邊聽著腦海裡漢娜重複這些話的聲音，一邊打開西爾維婭存放餅乾的陶瓷罐，伸手拿了一塊巧克力味的。他心不在焉地咬住餅乾。

「漢娜堅持強調她的家庭很幸福。」他說著，打開冰箱去找牛奶。

「您認為她說的是假的？」

格伯回想起了埃米利安，那個像幽靈一樣的小男孩。「接手這個病例的同時，我還在跟進另一個病例，是一個六歲的白俄羅斯小男孩，他說他看見養父母進行某種狂歡儀式，祖父母和一位收養機構的負責人也參與其中……他聲稱他們戴著奇怪的動物面具：貓、羊、豬、貓頭鷹和狼。」他準確地列舉著，「法院委託我確認他是否在說謊，但問題不能僅僅簡化成這個……對一

❾ 二十世紀七〇年代至八〇年代在西方興起的一系列精神或宗教活動和信仰，涉及的層面極廣，包括冥想、通靈、轉世等。

個小孩子來說，家是世界上最安全的地方。或者，是最危險的地方——每個兒童心理師都清楚這一點。只是小孩子自己分辨不出區別。」

沃克思索了一會兒：「在您看來，漢娜小時候並不處於安全中？」

「有關於規則的那回事。」他回答道，「漢娜列舉了兩條規則：『陌生人就是危險』，然後是『永遠不要將你的名字告訴陌生人』。」

「也許，為了弄明白規則有多少，內容是什麼，尤其是它們被用來做什麼，您應該先深入研究『陌生人』的問題。」沃克提議道。

「事實上，這一點我也想到了。」

「還有別的問題嗎？」

「阿多。」心理師回答道。

他在睡衣口袋裡翻找起來，他之前把漢娜寫過字的那張從筆記本上撕下的紙放在那兒了。

阿多。

「漢娜向我借了紙筆來記下這個名字。我很疑惑她當時為什麼那麼著急要做這樣一件事。」

「您怎麼解釋這件事呢？」

「也許她只是想吸引我的注意。」

沃克掂量著這條資訊，簡短地評論了一句：「對孩子們進行治療時您會錄影，對嗎？」

「是的。」格伯承認道，「我保存著每一次會面的錄影。」這位同行或許也會給她負責的病人錄影。這個時候，他本應該跟她講伊西奧的故事，說他把病人寫在他給她的紙上的字錯看成了他堂哥的名字，但他不願意讓沃克覺得他自己被漢娜影響了。相反，他總結道：「所以我認為，最後漢娜故意把那張紙扔進垃圾桶，是為了讓我找到它。」

這個舉動引起了沃克的注意。「在對漢娜進行治療時，請您繼續錄影。」她囑咐道。

「當然，請您放心。」他向她保證道，微露一絲笑意。

「我是認真的。」她堅持道，「我比您年紀大，我知道自己在說什麼。」

「請您相信我。」

「抱歉，有時候我對比我年輕的同行過於熱心了。」但她的語氣聽上去的確很擔憂，儘管她目前還不願意解釋原因。

「如果您把漢娜在阿德萊德接受第一次催眠治療的錄影發給我，或許會有用。」

「我沒那麼前衛，我還在用老方法做事。」她承認道。

「您是說您從始至終都記筆記嗎？」格伯驚訝道。

「不，不。」沃克回答道，感到好笑，「我有一台數位答錄機。我會把治療的錄音發到您的郵箱。」

「太好了，謝謝您。」

見他最終願意嘗試對漢娜進行治療，特雷莎·沃克似乎很高興。

「至於您的酬金……」

「這不是問題。」格伯搶在她前面說道。漢娜．霍爾完全不可能付得起錢，他們兩人都很清楚。

「這幾通越洋電話會花掉我們一大筆錢。」特雷莎．沃克笑道。

「但您說得有理，那位女士需要幫助。從她第一次接受催眠時所講的故事看，我認為她的記憶裡還有很多需要探索的東西。」

「漢娜正在對您產生什麼影響？」沃克冷不防問道。

格伯感到不知所措，不知道該如何回答。他多沉默了一秒，沃克就替他說話了。

「請您當心些。」

「我會的。」格伯承諾道。

講完電話後，格伯在廚房裡坐了一會兒，一邊對著一杯冰牛奶思考，一邊又吃下幾塊巧克力餅乾。他身處半明半暗中，僅僅被打開門的冰箱的燈光照亮。

他問自己，漢娜正在對他產生什麼影響？他為什麼無法回答沃克？

每位治療師都會對病人產生影響。但相反的事情也會發生，這是無可避免的事情，尤其是當病人是小孩子的時候。無論每個心理師如何盡力保持距離，都不可能不在情感上被捲入某些恐怖故事中。

B先生曾教過他許多克服這一切的方法。用這些方法可以造出一種無形的盔甲，同時又不失去必要的同理心。

「因為如果恐懼跟隨你回了家，你就無法解脫出來了。」他總這麼說。

格伯從桌旁站起身，把空杯子放進水池，重新關上冰箱門。他在寂靜的屋子裡赤著腳向臥室走去。

西爾維婭裹藏在被子下，雙手合攏，放在臉頰和枕頭之間。格伯看著她，心中湧起一種負罪感。有一些東西讓他覺得自己和漢娜很相似，所以他才會對病人如此熱情用心，所以他才會感到有義務幫助她。

我也不知道我是誰了，他對自己說道。那是個折磨了他三年的秘密，而他不敢向西爾維婭吐露。

在鑽進被子和妻子躺在一起之前，格伯去瞧了一眼馬可。馬可也在小床裡安謐地睡著，一盞仙人掌形狀的小夜燈為他守夜，正和他母親的燈擺在同一個位置。他在這一點上也跟她一模一樣，格伯對自己說道。這個念頭撫慰了他。

接著，他俯向枕頭，在馬可的前額上輕輕一吻。孩子發出一聲輕微的抗議，但沒有被吵醒。他現在很暖和，但他父親知道，幾個小時後，他就會踢開被子，而他得過來再幫他蓋好。格伯正要去睡覺，卻又在門檻上停了一瞬。

您的兒子是否曾在午夜呼喚您，因為在他床下有一個怪物？

漢娜・霍爾的聲音再一次浮現在他腦海中。他搖搖頭，對自己說，在夜裡的這個時間很容易讓自己受到暗示。但他沒有動。

他繼續注視著馬可床下的黑暗縫隙。

他向前走了一步，然後走了第二步。當他再次來到小床邊時，他彎下腰，一邊叫自己傻瓜，一邊向自己重複說沒有什麼好怕的。但他的心並不同意，跳得比平常更加劇烈。

> ……但是當您掀開床罩的時候，如果僅僅有一秒鐘想到一切都可能是真的，您也會感到一陣隱秘的戰慄……

那個聲音吸引著格伯去查驗他兒子的睡夢下藏匿著什麼秘密，格伯任由它說服了自己。他抓起床罩的邊緣，猛地將它掀開。仙人掌夜燈的瑩瑩綠光比他先偵察到那漆黑的洞。格伯用目光環視了一周。

沒有怪物，只有不知何時遺落在床下的玩具。

他重新放下床罩邊緣，感到一陣放鬆，卻也因為相信了一種毫無依據的恐懼而對自己生氣。他鬆了口氣，決定去睡覺。他剛走了幾步，馬可便在小床上挪動了一下，格伯聽見了……

一陣金屬般的清脆聲響。

格伯轉過身，猶如石化。他祈禱著這聲音僅僅存在於他的腦海裡。但那聲音再次響起，從馬可的被子下傳來。那是一陣召喚。那是在召喚他。

他走近床邊，乾脆俐落地掀開了孩子身上的被子。

那不是幻覺。他所有的理性都已消散，他無力地站在那兒，注視著那個詭異的東西。它徑直來自漢娜・霍爾的地獄。

有人在他兒子的腳踝上繫了一條紅色的緞帶。緞帶上掛著一只鈴鐺。

10

他們約定在七點半見面，這樣漢娜就不會遇見在九點左右到來的其他病人。

快七點時，格伯已經出門朝事務所走去。他又沒有睡多久。只不過這一次，令他沒睡好的原因很嚴重。當他快步走過歷史中心區的道路時，他能聽見放在外套口袋裡的那只鈴鐺發出走調的聲音。

來自死者的地界召喚。

他不知道那條紅色的緞帶怎麼會出現在他兒子的腳踝上。漢娜竟如此接近過他的家人，這個念頭使他感到恐懼。他想不出她的真實目的會是什麼。

有一個疑問比其他問題更加困擾他：馬可和漢娜可能在什麼時候見過面？

前一天，孩子只是離家去上幼稚園，是保姆送他去的，下午又把他接了回來。馬可沒有去公園散步，因為天氣很糟。他沒有在遊戲室給別的孩子慶祝生日，沒有進行戶外活動。唯一的解釋是，在家和幼稚園的路途中，漢娜和馬可有過接觸。排除在早上的可能性，因為那時漢娜已經跟他待在一起了。

關於昨晚的發現，格伯對西爾維婭隻字不提。他不希望她變得激動，但他已經厭倦了總得對她隱瞞什麼。儘管他對她隱瞞了三年的那個秘密無疑要比這糟糕得多，這一次他卻告訴自己，這麼做是為了保護她。

「今天你陪馬可去幼稚園，我去接他。」在離家之前，他叮囑道。西爾維婭正將奶瓶遞給孩子，問他為什麼會提出這個不尋常的要求。但他假裝沒聽見，走出了門。

他不能要求漢娜・霍爾解釋，因為她肯定會否認與此事有任何關係。他甚至不能粗暴地跟她斷絕一切關係，因為在沒有證據的情況下，對病人不管不顧是會受到指責的。最終，有件事勸止了他採取激烈的解決方案，那就是他無法預見漢娜在感到自己被拒絕時會作何反應。

他問自己，換作B先生，他會怎麼做？那個渾蛋肯定不會讓自己被牽扯到這麼深的地步。

十五分鐘後，格伯邁過了事務所的門檻，走到清潔工面前。「早上好。」他心不在焉地打著招呼。

但對方注視著他，表現得很不自在。

「怎麼了？」

「我讓她在外面等您，但她跟我解釋說您允許她進來，我不知道該怎麼辦。」他支支吾吾道。

格伯聞到了空氣裡漢娜抽的香菸的氣味。她也提前到了。

「您別擔心，一切正常。」他說道，讓清潔工放心，儘管根本不是「一切正常」。

他跟隨著那支菸沿著大頂樓的走廊留下的氣味往裡走。他預期會在自己的辦公室裡看到她，但走到半路，他卻發現辦公室對面房間的門開著。他加快步伐，與其說是急迫，不如說是被怒火推動著，試圖阻止正在發生的一切，但那已不可能了。那女人越界了，她明明被告知過不能這麼做，這是被禁止的。

B先生不會希望有陌生人走進那裡。

但當他走到事務所那個三年未被闖入過的房間的門口時，格伯停住了。

漢娜背對著他，站在房間中央，手舉著菸，手臂優雅地放在身側。他正要叫她，她卻先轉過身來，仍然穿著同樣的衣服，帶著一個禮品袋。格伯沒有疑惑裡邊裝著什麼東西，他太憤怒了。

「這是什麼地方？」她用無辜的語氣問道，指著那像草地一樣的綠毯；那蔚藍的天花板，輕柔的白雲和明亮的小星星點綴其間；那有著金色樹冠的紙漿做的高大樹木，長長的繩製藤蔓將它們連在一起。

格伯剛朝他父親的森林走了一步，心中想要質問對方的衝動便在不知不覺間煙消雲散了。他心中反而湧起了一股懷念之情。

這就是這個地方對每個小孩子產生的效果。

為了回答漢娜的問題，格伯朝一張放著唱片機的小桌走去。唱盤上有一張蒙塵的唱片。格伯突然啟動了開關，自動唱臂輕柔地擱在聲槽上，空轉了幾圈後，播放出一首歡快的短歌。

「是熊與毛克利[10]。」幾秒鐘後，漢娜認出了那聲音，肯定地說道。「〈緊要的必需品〉。」她回想起歌名，驚訝地補充道，「來自《叢林之書》。」

這是吉卜林經典之作的迪士尼動畫版。

「這是我父親的辦公室。」格伯向她吐露道，連他自己都對此感到驚訝，「他在這裡接待他的小病人們。」我所知道的一切都是他教給我的，他想，卻沒有說出口。

「這是老格伯醫生的辦公室。」漢娜說著，思索著這條信息。

「不過，孩子們都叫他巴魯先生⓫。」

他重新關上了那個房間，但仍感覺受到了震動。他回到自己的辦公室，發現漢娜正坐在搖椅上吸菸，就像什麼也沒發生似的，那個禮品袋被放在地上。她已經準備好了再進行一次催眠治療。

那女人沒有意識到她闖入了一片非常私人的空間，尤其是揭開了格伯的舊傷疤。這就好像她從其他人的世界中被豁免了。她沒有能力與他人建立情感上的聯繫。她似乎不瞭解人類社會中的基本禮貌。或許是因為她從小就被迫與世隔絕。事實上，這一點讓她看起來仍然像個小女孩，生活中還有許多東西需要學習。

沃克說得有理：漢娜·霍爾是一個危險因子。但不是因為她有潛在的暴力傾向，而是因為她的天真無邪。老虎的幼崽和人類的幼兒一起玩耍，但牠並不知道自己能夠殺死對方，而另一個也不知道自己可能被對方殺死，他父親過去總這麼說。他和漢娜之間的關係可以用這個比喻來概

❿ 英國作家魯德亞德·吉卜林所著兒童文學作品《叢林之書》的主人翁。
⓫ 巴魯是《叢林之書》中的一隻棕熊，主人翁毛克利的好友。前文中『B先生』是『巴魯先生』的簡稱。

括，因此他必須非常謹慎地對待她。

格伯把一隻手伸進衣袋，摸到那條繫著鈴鐺的紅色緞帶，以此來提醒自己。於是他走過去坐在扶手椅上，假裝擺弄手機，然後才關機準備開始治療。他想讓漢娜察覺到他的不快。

「是不是不能突然中斷催眠治療，否則會對病人產生嚴重的後果？」漢娜坦率地問他，為了打斷這陣壓抑的沉默。

「對，沒錯。」格伯不得不確認這一點。

她的態度很孩子氣，但這個問題藏著下意識的雙重含義。漢娜想知道他是否在生她的氣，這麼問他是為了讓自己安心；同時也是在告訴他，他們兩人已經聯繫在一起了，他不能那麼輕易地解除他們的關係。

「我思考過您上次跟我講的事。」格伯說道，轉換了話題，「您用一些小細節向我描述了您的母親和父親：母親腳踝上的胎記和父親難以打理的頭髮。」

「為什麼？您會怎麼描述您的父母呢？」漢娜回應道，再一次侵入了他的私人領域。

「我們不是在說我。」他盡力保持冷靜。但是，如果他必須選擇一種方式來描述，他會說他的母親是靜止的、沉默的、微笑的。這是因為，從他和馬可差不多的年紀起，他對她唯一的記憶就只印在全家福上，保存在一本皮質裝幀的相簿裡。關於他的父親——B先生，他唯一能說的只有一點，他是世界上對小孩子最熱心的人。

「您有沒有注意到，當人們被要求描述自己父母的時候，他們從不把父母描述成年輕人，而通常傾向於把他們描述成老人？」漢娜斷言道，「我經常思考這件事，得出的解釋是：在我看來，這是因為當我們來到世界上的時候，他們就已經在了。所以當我們長大的時候，就無法再想像他們曾經只有二十歲，儘管在那時我們很可能已經出現在他們的生活中了。」

格伯覺得漢娜正在誘導他離題。也許她談論父母是為了對自己的童年故事避而不談，從而免於面對一個痛苦的事實。也許她的父母已經去世了，或者在她離開後仍然繼續選擇隱居。無論如何，他不想直接問她，而是相信她會在合適的時候主動告訴他發生了什麼。

「您的父母選擇了像流浪者一樣的生活……」

「我從小就在托斯卡納的許多地區生活過：阿雷蒂諾、卡森蒂諾、加爾法尼亞納，在亞平寧山脈上，在盧尼賈納，在馬雷馬……」漢娜證實道，「但我是在之後才發現的——在我得知這些地方實際上叫什麼名字之後。如果小時候有人問我住在哪兒，我不知道該怎麼回答。」

「上次治療結束的時候，您提到了不斷搬家可能與阿多有關係。」格伯提醒她，「那個小匣子的蓋子上刻著他的名字，你們無論住到什麼地方都會帶著它。」

「阿多總是被埋葬在聲音之家旁邊。」漢娜確認道。

「為了弄清您和阿多之間的關係，我們應該一步一步來。」

「好的。」

「關於陌生人。」格伯說道。

「您想知道什麼？」

格伯看了看他之前寫在筆記本上的內容：「您跟我談到了規則，並且引述了其中幾條……」

「規則五：如果有陌生人喚你的名字，那就快逃。」漢娜開始羅列，「規則四：永遠不要靠近陌生人，也不要讓他們靠近你。規則三：永遠不要將你的名字告訴陌生人。規則二：陌生人就是危險。規則一：只能信任媽媽和爸爸。」

「所以，在我看來，這五條規則決定了你們和人類社會的關係。任何其他的個體，除了您的父母，都被視作一個潛在的威脅，所以，對你們來說，這個世界只充斥著邪惡的人。」他總結道，帶著明顯的激動。

「不是所有人。」漢娜．霍爾解釋道，「我從來沒有說過這樣的話。」

「那麼請您解釋得更清楚些……」

「那些陌生人藏身在普通人當中。」

格伯腦海中浮現出一部很老的電影。在電影裡，外星生物在人們睡著的時候取代了他們，然後平靜地生活在普通人中，沒有人發覺。

「如果陌生人和其他所有人一樣，你們怎麼分辨出他們呢？」

「我們分辨不出他們。」漢娜回答道，睜大藍眼睛注視著他，就好像這是個再平淡不過的推論。

「所以你們遠離所有人。這在我看來有點太過頭了，您不覺得嗎？」

「您對蛇瞭解多少？」女人出乎意料地問道。

「完全不瞭解。」格伯回答道。

「當您看見一條蛇時，您能分辨出牠是否有毒嗎？」

「不能。」格伯不得不承認道。

「那麼您要怎麼避免危險呢？」

格伯停頓了一會兒：「我會避開所有蛇。」

他感到很尷尬。漢娜的推論不容反駁。

「你們為什麼害怕陌生人？」他問道。

女人目光游離，似乎迷失在某個黑暗的影像裡。「陌生人會把人抓走，把他們從親人身邊帶走。」她說道，「沒人知道他們最終去了哪兒，或者在他們身上發生了什麼。也許我當時年紀還太小，從來沒人願意跟我講這些……我知道的唯一一件事就是，那些人之後再也沒有回來，再也沒有。」

格伯沒有補充評論，而是啟動了節拍器。接收到這個信號，漢娜閉上眼，開始在搖椅上搖擺起來。

11

第一次感知到陌生人的存在時，我差不多七歲。

對我而言，直到那一刻之前，只存在我們和其他人。

在我短暫的生命中，我沒有遇見過多少人。其他人總是小小的、遠遠的，從地平線上走過，你可以用食指和拇指測量他們的高度。我知道他們存在。我知道他們所有人都住在一起，通常在大城市裡。但我也知道，他們中有些人像我們一樣。他們從一個地方搬遷到另一個地方，是社會意義上的隱形人。每個人都有遠離世界的個人原因：有人為了逃離戰爭，或是逃離他遭遇的壞事；有人迷了路；有人離開了就不想再回去；或者，也有人是獨自生活，因為他不想讓別人對他指指點點。

我們這些屬於這一類流浪者的人組成了某種群體。儘管我們從來不在同一個地方相聚，但我們會四處留下一些記號，只有我們知道如何解讀它們。我爸爸就會做這種事——在一棵樹的樹皮上刻下某個特定的符號，在一條路的角落裡用某種特定的方式擺放石塊。這些記號或是指出一條可行的路徑，或是警示一個應該避開的危險。它們能告訴我們在哪裡可以找到食物和水，在哪裡人們可能會注意到我們，以及在哪裡我們又可以不被發覺地經過。

我們也會扮演好自己的角色。每當我們從一個聲音之家重新出發的時候，我們都有義務為之後到來的人整理好它。爸爸稱之為「徒步旅行者的準則」。這些準則有：不要污染水源；當你離開時，保證那些東西的狀態比你找到它們的時候好；不要剝奪別人住在那裡的可能性。

多虧了這些教導，我對其他人總體保持著樂觀的看法，儘管我從未遇見過他們。

但這一切都在施特羅姆農莊結束了。

這個地區數英里之內荒無人煙。我們在一大片樹林的邊緣搭起一個帳篷。爸爸沒有埋下裝有阿多的匣子，因為這只是一個臨時的落腳點。那只匣子和我們一起待在帳篷裡。我們在這裡住了大約一個星期。

這一次，前往我們選擇定居的地區的旅程比預期長了將近一個月。這是十一月底，天氣已經開始變冷了。我們用於取暖的只有睡袋和幾張毯子。清晨，媽媽生火做飯，爸爸則揹上背包去巡查四周。直到天開始黑時，他才回來。

一天晚上，我正要在帳篷裡睡著時，聽見我的爸爸媽媽在火堆旁說話。

「如果我們不能儘快找到一座房子，就得在這裡過冬了。」爸爸說。

我不喜歡他的語氣。那不像往常一樣愉悅，而是充滿擔憂。

「我們不能回去嗎？」媽媽提議道。

「不，我們不能。」他回答道，從未如此乾脆俐落過。

「但儲備物資快用完了。」

「根據地圖，很久以前這兒有一個煤礦。人們在旁邊為礦工和他們的家人建造了一座小村莊：如今那兒應該沒人住了。」

「我們可以待在那兒。我得種些菜，現在只剩下收穫一季蔬菜的時間了。」

「我不知道這是不是個好主意。」爸爸說道，「那個地方相當與世隔絕，可能在冬天誰也不會踏進那裡……但一個村莊裡藏著太多陷阱，而且很難看管。」

「那我們該怎麼做呢？留在這裡簡直是發瘋，這你也知道。」

「從明天開始，我不會像之前那樣在黃昏時回來。」他對她說道，「我會盡可能走得更遠些，直到找到一個可以安居的地方。」

從我的睡袋裡，我可以聽見媽媽開始啜泣。爸爸靠過去擁抱她，我知道，因為我從帳布上看見他的影子挪動了。

「一切都會好起來的。」他安慰她道。

我也想哭了。

自從爸爸在一個清晨出發以來，已經過去了兩天。媽媽一直傷心沉默，但她努力不讓我看出來。

第三天黎明，在我們為了生一堆新的篝火收集木柴的時候，我們看見爸爸從樹林裡鑽了出來。他的臉上印著一個奇怪的微笑。

「我找到了一個地方。」片刻後，他一邊向我們宣布道，一邊放下背包。他打開背包，讓我們往裡面看。

那是罐頭盒，裡面有菜豆、肉和金槍魚。

「你從哪兒弄到這些東西的？」媽媽問道，她無法相信自己的眼睛。

「離這兒兩天路程的地方有座農莊，但想要到那兒去得穿過一條河。」

他們倆立刻看向我。爸爸很早就教過我游泳，但想要游過那條河，需要強健的臂力。

「我能做到。」我說道。

當渡河的時刻來臨時，我對於要涉過那條湍急的河流感到十分恐懼，但我並沒有表露出來。爸爸在我的腰上繫了一根繩子，然後把繩子的另一端繞在他的肩上。在我們兩人之間有兩米的距離。媽媽也對裝有阿多的匣子做了同樣的事。

「你不要抓著繩子，繩子只是用來保證安全的。」爸爸叮囑道。「你得游泳。」他在我們下水前命令我。

一開始，我過於害怕自己無法做到，以致甚至感受不到水的寒冷。我游著泳，但在游了大約十米後，我意識到自己正在失去力量。我的雙臂向前揮動著，卻無法讓我前進絲毫。河流正在捲走我，往下拉著我的雙腿。我開始胡亂掙扎。我尋找那條繩子，卻沒有找到。我沉到了水下。一次，兩次，三次。儘管我知道不該這麼做，到第四次的時候，我還是張開嘴叫喊起來。爸爸在當初教我游泳時向我解釋過：「如果你溺水了，最不該做的事就是喊救命。」事實上，我一試著開口，冰冷的水就湧進了嘴裡。河水流過喉嚨，猛烈地灌進肚子，取代空氣，充滿了我的肺部。

然後一切都變黑了。

一陣重量壓在我的胸骨上。接著，一股熱流突然從我口中湧出，落到我身上。我一下子睜開眼睛。我感覺到背後光滑的鵝卵石，於是明白自己正躺在河灘上——我不知道怎麼會這樣，但我明白自己在那兒。天空顯得極白，太陽像個冰冷、模糊的球體。父親俯在我身體上方，媽媽在他身後：她驚慌地看著我，他則再次用雙手按壓我的胸膛。又有一股水從我肺部裡噴射而出。

「快呼吸。」爸爸對我喊道。

我試著吸氣，但只能將一絲細微的氧氣吸入肺中。我重複著這個動作，一遍又一遍。我感覺自己像是一個用來給自行車車胎打氣的充氣泵。我的胸口一陣灼痛。我當時還不知道，爸爸剛剛壓斷了我的一根肋骨。

但是我從死者的地界回來了。我終於開始呼吸，呼吸得很微弱，但總算是在呼吸了。

爸爸將我扶起來，使勁地在我的背上拍了幾下，好讓我咳出來。與此同時，我往下看去：從我肺裡排出的水匯成小小的幾股，憂鬱地重新流回河裡。我覺得這條河正從我身邊撤退，就像一個被擊敗的魔鬼，不得不放棄奪取一個靈魂，灰溜溜地逃回地獄去。

媽媽將我抱在懷裡，爸爸抱住了我們倆。我們跪在那兒，感謝阿多沒有把我一起帶走。

爸爸立刻生了一堆火，讓我烤乾身子。我一邊等待，一邊冷得發抖。媽媽脫下我身上的衣服，從帳篷上撕下幾條布，把它們繫在我的胸部。我身體上的瘀傷已經十分明顯，很快就顯現出各種不同的顏色。

「你走得動嗎？」媽媽問我。

「是的，我走得動。」

那片樹叢非常茂密。爸爸在一片交纏的樹枝中開路，在我們毫無察覺間，那些樹枝就會劃傷我們手臂、小腿、膝蓋和臉上的皮膚。太陽被樹冠掩蓋，消失了好幾分鐘，重新出現後又被再次掩蓋。四周很潮濕，我們再一次被打濕了。

最終，我們不是走了兩天的路，而是走了四天。

那座小山谷出現了，遠在天邊又近在眼前。山谷中流淌著一條小溪，旁邊是一片廢墟。施特羅姆農莊。

它的名字被刻在房子附近一塊灰色的大石頭上。上面還刻有建造日期：八九七年。我們走進去，四處看了看。房子很大，但大部分房間都是空的。能住人的幾個房間都在底層。

有一個用於做飯的生鐵爐子。有一些傢俱。一張桌子上仍然擺放著上釉的碗盤。餐具櫃裡存放著各種各樣的儲備品——米、餅乾、麵粉、糖、醃製品、濃縮奶粉、乳酪、菜豆、金槍魚和肉，甚至還有覆盆子糖漿。衣櫃裡堆著毯子和床單，還掛著幾件衣服。床是鋪好的。

一切都靜默著，蒙著一層灰。我的第一印象是，時間在這個地方停滯了。原來的居住者已經拋下它一段時間了，但後來又有人在此落腳：那個人放置好了自己的物品，修好了屋頂和水泵，為了種菜而開墾了土地。在這之後，那個人重新出發了，遵循「徒步旅行者的準則」，為後來的人留下了生活必需品、傢俱和衣物。

和我們一樣的人。

首先，爸爸在樹林邊緣的一棵栗子樹旁挖了一個坑。接著他把匣子放進去，用新鮮的泥土重新覆蓋上。在這棵長滿節疤的樹的保護下，阿多會很安全。

媽媽點燃薰香，以示對這座老房子的尊敬與感激，然後她為它歌唱，驅走負面的能量。於是我們選擇了各自的新名字。對於我的名字，我已經考慮了一段時間，迫不及待地想要這麼稱呼自己：辛德瑞拉。像一直以來那樣，我們分開行動，一邊在房間裡轉悠，一邊喊出自己的新名字。我們很快樂。我們誰也沒有直率地說出來，這種快樂是因為我們知道自己逃過了一大堆麻煩：逃過了在一個帳篷裡、在寒冷和飢餓中度過冬天的窘境；逃過了那條試圖將我們永遠分開的憤怒的河流。我跑上樓梯，骨折的肋骨也不再痛了。當我來到頂樓時，我發現了一件意想不到的東西。那是一件可能會破壞我們的快樂的東西，我一看見它就明白了。

那是第一個記號。

有人用粉筆把它畫在了地面上。三個風格化的幼稚的人像：一個男人、一個女人和一個小女孩。陽光從屋頂的橫木間穿透進來，照亮了這片蒙塵的半明半暗處。我看著那些用線條畫成的人物，立刻想到了一件事。

我認識他們。那個家庭就是我們。

我決定什麼也不告訴媽媽和爸爸。我不想掃了他們的興。於是我用鞋底擦去了那些粉筆線條。

我們點燃了生鐵爐子，媽媽為晚餐做了一道熱湯。爸爸在貯藏室裡找到了一瓶紅酒，他說那兒還有別的酒。我被允許喝一點用井水稀釋過的紅酒。在餐桌旁，我一言不發，但那紅酒把我的心神帶到了遠處。我繼續想著那幅畫。那些人像真的是我們嗎？這怎麼可能呢？我給自己的回答是，我們曾經來過這裡。但是在什麼時候？為什麼我們忘記了？

媽媽許諾說，她一有時間就給我縫個布娃娃。

第二天，發生了一件怪事。我正在屋後幫媽媽晾曬床單，但她停了下來。我看著她將一隻手舉到額前，為雙眼遮擋陽光。她看見了什麼東西。她的目光朝向離我們一百來米遠的廢棄牲口棚。

一群群雲團般的蒼蠅從一扇小木窗裡飛進飛出。

我們決定叫爸爸來，他正在房子的另一邊劈柴。他走過來，站在我們身邊看著那個場景。

「好吧。」他一臉嚴肅地說道，「我去查看情況。」

片刻後，我們看見他從牲口棚裡走出來。他用襯衫袖子捂著口鼻，彎腰朝地上啐了一口，然後做手勢叫媽媽也過去。

她注視著我。「你就在這兒等著。」她命令我道，然後走到爸爸那裡。

當爸爸去拿斧頭和好幾袋石灰的時候，我才意識到那些屬於這座農莊原先居住者的動物全都死了。但令爸爸媽媽不安的是牠們死去的方式。那天晚上，當我在客廳裡玩耍時，我看見他們坐在廚房的桌旁交談。我知道牲口棚裡的母牛因為沒有食物而發了瘋。

「徒步旅行者的準則」規定，當人們從一個地方重新出發的時候，那裡的動物應該被釋放。

然而，那些可憐的母牛仍然被關著。

日子一天天過去，白天變得越來越短，冬天近了。每天早晨，我都會在草地上採些花兒，把它們帶到那棵栗子樹下。我把花兒放在那裡送給阿多。但在這之後，我總會和他聊一會兒發生在這裡的事，這些事看起來只有我意識到了。

那些徵兆。

除了那些死去的母牛和地上的那幅畫，在夜晚，門會被拍響，但只限於上面的樓層，沒有人住在那兒。爸爸說這很正常，這座農莊四處透風。但為什麼在白天從不發生這樣的事呢？沒人知道該如何回答我。

媽媽還沒有給我縫布娃娃，她說要處理的事情太多了，過不了多久可能就會開始下雪。但她重複了淨化房子的儀式。媽媽總說，房子會記得原先居住者的聲音，會守護著它們。我試著在夜晚去傾聽那些聲音，但它們說著一種我聽不懂的語言，那種語言由低語聲構成，讓我感到害怕。於是，為了讓那些聲音安靜下來，我會把頭藏在被子下面。

那是在白天。我穿著一條及踝的天鵝絨長裙、一件有彩色菱形圖案的羊毛開衫、一件緊身高領毛衣、一雙羊毛長襪和一雙膠底靴子。媽媽告訴我，我出門時還應該戴上圍巾。我踩著捲起來的落葉玩耍，它們蓋住了農莊前的草地，我喜歡它們發出的聲音。風向變了，天氣突然變得更加寒冷。我們所處的小山谷上空飄過黑色的雲。草地上的草是乾枯的，因此我現在才注意到有什麼東西從土地裡冒了出來。那是一塊布頭。我靠近它，小心翼翼卻又滿心好奇。我彎下膝蓋，觀察著它，試著弄清楚被埋起來的是什麼。我伸出一隻手，擦過那塊彩色的布頭。然後我開始用手指挖開周圍的土。那是一隻小手臂。它很柔軟。然後另一隻小手臂也露了出來，接著是兩條小腿，卻沒有腳。最後是頭部，和身體其他部位相比，要更大些。那個用碎布做成的娃娃正用它僅有的一隻眼睛看著我。我把它沾滿泥土的羊毛頭髮清理乾淨。我為這個意想不到的禮物開心不已。我沒有去想它為什麼會被埋到地下，或是誰把它埋進去的。我甚至沒有疑惑它是被縫製來送給哪個小女孩的。我決定，它現在屬於我了，我們會永遠在一起。

然而，這個布娃娃是另一個記號。

我們等待著又害怕著的冬天到來了。大雪開始落下，一連下了好幾天。由於天空依然蒼白沉重，我們過了好一會兒才知道雪停了。

我厭倦了總是被關在家裡。爸爸也一樣，但為了不讓媽媽生氣，他什麼也沒說。媽媽堅持在這個季節就應該待在溫暖的地方。一天清晨，在我們吃早餐時，爸爸告訴我們他要去用弓箭打獵。他注意到了一隻漂亮的野豬四處遊蕩時留下的足跡，如果讓牠跑掉會很可惜。我們將在很長一段時間內都有新鮮的肉吃，不必被迫總是吃罐頭肉。媽媽傾聽他的話，神色像往常那樣耐心，但仍然沒有完全被說服。我的目光一會兒轉向他，一會兒轉向她，想知道這件事會怎麼收場。爸爸動之以情，曉之以理。媽媽由著他說，因為無論如何，她知道最終還是由她說了算。我希望她同意，這樣，在漫長的日子裡，我們至少有事可幹了：切肉、醃肉、加工毛皮。或許爸爸會把野豬的頭掛在家裡，當作一個吉祥物。媽媽最終開口了，但她的話出乎所有人的意料。

「好吧，但我們要一起去。」她微笑著宣布道。

我感到身上充溢著歡樂，兩眼放出光來。

我和媽媽準備了加了煉乳的三明治點心和一壺加了覆盆子糖漿的水，把所有東西放進一個帆布背包。爸爸用油脂潤滑弓弦，揹上箭袋，裡面裝著大約三十支削尖的箭。我們讓爐子燃著，為的是讓房子在我們回家時依然保持溫暖。我們披上羊毛大衣，戴上羊毛帽子，穿上厚重的靴子。

我們的腳步印在深深的雪裡。樹林裡一片寂靜，好像所有的聲音都被雪地吸收了。就連最細微的聲響都會反彈在無形的回音之牆上，直到在遠處消散。

爸爸發現了野豬的足跡，為了出其不意地捉住獵物，他走在我們前面幾米遠處。我牽著媽媽的手，知道自己應該保持安靜。我觀察著這場景，憂心忡忡。接著，不知為什麼，我朝天空抬起目光。我停住了。由於不能說話，我只是舉起手，向媽媽指著我看見的東西。她也看見了，為了不喊出聲，她捂住了自己的嘴。但爸爸還是聽見了她壓抑的哀嘆聲。他朝我們走回來，想弄清楚發生了什麼。最終，當他抬眼去看的時候，他也被驚得呆住了。

在一棵樹的枝椏上，高懸著三雙運動鞋。兩雙成年人的，一雙小孩子的。它們像鐘擺一樣，在樹林裡冰冷的微風中慢慢地搖晃著。

我立刻想起了施特羅姆農莊之前的居住者——那些在我們到來之前離開的人。但沒有了鞋子，他們是怎麼離開這裡的呢？我問自己。答案是那些人從來沒有離開。他們還在這裡，或者有人抓走了他們。

於是我明白了，要麼他們已經死了，要麼抓走他們的人仍然在近處。我不知道哪種可能性更讓我害怕。

「媽媽，在那些人身上發生了什麼？」

她沉默不語，試著朝我微笑，但她的憂慮更加明顯：她不自然地彎著嘴唇，讓那個微笑成了一個鬼臉。

夜晚降臨。火焰在客廳的壁爐裡劈啪作響。爸爸在屋外繞著房子巡查，我不清楚他在檢查什麼。最終，我們沒有獵到野豬。我們回了家，留下那些鞋子在樹上搖晃。

「你想要我再給你的布娃娃縫一隻眼睛嗎？」媽媽問我道，試著讓我不再去想下午發生的事。

「不用了，謝謝。」我禮貌地回答道，「我的布娃娃這樣就很好。它只有一隻眼睛，但用這隻眼睛可以看見我們看不見的東西。隱形的東西。」

媽媽打了一個冷顫。也許我的布娃娃嚇到了她。

當我睡覺的時候，我的布娃娃看見媽媽和爸爸在廚房裡爭論。

「我們必須立刻離開這裡。」媽媽說道，幾乎要哭出來了。

「我們無法在春天到來之前動身，這一點你也知道：我們必須等待積雪融化。」爸爸回答道，試著安撫她。

「如果他們也來找我們呢？」她問道，絕望地注視著他。

我的布娃娃不明白那些隨時可能到來的人是誰。

「你也看見樹上的那些鞋子和牲口棚裡的那些母牛了。」媽媽繼續道，「我們從來沒有問過自己，房子裡的那些東西是從哪兒來的，以及那些在我們之前住在這裡的人為什麼會把它們留在這裡。」

「確實，我們沒有問過自己。但我們需要有個住的地方，否則我們熬不過去。」

媽媽抓住爸爸的襯衫，把他拉到自己身邊：「如果他們來了，把她從我們身邊帶走，我們就永遠見不到她了……」接著，她補充道：「陌生人根本不在乎我們，他們只想傷害我們。」

布娃娃聽見了那個詞——陌生人。它立刻告訴了我。這是我第一次聽見有人提到陌生人，也是我第一次清楚地意識到，我們的流浪生活不是一種選擇。我們在逃離某些東西，儘管我不知道那是什麼。

冬天很漫長，在等待春天的時候，我們小心翼翼掩藏著自己的存在。比如，我們只在天黑的時候點燃爐火，因為這時候從遠處很難注意到煙。

幾個月過去，施特羅姆農莊周圍的積雪終於開始融化了，但還沒有融化到足以允許我們離開的程度。媽媽比平時更加焦慮，爸爸無法讓她平靜下來。她堅信陌生人即將到來，我們必須做些什麼來避免最壞的事發生。我不知道媽媽所說的「最壞的事」是什麼，但我一樣害怕。

有天下午，我發現她在她房間的窗邊，在光線最充足的地方縫東西。我不知道她在縫什麼，但她從一件舊的節日禮服上抽下了緞子邊，從我們在行李箱裡找到的一枚徽章上取下了一件銀色的東西。爸爸則把自己關在牲口棚裡，他帶了一些木板，我聽見他在鋸木和錘打。

晚餐後，在上床睡覺前，爸爸坐在那張舊扶手椅上，把我抱在膝蓋上。媽媽蹲在地毯上，靠在我們身邊。他們為我準備了東西——一件禮物。我的雙眼閃爍著喜悅的光。我立刻抓住那只繫著拉菲草蝴蝶結的棕色小包裹，把它拆開。

包裹裡是一個繫著一只小鈴鐺的紅緞帶飾品。

媽媽把它繫在我的腳踝上，說道：「明天我們要玩一個有趣的遊戲。」

我非常興奮，好不容易才睡著。醒來後，我匆匆跑去吃早餐，想要瞭解更多關於這個神秘遊戲的事。因為那只鈴鐺，我的腳步在屋子裡發出歡快的叮鈴聲。爸爸媽媽已經起床了，正在客廳裡等我。他們站在壁爐前，朝我微笑，然後向旁邊挪了一步：他們背後的地毯上有一只木箱，和裝著阿多的木匣很像，但這一只要更大些。

「遊戲就是在這只箱子裡盡可能地待上更長的時間。」爸爸向我解釋道，「快，來吧，我們來試試。」

我感到困惑。我不想進入那只箱子。這是什麼遊戲啊？但看著他們如此高興的樣子，我不想讓他們失望，於是照他們說的做了。我躺在箱子裡，從低處看著他們在上面微笑著探出身。

「現在我們放上蓋子。」爸爸說道，「但你放心，我現在會扶著它。」

我不喜歡那個「現在」，但我什麼也沒說。我們試了試，他們一起計算過了多少時間。而我在問自己，我要怎樣才能贏得這個遊戲？

「早餐之後，我們會把蓋子關上。」媽媽向我宣布道，「你會發現這很有趣。」

一點也不有趣。這個遊戲讓我害怕。當爸爸開始釘上蓋子的時候，錘擊聲在我的四周和我的頭腦裡迴響，每一次錘擊都帶來一陣震動。我閉上眼睛，但願這並沒有真正在發生，這只是一個糟糕至極的夢。我開始哭泣。我聽見媽媽的聲音。

「別哭。」她說道，用的是她最嚴肅的語氣。

箱子裡一片漆黑，空間狹窄，我無法挪動手臂。

「當你感覺堅持不下去的時候，就搖搖腿上的鈴鐺。我們會聽見你的聲音，然後重新打開箱子。」爸爸向我解釋道。

「但是你必須盡可能地堅持下去。」媽媽囑咐道，又重新開始計時。

最開始幾次，我在數到一百前就搖響了鈴鐺。我想要停下，但他們堅持不許，說這非常重要。我不知道為什麼，但我甚至無法反抗。他們不允許我這麼做。就這樣，我們持續了一整天。有時候，我哭得難以抑制，讓他們也感到很不好受，我意識到了這一點。於是我們暫停了一會兒，但接著又從頭來過。

到了晚上，我筋疲力盡，甚至吃不下晚飯。媽媽和爸爸把我送到床上，他們陪著我，撫摸著我的手，直到我睡著。他們親吻我，請求我的原諒。到了最後，連他們也哭了。

第二天清晨，媽媽來叫我起床。她讓我穿上衣服，帶我出了門。我看見爸爸站在那棵栗子樹下，他手裡握著一支鐵鍬。當我們走近的時候，我注意到他在埋葬阿多的地點旁邊挖了一個坑。在他腳邊放著我的那只箱子。我的眼淚開始洶湧而出。你們為什麼要這麼對我？我害怕極了。媽媽和爸爸從來沒有傷害過我，這種恐懼對我來說是全新的，因此也就更加可怕。

媽媽在我身前跪下：「現在我們要把箱子埋進坑裡。我們一步一步來，到最後的時候，你爸爸會用土蓋在上面。」

「我不想這樣。」我啜泣著說道。

但媽媽的目光很嚴厲，容不下任何同情：「當你覺得喘不過氣的時候，就搖響鈴鐺，我們會把你拉出來。」

「我不想這樣。」我不安地重複道。

「聽著，你是個特別的小女孩。」

特別的小女孩？我從來不知道這一點。這是什麼意思？

「所以，我和爸爸必須保護你不受陌生人的傷害。陌生人正在找你。如果你想要活著，就必須學會死去。」

經過幾次嘗試後，終於來到了最終試煉的時刻。爸爸已經釘上了箱子。片刻後，我感覺到泥土一下一下落在蓋子上，伴隨著一陣凌亂又猛烈的聲響。慢慢地，在我上方的土層越來越厚，那些聲音逐漸減弱了。我聽見鐵鍬有節奏地插進土裡，也聽見自己的呼吸在加速。接著，只剩下我那顆小小的心怦怦跳動的聲音。但四周的沉寂比黑暗還要糟糕。我想起了阿多。我從來沒有想過被關在箱子裡埋入地下是什麼感覺。現在這讓我感到難過。阿多甚至沒有一只繫在腳踝上的鈴鐺。沒有人能幫助他。過去了多長時間？我忘記計時了。我開始喘不過氣來。我無法堅持太久。我搖晃著腿，鈴鐺的響聲震耳欲聾，讓我心煩意亂。但我繼續搖晃身體。我不想再待在地下。我不想死。但什麼也沒有發生。為什麼我聽不見鐵鍬再次插進土裡的聲音呢？於是，我產生了可怕的懷疑：如果媽媽和爸爸聽不見呢？如果他們弄錯了呢？我開始叫喊。我知道我不該這麼做，這就像我當初幾乎淹死在那條河裡一樣——「如果你溺水了，最不該做的事就是喊救命。」空氣消耗得很快，我感覺自己像一根被倒扣在杯子裡的蠟燭。我的呼吸正在衰竭，越來越微弱：我無法再發出任何聲音了。我閉上眼睛，大口喘著氣，開始顫抖。我在這個狹小的空間裡劇烈地掙扎，被痙攣和抽搐折磨著，無法讓自己停下來。

一隻無形的手蓋在我的嘴上。我死了。

12

漢娜突然撐起身體，從搖椅上探出身來，睜大眼睛。但她仍然呼吸困難。

「……四，三……」彼得羅・格伯急忙倒數，幫助她重新和現實取得聯繫，「……二，一：呼吸。」他鼓勵她道：「加油，呼吸。」

她身體僵硬，緊抓著搖椅的扶手。她在掙扎。

「現在您不在箱子裡了，那已經過去了。」格伯試著安撫她，同時握住她的手。

格伯在這個故事裡沉浸得如此之深，連他也無法確定他真的在自己的辦公室裡。他可以聽見收存在他衣袋裡的那只鈴鐺發出的聲音。他感受到了和漢娜・霍爾同樣的恐懼。而且我又一次觸碰了她。但這一次是因為驚恐，他對自己說。他又想起他熟睡的兒子腳踝上繫著那條該死的紅緞帶。

最終，女人說服了自己，她重新和周圍的現實取得了聯繫，重新開始規律地呼吸。

「做得好，就這樣。」格伯激勵道。與此同時，他抽回了自己的手。

漢娜繼續環顧四周，仍然難以置信。

格伯向書櫃走去。他打開一扇櫃門，取出一瓶水，往杯子裡倒了些水，遞給病人，這才意識到自己在顫抖。我必須冷靜下來，他告訴自己。他害怕她會發現這一點。

「我死了。」漢娜重複道，驚恐地注視著他，「我死了。」

「這從來沒有發生過。」

「您怎麼知道呢？」她問道，幾乎是在哀求。

格伯坐回到扶手椅上：「如果這發生過，您現在就不會在這裡了。」這是浮現在他腦海中最明顯卻又最不合宜的回答。他一直在跟一個患有嚴重妄想症的女人打交道，他不該忘記這一點。對於一個沉浸在恐懼中的人來說，強調這個不言而喻的事實並不能讓她改變想法。

「我把施特羅姆農莊從記憶裡消除了。」

「我很遺憾這段記憶突然浮現出來，尤其是，我很遺憾從催眠中甦醒對你造成了傷害。」

但是，漢娜彷彿在一瞬間從震驚中緩了過來。她臉上的表情變了，變回了她一直以來的冷漠神色。她將一隻手伸入手提包中，取出打火機和溫妮菸，彷彿什麼也沒發生一樣。

格伯驚訝於她這個突然的變化。就好像兩個不同的人格存在於同一個人身上。

「他們可以聽見我……」

「陌生人嗎？」

「我的父母……他們從土坑上方可以清楚地聽見鈴鐺的聲音，他們之後告訴我了。但他們沒有立刻把我挖出來。」漢娜長長地吸了口氣，觀察著格伯的反應，「他們知道我會失去知覺，但這樣做的目的是要驗證我能在地下堅持多久，鈴鐺是用來讓我相信我可以求助的，但事實上，這只是為了讓我乖乖聽話。」

「您認為他們做得好嗎？」

「陌生人從來沒有來過施特羅姆農莊，夏天到來的時候，我們就離開了那裡。」

「我問的不是這個……」格伯堅持道。

漢娜思考著。「一個父親和一個母親的任務是保護自己的孩子。那個箱子是他們所能想到的最好的藏身之處：陌生人不會找到我。我的父母必須不惜一切代價避免他們找到我……說到底，我是個『特別的小女孩』。」她苦笑道。

「您認為您特別在什麼地方？」

漢娜什麼也沒說。她把菸灰彈進手工黏土做成的菸灰缸裡，然後看了看時間。

「其他病人很快就會來了，也許我還是先走的好。」

格伯沒什麼好反對的。然後他看見女人從地板上重新拿起了她早上帶來的禮品袋。

「我把這個帶來送給您的兒子。」

心理師這時才發現，禮品袋裡有一本用彩紙包裹的書。

「我不能接受這份禮物。」他說道，儘量顯得不失禮。

對方看起來很失望：「我無意冒犯您。」

「我沒有感到被冒犯。」

「我想這並沒有什麼不對。」

「這不是不對，只是不合適。」

漢娜思考了片刻，像是在努力理解被她遺漏的含義。「請別讓我再帶著它回旅館。」她堅持道，再一次把禮品袋遞給他。

你未經允許就闖進了我父親的房間。你接近了我的家人。我不知道你是怎麼做到的，但你在我兒子的腳踝上繫了一只鈴鐺。我不會允許你再進一步侵入我的生活。

「這對治療不利。」他向她解釋道，「我們之間有必要保持安全距離。」

「為了誰的安全？」女人反問道。

「為了我們兩人的安全。」彼得羅·格伯直截了當地回答道。

他記起自己曾答應過特雷莎·沃克，他會負責弄清楚漢娜住在哪兒。既然她提到了旅館，他便想利用這個機會。

「您住在佛羅倫斯的哪家旅館？」他問道。

「普契尼旅館。這家旅館很舊，還不包早餐，但我負擔不起更貴的了。」

格伯記住了這個名字。在必要的時候——或者在危急的時候——他就會知道到哪兒去找她。

女人在菸灰缸裡熄滅了菸頭，重新拿起自己的東西，正準備離開。但她又朝他轉過身來。

「在您看來，我應該因為箱子的事對我的父母生氣嗎？」

他把問題拋回給她：「您覺得您應該生氣嗎？」

「我不知道……每一次我們搬到新的聲音之家的時候，我的父母都會想出一個辦法來保證我的安全。那個箱子就是其中之一。在那些年裡，我有過不同的藏身處：牆壁之間的間隙、傢俱的隔層、壁爐下的一個小密室。」接著漢娜停了一會兒，「您會為了守衛您的兒子做什麼事？」

「做任何事。」格伯立刻回答道。他強調了這句話，為的是讓她明白，他同樣在告誡她。

漢娜．霍爾一離開頂樓，令人憂心的想法便開始在彼得羅．格伯的腦海裡迴旋。

如果你想要活著，就必須學會死去。

為了撫平心中的不安，格伯感覺有必要驗證那女人所講故事中某些內容的真實性。他所掌握的資訊並不多，於是決定從施特羅姆農莊著手調查。

漢娜提到了一個被荒廢的礦工村莊。格伯想起來，在格羅塞托、比薩和利沃諾幾個省之間的礦山上有一些聚居點。

那座房子肯定在那兒附近。

不過，施特羅姆不是一個典型的托斯卡納姓氏。但當他上網搜索時，格伯發現，實際上在十九世紀末，一個丹麥裔家庭就搬遷到了那個地區，從事養殖行業。

他打開一張帶衛星照片的地圖，尋找漢娜遇到溺水危險的那條河。他追溯河流，確定了一個樹林茂密的地點。他又放大圖片，在一條小溪旁分辨出一片幾乎被植被完全遮蓋的廢墟。

那座農莊還在那裡。那個牲口棚還在那裡。那棵栗子樹還在那裡。漢娜．霍爾或許正是在那棵樹下體驗到了被活埋的感覺。

您會為了守衛您的兒子做什麼事？

在接下來的幾小時內，格伯本應致力於治療他的小病人們，但他無法集中精力。早上的經歷給他留下了巨大的影響。而且，漢娜在離開前的最後一句話使他恐懼。她想說什麼？那是一個威脅嗎？

正在發生的是他職業生涯中可能出現的最糟糕的麻煩：病人在試圖取得掌控。通常，這種情況足以讓他立刻終止他們的關係。但是，他很清楚，在催眠治療中，這是不可取的。無論如何，他感覺這段治療正在超出他的掌控。

快到中午時，在結束了對一個常做噩夢的九歲小女孩的治療後，他決定休息片刻，給妻子打個電話。

「你想我了嗎？」她問他，對於這意料之外的新鮮事感到愉悅又驚訝，「你通常不會在上午給我打電話。」

西爾維婭常常抱怨丈夫不懂找準時機，但這一次她似乎很高興。

「我想聊幾句天，僅此而已。」他不自在地為自己辯解道。

「今天過得很糟嗎？今早吃早餐的時候，我就覺得你不太順心。」妻子說道，想起了他走出家門的樣子：步履匆匆，面色陰沉。

「今天確實不怎麼樣。」格伯承認道。

「別跟我說這個。」她抱怨道，「今早在事務所，我不得不忍受一對新婚夫婦，他們一過完蜜月就產生了一種謀殺對方的本能衝動。」

「時隔三年，我再次走進了那個被鎖上的房間。」格伯打斷了她的話，他不知道自己為什麼要這麼做，也沒有向她補充細節，關於他怎麼會走進《叢林之書》裡的那片森林的細節。

西爾維婭沉默了良久：「那你現在有什麼感覺？」

「感覺不知所措……」

他的妻子和B先生從來沒見過面。顯然，他父親也沒來得及看到小孫子出生。彼得羅・格伯在父親去世幾個月後才遇見這個他想要共度一生的女人。他們很快就訂了婚。有人會說，這是一見鍾情。

事實是，他需要找到她。

他一直在尋找這樣一個人，為此花費了不少工夫。他感到有必要建立一個新家庭，開始新生活，因為他成長的家庭已經成了一段關於過去的痛苦回憶。也許他對結婚生子的渴望並非一件好事。西爾維婭當時可能還需要一點時間。他們沒有經歷過訂婚初期無憂無慮的時光，在他們對彼此一無所知的時候，一點點地瞭解對方本是一件美好的事。然而在決定共同生活的那一刻起，他們將一切都置於危險之中。儘管後來一切都走上了正軌，他們二人卻都覺得，他們跳過了從相遇到承諾相守一生之間的過渡階段。

「你為什麼從來不跟我談起他呢？」

格伯沒有意識到自己正緊握著手機，指關節因繃緊而泛白：「因為我甚至無法把他稱作『我的父親』……」

她也注意到了這一點，但他們從來沒有談論過這個話題。格伯早就開始稱他為B先生了，模仿的是巴魯先生——父親負責治療的孩子們通常都這樣稱呼他。格伯主要是想藉此來表達對已故父親的蔑視。

「你從來都不想告訴我你們之間發生了什麼。」西爾維婭斷言道，帶著明顯的不滿。

但格伯沒有勇氣向她坦白自己的秘密：「我們可以換個話題嗎？拜託了。我甚至不知道自己怎麼會提起這回事。」

「好吧。只有一件事，」妻子堅持道，「如果你真這麼恨他，為什麼要和他幹同一行？」

「因為等到我發現他的真面目時，已經太遲了。」

西爾維婭把這件事按下不提了。他為此而感激她。也許有一天他能夠告訴她真相，但就現在而言，到此為止吧。

「我的助理剛才帶來一個包裹。」當他們正準備掛斷電話時，她說道，「我本想回家再跟你說的，但既然我們打了電話……」

「什麼包裹？」格伯警覺地問道。

「似乎是一本書。有人把它留在我的事務所送給馬可。」

他迅速結束了通話，盡可能不嚇到西爾維婭。然後他重新拿上防水外套，氣喘吁吁地跑下樓梯，叫了一輛計程車。

焦慮正在吞噬他：想到他的兒子——他的孩子——可能因為他的過錯而陷入危險，他既感到脆弱，又感到憤怒。

他告訴計程車司機幼稚園的地址，請求他盡可能地加快速度。即便如此，他仍覺得這段路程長到了極點。

您會為了守衛您的兒子做什麼事？

漢娜．霍爾說的是「守衛」，不是「保護」。誰知道她是不是偶然選用了這個詞。但在他看來，那個女人給出的信號沒一個是偶然的。

來到幼稚園，他付了車資，衝向大門。跨過門檻後，他停下腳步，驚訝而又迷惑。他立刻感到一陣無力。

迎接他的是十來只鈴鐺的清脆聲響。

跟隨著鈴聲，他走過長長的走廊，一直走到有著管道迷宮、滑梯和充氣墊的公共休息室。在那兒，一位女老師終於前來接待他。

「馬可爸爸。」她認出了他，熱情地說道，「您怎麼會這麼早就來接他呢？」

格伯看見兒子和其他孩子在一起玩耍，爬上架子，又鑽進管道。他們的腳踝上全都繫著一條紅緞帶。緞帶上繫著一只小鈴鐺。

格伯在衣袋裡翻找，取出他昨晚從兒子的腳踝上解下的鈴鐺。根據漢娜．霍爾所講的故事，這個被施了魔法的物件是用來將人從死者的地界召回人世的。

「這是我們已經做了幾天的聲音遊戲。」女老師在他開口提問前解釋道，「孩子們玩得很開心。」

但是，彼得羅．格伯不知道自己是因此感到更加輕鬆還是更加緊張了。

13

「如果漢娜．霍爾注意到了馬可腳踝上的鈴鐺，那就意味著她在催眠中對這個細節說了謊。」

「重點是，那個女人見過我們的兒子。」西爾維婭怒氣衝衝地提醒他，「這意味著她從遠處觀察我們，甚至可能還跟蹤我們。」

「為什麼她一定要在她的故事裡故意插入一個謊話，即便知道我很有可能會發現？」

「也許是因為她是個精神病患？」妻子提醒他道。

但彼得羅．格伯並不甘心。這就像她在紙上寫下阿多名字的那件事。這些怪事加重了那女人身上的謎團，把他弄得發狂。

西爾維婭不耐煩地聽著丈夫從頭敘述和漢娜．霍爾接觸後發生的所有事情。正如他猜想的那樣，她為這件事的走向感到憂慮。他們已經在家中的客廳裡討論了半個小時，甚至跳過了晚飯，因為兩個人都無心吃東西。整個氣氛都很緊張。他們必須趕緊找到解決辦法，以免為時已晚。

西爾維婭坐在沙發上，繼續翻看著漢娜送給馬可的那本書。

《歡樂農莊》。

一點兒也不歡樂，彼得羅．格伯在把它和施特羅姆農莊快速類比之後，對自己說道。又一次，漢娜想要向他傳遞一條令人不安的加密資訊。這條資訊可以有上千種解釋，其中許多種解釋光是想一想就令人恐懼。

這就像一個殘酷的解謎遊戲：每一次他試著解出一個謎題，就發現謎底中藏著一個更加晦澀的謎題。

「我不喜歡這件事。」西爾維婭說道。

「也許漢娜．霍爾只是在試著告訴我一些事，如果我無法理解的話，這是我的錯。」

西爾維婭突然從沙發上站起身，將那本童話書扔到地上：「你為什麼要維護她？可能是因為你無法接受她在操縱你這個事實，對嗎？」

她很憤怒，格伯不能怪她。

「你懷疑過她有沒有在關於鈴鐺的細節上說謊，卻沒有懷疑過她的整個故事是否都是謊言。這真荒謬！」

「她的回憶太生動了，不可能是想像的結果。」他反駁道，「天哪，當她在今天的催眠中以為自己被埋在地下的箱子裡時，我看見她幾乎要窒息了。」

格伯意識到自己把音量提得過高了。想到馬可已經睡了，他沉默了片刻，害怕把他吵醒。但他們並沒有聽見從兒童房裡傳來任何哭聲。

「聽我說。」他一邊說著，一邊靠近妻子，「如果她是個騙子，我們很快就會知道：她在澳洲的心理師已經委託了一名私家偵探去調查她的背景。」

這讓他想起來，特雷莎．沃克答應過要把她和漢娜的第一次——也是唯一一次——治療的錄音通過郵件發送給他，但她還沒有發過來。

「還有另一件事。」他認真地補充道，「我一開始認為她小時候殺死了那個小男孩的故事是一段假記憶，是因為她精神脆弱又渴求關注才產生的……現在我確信漢娜．霍爾所說的是事實。」

西爾維婭看上去平靜了下來：「如果你覺得她沒有說謊，那麼你認為真相是什麼？」

「你還記得二十世紀五〇年代的那個案子裡，那位母親因謀殺自己的兒子而被判刑嗎？」

「記得，那是大學時犯罪學考試的內容。」

「那你還記得我對於那個案件的論點是什麼嗎？」

「大兒子是殺害弟弟的兇手，於是母親為了救他，替他頂罪。」

是被視作一個殺人的母親，還是被視作一個殺人犯的母親？彼得羅．格伯問過自己，想像著那個女人反覆掙扎時的疑慮。

「你提到這個是想跟我說什麼？」

「漢娜．霍爾聲稱她殺死了阿多，當時她年紀太小，還無法意識到自己行為的嚴重性……我認為阿多是她的兄弟。」

西爾維婭開始明白了：「在你看來，她的父母隱瞞了謀殺一事。為了防止女兒被帶走，他們就開始從一個地方搬到另一個地方？」

他表示同意。

「他們不斷改變身分，是因為他們在逃亡。如果某個愛管閒事的人問起漢娜的名字，她就會用一位童話故事中的公主的名字來回答。」

「不僅如此，」格伯肯定道，「你知道，如果沒有遭受腦損傷，記憶是不會被刪除的。比起生活中的其他任何事件，心理創傷更會給人留下無形卻深重的傷痕：埋藏在潛意識中的記憶遲早會重新浮現出來，有時候會以其他形式出現……那名為兒子犧牲自己的母親以為這樣可以拯救他，實際上卻讓一名殺人兇手逍遙法外。他保留著有關自己殺人行徑的記憶，卻沒有首先考慮清楚這種行為的嚴重性和意義。因此，他有可能在任何時刻重複這種行為。」

想到漢娜可能會重複自己的罪行，他感到一陣戰慄。

「漢娜．霍爾的父母知道，僅僅在逃跑時帶著屍體藏匿行蹤是不夠的……」西爾維婭總結道。

「他們必須向女兒隱瞞發生的事情。」格伯肯定道，「於是他們就編造了關於『陌生人』的故事，然後是在施特羅姆農莊消失的一家三口。」

「演了一場戲。」

「是一種洗腦方式。」格伯糾正道，「把她活埋是他們的治療手段。」

為了說服她這是為了她好，母親讓她相信她是一個「特別的小女孩」。

西爾維婭重新坐在沙發上，向後躺倒，感到心煩意亂。彼得羅很高興妻子贊同他的推論，但他主要是高興她又重新站在他這邊了。

「你會讓她離我們遠遠的，對吧？」她不安地問道。

「當然。」他向她保證道。他完全不希望漢娜進一步干涉他們的生活。

西爾維婭平靜了下來。於是他讓她安靜地待一會兒，自己則從地板上撿起那本《歡樂農莊》。書是敞開的，被倒扣著扔在地上。格伯撿起書，但在重新合上它之前，他漫不經心地看了看其中一幅插圖。

那幅圖把他打了個措手不及。他開始狂亂地翻動起漢娜．霍爾的這件禮物，想弄清楚這個荒謬的新謎題是什麼意思。

他唯一能說出的一句話是：「我的天哪……」

14

遊戲室裡的東西從不改變。

只有這樣，孩子們才會對這個環境感到熟悉，在接受問詢時才能不受干擾。那些因使用而磨損的玩具會被及時更換。著色書、鉛筆和蠟筆永遠是全新的。

每一次，其他客人留下的痕跡都會被抹去。每個小孩子都應該覺得這個地方是專為他而設的，就像母親的子宮一樣。

為了讓催眠奏效，需要幫助孩子形成習慣。每一個對現狀的改變都有可能擾亂治療，有時甚至會產生毀滅性後果。

節拍器衡量著一段只存在於這四面牆間的時間。每分鐘四十下。

「最近怎麼樣，埃米利安？你還好嗎？」當確定小男孩的確已經進入輕微恍惚的狀態後，格伯問道。

小男孩正忙於完成一幅蒸汽火車的畫，點點頭表示肯定。他們兩人坐在小茶几旁，面前擺著一遝紙和許多可供選擇的顏料。

這天早上，這個白俄羅斯小男孩穿著一件有點緊身的T恤衫，突出了他身上厭食症導致的衰弱跡象。格伯試著不讓自己被他瘦弱的外表影響：被小男孩「指控」的五個人的生活正岌岌可危。

「你記得你上次跟我說了什麼嗎？」他問道。

埃米利安再次表示肯定。格伯不懷疑他還記得。

「可以請你重複一遍嗎？」

小男孩猶豫了一會兒。格伯很肯定他理解了這個要求，但不知道他是否願意把故事重複一遍。然而，從他們中斷的地方繼續講下去是很重要的。

「我當時正像現在這樣畫畫，然後聽見了一首關於好奇小孩的童謠……」埃米利安開始低聲講述，仍然專心致志，「於是我走到地下室……媽媽、爸爸、爺爺、奶奶和盧卡叔叔都在那兒。但他們臉上戴著面具，動物面具。」他詳細解釋道：「一隻貓、一隻羊、一頭豬、一隻貓頭鷹和一頭狼。」

「但你依然能認出他們，對嗎？」

埃米利安平靜地發出兩個短促的音，表示同意。

「他們當時在做什麼，你還記得嗎？」

「對的，他們都光著身子，在做網上的那些事情……」

格伯想起來，埃米利安選擇了這個非常有效的轉喻方式來描述性行為場面。他用幾乎同樣的詞來確認上一次庭審時講的故事，這讓人欣慰。他的記憶清晰明瞭，沒有被更多的幻想干擾。

格伯抬起目光，朝著安裝著鏡子的那面牆看了片刻。他無法看到安妮塔・巴爾迪的表情，但他知道這位未成年人法庭法官正在再一次問她自己，這個說法是否與事實相符。他也能想像出被告人緊張的面容：誰知道此刻埃米利安的養父母、祖父母和收養機構的負責人盧卡的腦海中在想些什麼。他們未來的生活取決於這個六歲的小男孩將會說出或不會說出的話。

「你還在其他時候去過地下室嗎？」

小男孩搖頭表示沒有，展現出毫無興趣的樣子。於是，為了讓他回到當時的場景，格伯開始重複那首童謠——埃米利安那晚聽見了這首童謠，並在它的指引下走到了涉案現場。

「有個好奇小孩，在角落裡玩耍，在寂靜黑暗裡，聽見一個聲音。開玩笑的幽靈，喚了他的名字，他想要吻一吻，這個好奇小孩。」

埃米利安拿起了一支黑色蠟筆。格伯注意到他開始修改自己的畫。

「茶點……」他說道。

「你餓了嗎？你想吃點東西嗎？」格伯問道。

埃米利安沒有答話。

「到吃茶點的時候了嗎？我不明白……」

小男孩可能在試著轉移話題。但小男孩抬起目光看向他，接著又看向鏡子。格伯覺得他是在用關於茶點的話來干擾在屏障後聽他說話的人。埃米利安想要引起注意——但只想要引起他的注意。於是，格伯把精神集中在那幅畫上。他一點也不喜歡自己看見的內容。

彩色的火車被改成了一張臉——雙眼銳利，卻沒有瞳孔，嘴巴巨大，牙齒尖利。

在這些模糊的面部特徵中凝聚著他童年中所有的焦慮和恐懼。你小時候的那些怪物雖然不見了——格伯想起來——但它們還在那裡。你看見了它們。

畫完這幅畫的時候，小男孩給它起了個名字。

「馬奇。」他低聲為它命名道。

格伯明白，是時候把這個天真的孩子從他的噩夢中解救出來了。在遊戲室裡，所有東西永遠都是一個樣，什麼都不會改變，然而格伯帶來了一件意料之外的新東西。他把埃米利安面前的紙張挪開，向他展示治療開始前藏在這些紙下面的東西——漢娜．霍爾送給馬可的童話書：《歡樂農莊》。

「你看過這本書嗎？」他問道。

小男孩端詳了它片刻，但一言未發。心理師開始翻動這本簡短的插畫書。在關於農莊的畫中，常常出現同一群柔順的主角。

一隻貓、一隻羊、一頭豬、一隻貓頭鷹和一頭狼。

一小時前，在格伯的指示下，一位社會工作者已經搜查了小男孩的房間，並找到了一本同樣的書。

格伯發現細小的淚珠開始從埃米利安的臉龐上滑落。

「放心，一切都會好的。」格伯鼓勵道。

然而，一切都不好：一股全新的、強烈的情感闖進了遊戲室的安謐中。像幽靈一樣的小男孩被揭穿了，現在他感到自己被暴露、被羞辱。

於是埃米利安把頭埋進自己的畫裡，細聲細氣地重複道：「我的茶點總是很糟糕……」

小男孩支支吾吾，明顯很慌亂。

格伯認為這樣足夠了：「現在我們從十開始倒數，然後一切都會結束，我向你保證。」

那位社工來遊戲室接走了埃米利安。格伯在庭審中設計揭穿他後，小男孩就被接到了慈善機構。但現在格伯無法知道他的命運將會如何。

在他把養父母指作怪物之後，他們還願意照料他嗎？

心理師又在遊戲室裡待了一會兒。他從自己的座位上起身，走去關掉節拍器。他在大廳裡的無聲寂靜中尋求慰藉，注視著鏡子裡映出的自己的臉龐。在鏡子後已經沒有人了。他精疲力竭，對埃米利安感到歉疚。每一次揭穿一個孩子的謊言時，他都會有這樣的感受。因為他明白，即使是在最糟糕的謊言中，也永遠藏著一絲真相。那真相由恐懼和拋棄構成。

埃米利安的養父母沒有犯任何錯。但令格伯擔憂的是，真正負有責任的人安然逃脫了。他們沒有隱藏在令人不安的動物面具後。不幸的是，他們就是把他帶到世上來的媽媽和爸爸。

格伯帶著漢娜・霍爾送的書出門來到走廊上，把它交給了書記員，讓這本書作為辯護證據。

他問自己，他那位女病人怎麼會知道埃米利安的案子。然後他不得不再一次承認，他什麼也沒弄明白。是漢娜具有超自然的能力，抑或是無數次的巧合之一？兩種情況都很荒唐，所以他立刻厭煩地排除了這兩個想法。

正當他忙於尋找一個合乎情理的解釋時，他看見不遠處聚集了一群人。被告們正在與辯護律師和前來支持他們的那些人交談。正如預料的那樣，他們感到寬慰。案子尚未判決，但結果已經能預見了。夫妻二人非常年輕，正跟他們握手道謝。祖父母明顯很感動。這些人無論如何不會想到自己會站在審判庭裡，被迫面對一個有損名譽的指控，為自己辯護。但是，看著他們擁抱，格伯無法不為可憐的埃米利安深感遺憾，因為他失去了擁有一個家庭的機會。

「你準備什麼時候把最終報告交給我？」

格伯轉過頭，立刻與巴爾迪目光交會：「等我決定好要不要再和埃米利安交談一次後，就把報告交給您。」

巴爾迪顯得很驚訝：「你想要再聽他講什麼？為什麼？」

「我們不想弄明白他為什麼要說那個謊嗎？」他回答道。

「遺憾的是，我們已經明白了，答案在於他在白俄羅斯遭受的暴力和虐待。但對埃米利安來說，向新家庭報復更加簡單。你聽到了，不是嗎？我的茶點總是很糟糕。」巴爾迪重複道。

「您認為他是在尋找藉口嗎？」格伯感到難以置信。

「不管怎麼說，被揭穿的說謊者傾向於歸咎於他人：連六歲的說謊者也會這樣……我不喜歡茶點，所以我編造了關於地下室的整個故事。」

「那麼，您認為這個小男孩是在刻意報復？」

「不。」巴爾迪反駁道，「我認為他只是個小男孩。」

他們停止了交談，因為這時盧卡正在招呼他的同行者：他讓他們聚集在一起，為埃米利安祈禱。不一會兒，他們排成一圈，低下頭，閉著眼睛，互相牽著手。

就在這時，格伯抓住了一個不尋常之處。

在沒人能看見的時候，埃米利安的養母——一位相當令人喜愛的女士——臉上浮現出一抹微笑。那笑容既不表達欣慰，也不表達感謝。非要形容的話，那就像是一個心滿意足的笑，在她和其他人一起睜眼的瞬間就消失不見了。

格伯正要提醒巴爾迪注意這一點，但他停下了，因為他衣袋裡的手機開始振動。他取出手機，在螢幕上讀到一個已經很熟悉的號碼。

「沃克醫生，我昨天就在等您打電話來。」他算了算時間，如果在佛羅倫斯大約是正午，在阿德萊德就差不多是晚上九點半，「您應該把漢娜．霍爾第一次接受催眠治療的錄音用郵件發給我，您記得嗎？」

「您說得對，對不起。」她語氣激動道。

「發生什麼了？」格伯問道，他憑直覺意識到出了狀況。

「我很抱歉，我很抱歉。」沃克多次重複道，「我很抱歉讓您捲進了這一切……」

15

她在試著告訴他什麼？特雷莎．沃克有什麼應該感到「抱歉」的呢？她說她讓他捲進了什麼？格伯感覺自己受到了欺騙。

他快速離開法院，來到街上，正像他第一次和沃克通話時那樣。在這種似曾相識的不安中，一陣寒風從大樓上刮下來，衝擊著他的臉：現在也要下雨了。

「請您冷靜些，試著跟我解釋清楚。」他說道，試圖讓沃克平靜下來。

「我本該立刻告訴您的，但我害怕……您讓我把跟漢娜的第一次治療錄音發給您，於是我意識到自己犯了一個錯誤。」

格伯依然很困惑：「您故意不把文件發給我？您是想告訴我這個嗎？」

「是的。」她承認道，「但我是出於好意，請相信我……等您聽完錄音後，請您立刻打電話給我，其他的我會親口告訴您。」

這份錄音裡有什麼？沃克之前決定向他隱瞞什麼秘密？尤其是，這為什麼現在才成了問題？格伯憑直覺明白另有蹊蹺。那是一件非常嚴重的事。他暫且擱下錄音的事，專注於當下的談話。

「好吧。」他簡短地說道，「但您現在為什麼這麼慌亂？」

「我的偵探朋友結束了對我們這位病人的調查。」

格伯想起沃克提過會尋求一位熟人的幫助，但他沒有料到會得出令人憂慮的結果。看來是他想錯了。

「在澳洲有六個女人名叫漢娜・霍爾。」沃克繼續道，「但只有兩個人年齡在三十歲左右……一個是國際知名的海洋生物學家，但我馬上就意識到她和我們認識的那個人不是同一個。」

格伯表示同意：「另一個是誰？」

特雷莎・沃克停頓了一會兒，帶著喘息的聲音，十分驚恐：「另一個兩年前試圖在光天化日之下搶奪一個新生兒，把他從公園裡的嬰兒車中帶走。」

不知不覺間，格伯逐漸放慢了腳步，直到完全停下。

「她沒能成功，因為孩子的母親開始叫喊，她就逃走了。」

他無法相信自己從電話中聽到的一切。

「格伯醫生，您還在嗎？」

「在。」他確認道，但已無法呼吸。誰知道他為什麼確信這個故事不會就此結束。

「幾個小時後，警方找到了漢娜。當員警去逮捕她的時候，他們在她家裡找到了一把鐵鍬和一只小木匣。」

格伯突然感到疲憊不堪，他害怕手機會從手中滑落。他背靠在一座房子的牆上，俯下身，渾身顫抖，等待著更糟的結局。

「在訴訟中沒能證明這一點，但員警懷疑漢娜・霍爾意圖將那個新生兒活埋。」

7月7日

這一天會永遠擾亂彼得羅．格伯的生活，它以一個澄澈的黎明開始。佛羅倫斯夏季的天空有一道玫瑰色的光，但這道光一落在屋頂上就成了琥珀色，尤其是在清晨。

實習期結束後，格伯用他作為兒童心理師的第一筆工資，立刻在卡諾尼卡大街上租了一間公寓。公寓位於一座舊大樓的頂樓，樓裡沒有電梯，想要到那裡，就不得不徒步爬八層樓梯。把它稱作公寓實在有些誇大。事實上，它只有一個小房間，裡面勉強能放進一張單人床。沒有衣櫃，衣服都掛在從天花板上牽下來的繩索上。有一個做飯的角落，廁所藏在一扇屏風後：當有客人要過夜時，就得輪流用廁所，另一個人得在樓梯平台上等。

但這個小小的地方允許他完全獨立。他並不討厭和父親一起住在家裡，但到了三十歲，他認為重要的是擁有一個自己的地方，承擔起一些小小的責任，比如付帳單或供養自己。

另一個好處是，當他有新的追求對象時，可以不必再光顧旅館——這個狹窄居所的花費也更少。因為有一件事是彼得羅無法放棄的：追求女人是他的一大愛好。

女人們都說，年輕的格伯是個美男子。他感謝上帝，因為自己並沒有遺傳父親的鼻子和難看的招風耳。最討女孩子喜歡的是他的微笑。「彷彿有磁力」——她們通常這樣定義它。是那三個酒窩的魅力，他說，強調了「三」這個不對稱的奇怪數字。

與他的許多同齡人不同，格伯腦中從來沒有浮現過組建家庭的想法。他不能想像自己和同一個人共度一生，也毫無生兒育女的意願。他喜歡小孩子，否則，他不會選擇和父親一樣的職業。他認為小孩子的複雜程度令人感到不可思議，這使得他們比成年人更加有趣。儘管如此，他無法設想自己作為一個好父親的樣子。

那個七月的早晨，彼得羅．格伯在六點四十分醒來。陽光透過百葉窗，溫柔地滑過迷人的布里塔妮赤裸的背部，彷彿一塊金色的汗巾，突出她肩膀的完美曲線。彼得羅翻過身，側目觀賞這位俯身睡著的美人身上獨有的景色：栗色頭髮長長地披下，但露出了一部分迷人的脖子；雙臂交叉著放在枕頭下，像一位跳舞的美人；被單包裹至腰部，隱約露出她雕塑般的臀部。

他們認識還不到一天，在當晚的航班把她帶回加拿大前，他們就會告別。但彼得羅．格伯決定，他會讓她在佛羅倫斯的最後幾個小時變得難以忘懷。

他準備了一個完美無缺的小計畫。

早餐他會帶她去吉利咖啡館吃麵食，然後去聖塔瑪利亞諾維拉附近的著名香料藥坊買古龍香水和化妝品。這樣的安排絕不會出錯：女孩子們都發瘋似的愛去那兒。接著是一場遊覽，專為探索在旅行指南裡找不到的秘密風光。之後開著敞篷跑車到瑪律米堡去吃羅倫佐絕妙的維西利亞風味義大利麵。但與此同時，當格伯等待他年輕的女友醒來時，他開始想起他的父親。因為這些熱情是他傳給他的。

巴魯先生熱愛他的城市。

只要可以，他就喜歡四處閒逛，發現佛羅倫斯新的事物、氣味和人。所有人都認識他，所有人都向他打招呼。他瘦高個兒，永遠穿著博柏利外套，即便在晴天也戴著寬簷擋雨帽。夏天他穿著方便的齊膝短褲和印花襯衫，但也穿著糟糕的皮涼鞋。他走過時絕對會引人注意。他離家前會在衣袋裡裝滿彩色小氣球糖果，之後再把這些小玩意兒一視同仁地分送給大人和小孩。

在彼得羅小時候，他的父親會牽起他的手，帶他在城裡遊逛，向他展示那些他之後會用來給女孩子驚喜的東西。比如維琪奧宮一面外牆上雕刻的人臉，據說這是米開朗基羅雕刻的一個死刑犯的面部輪廓，在犯人被帶往刑場時，他恰巧經過；或者本韋努托・切利尼的自畫像，它被藏在他的《珀爾修斯》的後頸上，只有站上傭兵涼廊，從後方看向這座雕塑時才能發現；還有出現在一幅十五世紀的聖母像上的不明飛行物；或者在瓦薩里走廊展出的古代兒童肖像移動畫展。

但是，在所有稀奇古怪的事物中，從彼得羅小時候起就一直給他帶來極大震撼的是「棄嬰輪盤」，它位於育嬰堂⓬外部，可追溯至十五世紀。這是一個旋轉的圓柱形石盤，就像一個搖籃。無力撫養新生兒的父母會把孩子放進這個裝置裡，然後拉動一條繫著鈴鐺的細繩，提醒修道院裡的修女。修女們會轉動圓盤，抱出新生兒，這樣孩子就不必被迫在露天中待得太久。這個發明主要的好處是可以讓遺棄孩子的人保持匿名。在接下來的幾天裡，這些孩子會被展示在公眾面前，以便讓願意照料他們的好心人收養，或者為了讓內疚的親生父母有機會再領回孩子。

通常，彼得羅的女伴們聽到這個故事會很感動。這對他來說是好事，因為從那一刻起，他幾乎就能完全肯定，不久之後他就會把她們帶上床。他從來不對感情抱有太大信任，他會毫不費力地承認這一點。既然他不知道如何墜入愛河，也就不覺得自己會被一個女人所愛。這也許是因為在他的成長過程中缺少一個作為參考的女性形象：他的父親很早就成了鰥夫。

巴魯先生做了他力所能及的事。他擱下巨大的悲痛，負擔起養育一個年僅兩歲的孩子的責任，而這個孩子對他的母親沒有任何記憶。

直到上小學，彼得羅從來沒有問過關於母親的任何事，也並不想念她。他無法為一個他從來不認識的人感到悲傷。他的媽媽是一位美麗的女士，她出現在一本皮質裝幀的舊相冊的全家福裡，僅此而已。

但是，在六歲到八歲時，他心中有時會躍出某些東西。

在那段時間裡，他糾纏盤問過父親：他想要知道一切——她的聲音是什麼樣的？她喜歡什麼口味的冰淇淋？她什麼時候學會騎自行車的？或者她小時候的洋娃娃叫什麼名字？遺憾的是，父親並不知道所有的答案，常常不得不即興發揮。但是，在那段時間過後，他的好奇心毫無緣由地完全消散了。他再也沒有問過任何事。僅有的幾次，在家裡提起這個話題時，他們在幾句毫無結果的話之後便結束了談話。但是，有一句話是父親每一次都會說的。

「你的母親非常愛你。」

這就像是一個藉口，為了勾銷她在他出生僅僅二十一個月後就去世的過錯。

⓬ 佛羅倫斯育嬰堂建於十五世紀，是佛羅倫斯乃至歐洲最早的慈善性孤兒院。

在很長一段時間裡，彼得羅都沒有看見巴魯先生和其他女人在一起。他甚至從來沒有問過為什麼。但是，在他快九歲的時候，發生了一件事。一個星期天，他的父親帶他去吃維沃利冰淇淋。這次出行看上去像一段平淡無奇的閒逛。在路上，父親再一次向他講述，這種冰鎮甜品是在佛羅倫斯發明的，它第一次出現是在梅蒂奇家族的宮廷裡。然後，當他們坐在那家歷史悠久的冰淇淋店外面的小桌旁時，一位優雅的女士走近他們，父親介紹說，她是「一位朋友」。小彼得羅立刻意識到，這場相遇並不像他們兩人希望他相信的那樣是出於偶然。相反，這是為另一個目的預先安排好的。無論那是什麼目的，他都不願意知道。為了表明自己的態度，杯子裡五顏六色的榛子巧克力味冰淇淋，他甚至一勺也沒嚐。他任由冰淇淋在他們沉默的注視中融化，臉上顯出只有小孩子才知道如何表現出的兇狠模樣。他從未有過一個正式的母親，也不想要一個替代的母親。自那以後，他再也沒見過那個女人。

許多年後，在那個七月的清晨，迷人的布里塔妮開始在床上屈身扭動，預示著她即將醒來。她轉向彼得羅，在睜開她那雙綠眼睛後，贈與他一個最燦爛的微笑。

「早安，加拿大東部光彩照人的女孩，歡迎來到佛羅倫斯的美好清晨。」他一邊莊重地問候她，一邊拍拍她的臀部，輕吻她的雙唇，「我為你準備了一大堆驚喜。」

「是嗎？」女孩興致勃勃地問道。

「我想讓你忘不掉我。五十年後，你會向小孫子們講起我，我向你保證。」

年輕女孩向他靠近，在他耳邊低語道：「向我證明這一點。」

於是彼得羅滑到了被單下。

布里塔妮讓他這麼做了：她向後仰起頭，半閉上眼睛。

就在那一刻，他的手機開始振動起來。他咒罵了在那個不恰當的時刻打來電話的人，無論那是誰。然後他重新鑽出來，接聽了那個陌生號碼的來電。

「是格伯先生嗎？」一個冰冷的女聲問道。

「是的，您是哪位？」

「我從卡勒基醫院心臟病科打來電話，請您立刻到這兒來。」

這些話在他腦海中多次拆解開又重新組合起來，而他努力想要抓住它們的含義。

「出什麼事了？」他問道。與此同時，從布里塔妮的臉上，他彷彿能模糊地看見自己驚恐的神色。

「您父親出事了。」

不知為什麼，這個壞消息讓其他的一切突然間看上去好笑又怪誕。在那一刻，他覺得甜美的布里塔妮與她豐滿的嘴唇和柔軟的胸部十分可笑。他自己則感到滑稽。

抵達醫院後，他匆匆趕往重症監護病房。

這個消息已經在家族裡迅速傳開了。在等候室裡，他遇見了他的伯父伯母，以及堂哥伊西奧。還有他父親的幾個熟人，他們前來瞭解他的情況。巴魯先生是個受歡迎的人，許多人都愛他。

彼得羅觀察著在場的人，所有人也都看著他。他產生了一種荒謬的恐懼，害怕他們嗅到他身上布里塔妮的氣味。他感到自己既輕浮又極度格格不入。在這個養育了他的男人突然心臟衰竭的時候，他卻和一個女孩子在一起。在場所有人的目光中沒有絲毫指責他的意思，但彼得羅仍然感到愧疚。

巴爾迪法官靠近他，將一隻手放在他的手臂上：「你得堅強，彼得羅。」

這位老朋友正在向他告知屋子裡其他所有人都已經知道的事。他看著那些人，發現了一張熟悉的臉，儘管他只在快九歲的時候見過一次。那個女人待在一個角落裡，他的父親曾試圖在某個星期天下午向他介紹她，而他拒絕和她一起吃冰淇淋。她小聲地哭泣著，避開他的目光。那一刻，彼得羅明白了一件他此前從不理解的事：父親完全不是一個傷心欲絕的鰥夫，他也並非因為仍然愛著一個死去的女人才拒絕重新組建家庭。

父親這麼做是為了他。

他內心的堤壩轟然倒塌，被一陣無法承受的悔恨所淹沒。一位護士朝他走來，彼得羅想像著她會問自己是否希望和父親最後道一次別，難道這不是慣例嗎？他幾乎要開口拒絕，因為一想到他剝奪了父親重新獲得幸福的可能，他就再也無法忍受了。

然而她卻說道：「他要求見您。請您來見他吧，不然他平靜不下來。」

醫護人員讓他穿上一件綠色的罩衫，把他帶進父親所在的病房，裡面的設備仍然維持著他微弱的生命。氧氣面罩蓋著他的臉，露出縮成兩道縫的眼睛。但他的意識還相當清醒，因為他在彼得羅剛跨過門檻時就認出了他。他開始激動起來。

「爸爸，安心些，我在這兒。」他讓父親放寬心。

父親用僅有的些許力氣抬起手臂，揮動手指，叫他到身邊來。

「您不該累著自己，爸爸。」他一邊囑咐道，一邊走向床頭。他不知道還能對父親說什麼。每一句話都將是謊言。他想，讓父親知道自己愛他是對的，於是他朝父親俯下身。

巴魯先生在他開口之前低聲說了什麼，但因為隔著面罩，他沒能聽清。他又靠近了些，父親努力重複了剛才所說的內容。

父親揭露的事像一塊巨石砸在年輕的格伯心上。

彼得羅感到難以置信又心煩意亂，離開了奄奄一息的父親。他無法想像父親偏偏選擇在這一刻向他透露一個如此可怕的秘密。他覺得他荒唐又無禮。他覺得他很殘忍。

他猶豫地往後退了幾步，向門口走去。但不是他在後退，而是他父親的病床在遠去，就像一條隨波漂去的船，就像要在他們二人之間製造一段距離。它最終自由了。

在他們訣別時，他在巴魯先生眼中看見的不是遺憾，而是寬慰。冷酷又自私的寬慰。他的父親——他所認識的最溫和的人——擺脫了那個在他心中藏了大半生的難以消化的結。

現在，那份重擔完全落在他身上了。

16

雨水從車窗和擋風玻璃上滑落，形成一道道交錯的細小水紋。在雨幕之外，一切都顯得模糊不清，轉瞬即逝。其他車輛的燈光混雜在一起，擴散放大，變得模糊，而後像海市蜃樓一般消失又重現。

格伯坐在他那輛旅行車的駕駛座上。在馬可出生後，他就滿懷遺憾地用它替代了那輛拉風的愛快．羅密歐敞篷跑車。他一動不動地注視著自己手中的手機。

螢幕上顯示特雷莎．沃克發來郵件，還附有一個錄音檔。

……我很抱歉讓您捲進了這一切……

那是漢娜．霍爾第一次接受催眠治療時的錄音。

……等您聽完錄音後，請您立刻打電話給我，其他的我會親口告訴您……

幾天前，在沃克請他接手這個病例的那個清晨，這位同行告訴他，病人曾經突然開始大喊大叫，因為她的腦海中重新浮現出了關於她小時候那場謀殺的記憶。

在那通電話之後，又發生了什麼變化？她沒有向他透露的是什麼？

格伯戴著一副連接到手機上的耳機，但他還沒有勇氣開始聽這段錄音。沃克騙了他。在那次治療過程中，還發生了別的事情。因此，她才遲遲不把錄音檔發給他，一直將秘密隱瞞到這一刻。

……但我是出於好意，請相信我……

讓她改變主意的，是她的私家偵探朋友發現的事情：漢娜試圖搶奪一個年紀很小的孩子。

……在訴訟中沒能證明這一點，但員警懷疑漢娜·霍爾意圖將那個新生兒活埋……

彼得羅·格伯做了個深呼吸，大型超市的停車場對他而言是一個完美的藏身之處。在這個冬日的黃昏，人們匆匆去購物，然後早早回家。在暴風雨中，他把自己關在駕駛座裡，沒人注意到他，沒人能看見他。然而他並不感到安全。

無論錄音裡的內容是什麼，都能把沃克嚇得不輕。

……我本該立刻告訴您的，但我害怕……

格伯在感到自己做足了準備後，將右手大拇指落在了手機螢幕上。只需要一個簡單的動作——在郵件裡的圖示上輕按一下，就能打開地獄之門。

答錄機的雜訊。麥克風被放置到正確的位置，但同時也蹭到了別的東西。

「那麼，您準備好開始了嗎？」首先傳出的是特雷莎·沃克的聲音。

短暫的停頓。

「是的，我準備好了。」漢娜·霍爾回答道。

一聲機械聲響：發條在齒輪間轉動。當裝置上足了發條後，開始播放一段浪漫的、不協調的旋律。

每一位催眠師都使用自己的方式讓病人進入恍惚狀態。格伯偏好用節拍器，這樣做很老套，但也不失雅致。B先生用迪士尼的老動畫電影裡的歌曲。其他催眠師會簡單地變換著音調說一些暗示性話語，或者調節燈光。讓鐘擺或鐘錶在病人眼前搖晃的主意是電影的虛構產物，讓病人注視一個螺旋體轉動同樣如此。

沃克使用的是一個音樂盒。

音樂聲持續了一分半鐘，然後開始放緩。格伯想像著，隨著音樂聲漸漸消逝，病人也在慢慢進入昏睡狀態。

「漢娜，我想要你回到過去的時光……我們從你的童年開始……」

「好的……」漢娜回答道。

沃克的語調是慈愛和令人安心的。事實上，這應該作為整理記憶的常規治療的開頭。在這種氛圍中，沒有什麼會預示一個令人不安的結局。

「我來向你解釋我們要做的事……首先，我們要去尋找一段幸福的回憶：我們會用它作為你潛意識中的嚮導。每一次有東西讓你不安或感到奇怪時，我們就會回到那段記憶，你就會重新感覺好起來。」

「沒問題。」

一段漫長的停頓。

「那麼，你找到什麼東西了嗎？」

漢娜吸了口氣，然後呼氣：「花園。」

17

爸爸非常清楚下一個季節從何時開始。他只需觀察植物的根。或者，他聞到風的味道就能預料到夏天什麼時候到來，或者什麼時候會下雪。在某些夜晚他會觀測天空，根據某些星星的位置告訴媽媽在菜園裡種什麼最好。

我們不需要時鐘，甚至不需要日曆。所以他們不清楚我的確切年齡。什麼時候過生日由我自己決定：我選擇一個日子，然後告訴父母。媽媽會做一個砂糖麵包蛋糕，然後我們會一起慶祝。

正值春天，我們剛搬到這個地區不久。我這次的名字叫山魯佐德，聲音之家位於一個荒廢的果園邊緣。

那個花園。

那些樹沒有因為缺乏照料而枯死，反而自由生長，於是我們整個夏天都會有水果吃。

房子位於一座小山丘的頂部，不大，但在那上邊可以看見許多東西：群鳥突然飛起又滑翔至地面，和諧一致地飛舞著；塵土的漩渦在一行行樹木間頑皮地相互追逐。有時候在晚上能看見遠處有一些奇怪的光亮。媽媽說那是煙火，人們讓它們在空中爆炸，用來慶祝。我疑惑我們為什麼沒有在那兒和他們一起。我沒有得到答案。

房子的正中間長了一棵櫻桃樹。樹長得很高，簡直要撐破屋頂。爸爸決定把阿多安置在樹下，這樣樹根就會保護他。但我覺得還有另一個原因：這樣一來，阿多就能和我們靠得更近一些。我喜歡全家人聚在一起，媽媽和爸爸也更高興。

春天是個美好的季節，但夏天更好。我迫不及待地想要夏天到來。現在的天氣很奇怪，有時是晴天，有時會下雨。下雨的時候，我通常會讀書。但我已經讀完了所有書，其中一些已經讀了好幾遍，我感到厭倦。爸爸答應會給我找些別的書，但他還沒有找到。我感到很無聊，於是我認定，我上一次生日已經過去夠久了。晚上，我走進廚房，鄭重地告知爸爸媽媽，第二天是我的生日。像往常一樣，他們對我微笑，並表示同意。

第二天，一切都準備好了。媽媽點燃了燒木柴的爐子，但不僅僅是為了做那著名的砂糖麵包蛋糕。她還做了很多非常美味的食物。這天晚上，等爸爸帶著找給我的禮物回到家時，我們將會有一場令人難以置信的盛宴。

下午很快就過去了，我快樂得永遠無法忘記這一天。最讓我激動的是為生日宴做準備。我等待著那個時刻的到來，一切都會變得更加美好。整個世界都被我的喜悅感染了。

為了生日宴，媽媽在櫻桃樹周圍點了許多蠟燭，並在樹枝上繫了一些彩色布條。她鋪了一條床單，在上面放置食物，還有一壺檸檬水。爸爸彈著吉他，我們唱著我們的歌謠。我用我的鈴鼓給爸爸伴奏。然後我獨自繼續唱下去，而爸爸放下樂器，摟住媽媽的腰，邀她跳舞。她笑了，任由他帶著她跳。只有他知道如何讓她笑得這般開懷。裙襬揚起，露出她的腳踝，她那雙裸露在地上的腳美極了。她直視著他的雙眼，而爸爸的目光也無法從她的眼睛上挪開。只有她知道如何讓他感到這般幸福。我太快樂了，幾乎要哭出來。

接下來是送禮物的時刻。我欣喜若狂。通常我不會收到太大的物件，因為我們重新出發時會很難帶走。爸爸會為我做一把彈弓，或者用木頭雕刻一些小玩意兒：有一次，我收到了一個漂亮的海狸木雕。但這一次不同。爸爸從家裡消失了一段時間，當他回來時，他帶著一輛自行車。

我簡直無法相信。一輛專屬於我的自行車。

這不是一輛新車，有點生鏽，一只輪子和另一只不一樣。但這有什麼要緊？這是我的自行車。我從未擁有過一輛自行車，這是第一輛。我高興得忘記了我其實不會騎車。

我沒花多長時間就學會了騎車。爸爸為我上了兩堂課，但在摔倒過幾次後，我就停不下來了。我上氣不接下氣地在一行行樹木間騎車飛奔，媽媽說從家裡都能看見我激起的飛塵。我們訂立了一個協議：我知道，當我們離開的時候，我必須留下這輛自行車，但爸爸承諾，我會擁有別的車。但是，沒有任何一輛車和這一輛一樣。沒有任何自行車和我的第一輛自行車一樣。

我的頭髮長長了許多，現在已經長到我的後背下部了。我為自己的頭髮感到非常驕傲，它們和媽媽的頭髮一樣長了。她說，如果我不想剪掉頭髮，至少得把它們束起來。她給了我她的一只髮夾，爸爸非常喜歡的那只帶有藍色花朵的髮夾。我很清楚她有多愛惜那只髮夾，我絕對不會弄壞它。

但有一天晚上，當我像往常一樣騎完車回家時，那只髮夾卻不在我頭上。

我感到非常難過，但是沒有把這件事告訴任何人。儘管媽媽和爸爸在晚餐時注意到我的情緒和平常不一樣，我也不願意解釋。只是到了第二天，我還是沒能找到髮夾。雖然我還是和前一天一樣騎行了同一段路。我來來回回地騎過那段路，卻什麼也沒找到。

花園是個迷宮。我告訴自己，在這裡很容易迷路。但是我再次向自己承諾，我會把這座花園走遍，直到找到媽媽的髮夾為止。

第四天，當我在離家更遠的一個區域巡查時，發生了一件極其詭異的事情。有個東西突然打在我的臉上。我伸出腳後跟，踩在岩石上煞住車，然後轉頭去看。

地上正是那只帶有藍色花朵的髮夾。它怎麼會突然直直地撞到我臉上呢？沒有風，四周的樹木也都靜止不動。我驚訝得呆住了。我感到自己在急促地喘氣，卻無法阻止自己。

我戴上那只髮夾回了家，但對發生的事隻字不提。我還得為這件事找到一種解釋。而且，不知道為什麼，我感到那是我的錯。我不知道具體是什麼錯。但那是我的錯。

夜裡，我無法入睡。我決定，第二天我要去重新檢查那個地方。是的，我會這麼做。因為我無法相信這是真的，事情竟會這樣發展，簡直太荒謬了。

第二天清晨，我吃過早餐就匆匆跑出了門。我記得我是在哪裡找到髮夾的——而且地上還有我用腳後跟急煞車時留下的痕跡。這個地方處於一陣怪異的寂靜中。沒有任何昆蟲、鳥兒或其他動物：就好像所有的生靈都消失了。正當我思索原因時，我環顧四周，看見了一樣昨天沒有的東西。或者是我昨天沒注意到。

在樹皮上，有人刻了一個箭頭。

我感到既困惑又慌亂。這是個什麼玩笑？這不可能是真的。規則四：永遠不要靠近陌生人，也不要讓他們靠近你。但我不確定這個箭頭是不是他們刻的。我內心的一部分說，這一次與他們無關，所以我可以朝箭頭指示的地方走。我觀察著箭頭指示的方向，那地方什麼也沒有，只有樹。我把車停在地上，走過去檢查。走出十來步後，我發現了另一個箭頭。

這一次，箭頭被刻在一棵桃樹的樹皮上。

我順著這個箭頭的指示繼續走，接著又冒出了第三個箭頭，被刻在一棵巴旦杏樹上。然後是第四個、第五個、第六個。這是個尋寶遊戲。我激動萬分，忘記了我本應感到害怕。我很擅長找記號，事實上，我對最終的獎勵是什麼興趣不大。我沒有想過獎勵的事，也許是因為這是第一次並非我一個人在玩耍。

因為有一件事是確定的：這出自某個人之手。

我走到一片小小的林間空地。讓我極為驚訝的是，最後一個箭頭畫了一個圈。

這到底表示什麼？我應該往哪兒去找？突然間，我感到自己很傻。就好像他們只是想捉弄我一樣。這可不好玩。但有什麼不對勁。我環顧四周，感到自己並非獨自一人。有人在觀察著我。

我感覺到有一雙眼睛正在直直地盯著我。

「喂！」我朝灌木叢喊道。

「喂！」回聲答道。

「出來！」

「出來！」

「你在嗎？」

「你在嗎？」

「你在哪兒？」

「你在哪兒？」

「我知道你在……」

「我知道你在……」

我知道那人在。這回聲聽上去像我的聲音……但不是我的聲音——我幾乎可以肯定。一陣怪異的癢爬上了我的背部。

我應該回到我的自行車那兒去。我應該回家去。

我整個晚上都在想這件事。當我在餐桌旁吃著蔬菜時，我用一根手指在麵包屑裡畫出了我在最後一棵樹上看見的環形箭頭。媽媽和爸爸沒有注意到。當我沖洗晚餐的碗碟時，我滿腦子想的都是那個標記是什麼意思。躺在床上時，我無法入睡。

第二天，我再一次來到了那片小小的林間空地。我的手心在出汗，我無法保持平靜。但我必須這麼做，否則，那個念頭會讓我不得安寧。最後那個箭頭有一個可能的含義。我腦海中出現的唯一一個含義。我知道，這有點傻，但我想不出別的辦法。我做了個深呼吸，張開雙臂。接著，我開始旋轉身體，先是慢慢地轉，然後不停加快。我轉啊轉啊，環顧著四周。那些樹木像旋轉木馬一樣圍繞著我快速旋轉，越來越快，越來越快。我小心翼翼地保持著平衡。我的身體掀出一陣輕風，我的頭髮飄揚飛舞。現在，連樹木都和我一起旋轉了。

然後，在樹木間突然出現了一張臉。

我試著停下來，但絆了一跤，向後摔倒在地上。一陣小女孩的笑聲。我的心怦怦直跳，我因疲憊和激動而氣喘吁吁。陽光晃花了我的眼睛，但我辨認出一片向我靠近的陰影。我快速起身，但仍然感到眩暈。最終，我看見了她。

「你好。」她對我說道。

「你好。」我對她說道。

她穿著一件印有黃色蜜蜂的連衣裙和一雙白色的涼鞋。她的金色長髮梳得比我的頭髮整齊，皮膚非常白皙，而我的皮膚已經被夏日的太陽曬黑了。我一直想知道其他小孩子是什麼樣子的。現在我知道了，他們看上去與我並沒有什麼不同。

我不知道在這種場合該怎麼表現。

「你叫什麼名字？」她問我。

規則三：永遠不要將你的名字告訴陌生人。

「我不能告訴你……」

「為什麼？」

「因為我不能說。」我已經違反了規則四，我不會再自找麻煩。

「好吧，那就不說名字了。」

「也不要問問題了。」我要求道，這樣看上去我就沒有過分違反和爸爸媽媽訂立的規則了。

「不說名字，也不問問題。」她同意道，然後向我伸出一隻手，「你想來看一樣神奇的東西嗎？」

我猶豫了，並不相信她的話，但我有了一種從未有過的感覺。比起對後果的恐懼，想要越界的衝動要強烈得多。於是我牽起她的手，跟隨著她。我從來沒有觸碰過除了媽媽和爸爸以外的人。這種全新的觸感很奇怪。我想，這對那個小女孩來說應該很平常，不過誰知道為什麼呢？說到底，我對她一無所知。僅僅因為這一點，我就感覺自己變了。

我們突然停下來，她轉頭望向我。「閉上眼睛。」她命令我。

既然我已經走到了這一步，那就可以再走遠些，我告訴自己。於是我聽從了她的話。

我感到自己被拉著往前走。我的雙腳自動邁著步子。我緊握著那個陌生小女孩的手，直到我們再一次停下。

「到了。現在你可以睜開眼睛了。」

我睜開眼。在我們面前的，是一片白色，像雪一樣。但那是小小的雛菊。成千上萬朵花兒。我立刻明白自己到了一個寶藏地，因為這裡除了我們之外，沒有別人。如果我新認識的小女孩想要跟我分享她的秘密，那麼這些秘密在我心中也珍貴起來。我不想這麼說，但有一個詞在我的腦海中縈繞著。說出這個詞會讓我很尷尬，我等待著由她說出口。

「我們是朋友了嗎？」她問我。

「我想是的。」我微笑著回答她。

她也笑了：「那麼我們明天也要見面……」

明天變成了後天，又變成了大後天。實際上，我們幾乎天天都見面。約定的地點在刻著環形箭頭的那棵樹下，或者在雛菊花田裡。我們一起逛了很久，談論了很多我們喜歡的東西。正如約定好的那樣，我們不問私人問題。因此她不問我任何關於媽媽和爸爸的事，我也不想知道她家在哪兒——儘管我從未注意到附近有房屋——或者她為什麼總是穿著那件印著黃色蜜蜂的連衣裙。

我們彼此都不知道關於對方的太多事，但這不成問題，儘管我也許應該向她坦白，我遲早會離開這兒。這樣一來，就像我無法帶走我的自行車一樣，我也不得不向我擁有的唯一一個朋友告別。

有一天，發生了一件事。我們坐在一個池塘邊，扔著小石子打水漂。我幾乎可以肯定，我的朋友有話要說，然而她只是轉過頭來看我。接著，她垂下目光，注視著我的肚子。

「怎麼了？」我問道。

她沒有回答，而是伸出手掀起我的背心，然後把自己溫熱的手掌貼在我的肚子下部，靠近肚臍的地方。我由著她這麼做，事實上，她的撫摸很令人愉快。但我意識到她很不安。

「你不會喜歡的。」她對我說道。

「什麼？」

「但這有必要。」

「什麼？我不明白……」我緊張起來。她為什麼不解釋得清楚些？然而她什麼也沒說。她拿開手，突然站起身來，我知道她要走了。「我們明天還見面嗎？」我問道，因為我害怕自己冒犯了她。但我不覺得自己說了或做了什麼讓她生氣的事。

她像往常一樣對我微笑，但接著回答我道：「明天不見面了。」

夜裡，我在睡覺。我在床上不停地翻身。我在做夢。我的朋友把一隻手放在我的肚子上，但這一次她的撫摸並不令人愉快。這一次她的撫摸讓人痛苦。

我睜開眼睛。天還黑著。我的朋友消失了，但那痛苦還在，還在那裡——在下部，在深處。我在流汗。我感覺自己在發燒。我開始呻吟，媽媽和爸爸聞聲趕來。

我燒得更厲害了。我覺得熱，然後覺得冷，接著又覺得熱。我不知道自己在哪兒，不時會失去知覺。我在山丘上的聲音之家裡——我知道，然後又不知道了。屋外是夜晚和花園——夜晚的花園一片黑暗，甚至沒有月亮。我開始胡言亂語。我呼喚著我的朋友，儘管我不知道她的名字。我的肚子很痛，非常非常痛。我從來沒有感覺這麼痛苦過。為什麼是我？我犯了什麼錯？媽媽幫幫我，讓痛苦走開。爸爸幫幫我，我不想要這樣。

我看見他們了。爸爸站在房間中央，抱著雙臂，將身體的重心從 隻腳換到另一隻腳上。他驚恐地看著我，不知道該怎麼辦。媽媽哭著跪在我的床邊，一隻手放在我的肚子上。她很絕望。

「原諒我，我的孩子。」

我不知道應該原諒她什麼，讓我痛苦的不是她，而是我體內的某樣東西。那像是某種在我的肚子裡挖洞的昆蟲。一隻黑綠色的、長長的、有絨毛的昆蟲。牠有著銳利的小爪子，用來切肉，然後吸我的血。

拜託了，爸爸媽媽，把牠從那兒弄走吧。

就在這時，我看見了一個正在靠近的陰影。是我的朋友，她來看我了。我透過那件印著黃色蜜蜂的連衣裙認出了她。她坐在床上，撥開黏在我額頭上的頭髮。

「我告訴過你，你不會喜歡的。」她重複道，「但這有必要。」

什麼有必要？我不明白。接著，她轉向媽媽和爸爸，我意識到他們並不因為她的出現而生氣。

「對他們來說有必要。」我的朋友肯定道，同情地看著他們。

「為什麼？」我氣喘吁吁地問道。

「有一個地方叫作醫院。」她回答道，「你在你的書裡讀到過相關的內容，不是嗎？」

沒錯，這是真的。人們生病時就去那裡。但我們不能去那兒，因為陌生人。規則二：陌生人就是危險。

「你的情況很糟糕，你有可能會死，你知道嗎？」

「我不想死。」我驚恐地回答道。

「但如果不立刻吃藥的話，你就會死。」

「我不想死。」我抽泣著說道。

「你媽媽和你爸爸明白這一點，所以你爸爸現在很害怕，而你媽媽向你請求原諒……因為他們不能帶你去醫院。如果他們帶你去了醫院，一切都完了。」

媽媽哭泣著，懇求著我，就好像我自己能做些什麼一樣。爸爸則不同，他和平常的樣子不同，平常的他總會讓我感覺到安全。而現在他似乎很無力，他看著我的眼神就像我在感覺到危險時看向他的那樣。

「我會死嗎？」我問道，但我知道答案是什麼。

「想想吧，如果你現在死了，我們就可以永遠待在這兒的花園裡。」我的朋友說。

「為什麼我一定得死？」我知道有一個理由，我們對那隻在我體內橫行的該死的昆蟲無能為力。這樣的事在很久以前已經發生過一次了。

我的朋友把頭歪向一邊，端詳著我：「你知道為什麼……你殺死了阿多，並且取代了他的位置。這就是對你的懲罰。」

「我沒有做過你說的事。」我抗議道。

「不，你做過。」她反駁道，「如果你現在不死，將來某天你們都會死。」

18

漢娜發出絕望的叫喊聲：「不是我做的，我沒有殺他！」

「好的，現在冷靜些……」沃克的聲音蓋過了病人的聲音，「你得冷靜下來。你聽得見我說話嗎，漢娜？」

在結束催眠的倒數開始前，錄音就突然中斷了。

彼得羅．格伯等待了幾秒才摘下耳機。那女人的尖叫聲像耳鳴一樣仍在迴響。現在格伯需要重新找回寧靜。他發現自己的脖子和手臂僵硬，手指緊緊抓在雙腿的膝蓋位置。

他回想起，一切都是從那次治療開始的。在催眠狀態下，漢娜．霍爾認為自己殺死了阿多。這不是因為她擁有對那場謀殺的直接記憶，而是那個她想像中的小女孩告訴她的。這是什麼意思？必須再深入挖掘她的腦海，找到那段確切的記憶，如果那段記憶真實存在的話。但現在，他已不再確定自己是否還想這麼做。

他朝方向盤伸出一隻手，顫抖著點亮了儀表板。他沒有發動汽車，只是想要把車窗打開一道縫。

雨中的清新空氣湧進了駕駛座，掃走了恐懼的刺鼻氣味。格伯慢慢地吸氣和呼氣，試圖恢復過來。接著，他想起了特雷莎．沃克的話。

等您聽完錄音後，請您立刻打電話給我，其他的我會親口告訴您。

他本想回家，回到西爾維婭和馬可身邊。他本想回到過去，拒絕幫助沃克。然而他卻陷入了一個自己無法理解的故事中，尤其是，他感覺到自己處於危險之中，卻不知這種感覺從何而來。

他抓起手機，檢查了電量。漢娜・霍爾第一次接受治療的錄音時長將近兩小時，也許剩餘的電量不夠打一通電話了。但他必須知道沃克所說的「其他的」。他輸入了那個已經被存在手機備忘錄裡的電話號碼。

「那麼，您已經聽過錄音了？」手機響了兩聲後，沃克立刻問道。

「是的。」他回答道。

「您有什麼想法？」

「和我之前所想的一樣：漢娜・霍爾在她很小的時候殺死了她的哥哥。也許並非有意，也許是一個意外。這件事發生後，她的父母認為法院無論如何都會把女兒從他們身邊帶走。此外，他們想要保護漢娜不受她犯下的罪行的影響，於是帶著她與世隔絕：她永遠不該得知真相。為了達到這個目的，他們創造了一種生活方式，在這種生活方式中，他們不把其他人納入考量，遠離其他人，也從來不需要任何人……但顯然，這一切都是有代價的，比如，他們不能去看醫生。」

「如果沒有一個合適的理由，您會讓您孩子的生命陷入危險嗎？」沃克語氣激動地問道。

「當然不會。」他不情願地回覆道，「您這麼說是想證明什麼？」

「只有為了逃離一個更大的危險，漢娜・霍爾的父母對待女兒病情的舉動才合情合理。」

「您是說陌生人？」他用嘲諷的語氣反駁道，「陌生人根本就不存在。漢娜的父母是在逃離他們自己，逃離社會的審判。有了子女，人們就可以容許自己做出任何自私的行為，只要把那稱之為愛就夠了。」

他很清楚這一點，因為他的父親就曾對他做過同樣的事。

「關於花園裡的那個小女孩，您怎麼看呢？」

「漢娜從小就能聽見那些聲音……和所有的精神分裂症病人一樣，很遺憾。」

他本應該聽從西爾維婭，他的妻子比他們先診斷出漢娜的病症。然而現在，他感到自己和這個陌生的女瘋子拴在了一起，而他不知道她究竟能做出什麼事來。

……在訴訟中沒能證明這一點，但員警懷疑漢娜．霍爾意圖將那個新生兒活埋……

「那麼，照您看來，一切都可以被歸結為一個想像出來的朋友？」沃克反對道，她偏偏不願意接受他的解釋。

「那個穿著白色涼鞋和印有黃色蜜蜂連衣裙的金髮小朋友是漢娜想要成為卻又沒有成為的形象：一個和其他小女孩一樣的小女孩。這個形象是她的精神創造出來的，是一個為了避免獨自面對現實的權宜之計。」格伯憤怒地答覆道。

「現實是什麼？」

「現實是漢娜一直都知道自己對阿多的死負有責任，但有時候最好是由其他人向我們揭示真相。」

「尋找藉口拒絕接受真相的不是漢娜・霍爾，格伯醫生……是您。」

「我能知道那個女人身上有什麼讓您害怕嗎？因為您沒有跟我解釋，那段錄音的內容。您為什麼對我隱瞞到今天……」

沃克停頓了一會兒。「好吧。」她終於肯定道，「我有個孿生姊妹，名叫麗茲。」

「這有什麼關係？您為什麼告訴我這個？」

「因為她八歲時就去世了，死於急性闌尾炎。」

彼得羅・格伯不由得發出一聲短促的輕笑：「您真的認為——」

沃克沒讓他說完話：「儘管那時是冬天，麗茲被埋葬時仍然穿著她最喜歡的衣服：一件棉質連衣裙，上面印著黃色的蜜蜂。」

19

巴爾迪法官穿著一件長長的天鵝絨睡袍，踩著拖鞋，拖著腳步走到二樓的客廳裡。她的家位於阿爾諾河畔的一座小樓，毗鄰維琪奧橋[13]。屋子有著花格平頂式天花板，裝潢豪華，內部裝飾著古董傢俱、地毯、掛毯和帷幔。每層樓都擺滿了裝飾品，特別是雕塑和銀器。

巴爾迪家族的人從十七世紀起就是精明的商人，因而積攢了一筆財富。數代繼承者都從年金中獲益，可以不必管其他事，尤其不必工作。但是，這個家族最新的一位繼承人從來不滿足於閒散的生活，於是選擇在現實世界中從事一種職業。

在埋首於未成年人法庭的辦公室工作之前，安妮塔・巴爾迪曾擔任地方法官，親力親為地做著外勤工作，在調查領域積累經驗。儘管在一座奢華的住宅裡長大，她卻去過搖搖欲墜的公寓、棚屋、像地獄一樣糟糕的家，以及一些無法被定義為「房子」的地方。她一直在尋找需要拯救的未成年人。

彼得羅・格伯環顧四周，自問是否應該這麼晚來找這位老朋友尋求建議。為了讓巴爾迪瞭解情況，他已經向她概述了最近幾天發生的事件，但還沒有提到漢娜・霍爾的名字。現在，他正坐在緞紋扶手椅上，但沒能放鬆地靠在椅背上，因為他仍然非常緊張。

他來請求她的幫助。

巴爾迪向他走來，端著一杯他要的水：「很明顯，你的這位同行讓自己受到了暗示。」

「特雷莎・沃克是位受人尊敬的專業人士，她在這行已經幹了很多年。」他反駁道，同時也為自己所做的事情辯護，「在接收這個病人之前，我在世界心理衛生聯合會的網站上查證過她的職業資質。」

「這並不意味著什麼。你對我說過，她是位上了年紀的女士。」

「大約六十歲。」他明確道。

「到了人生的這個階段，她可能需要聽到某些東西……那位病人利用了這一點。」

格伯沒有考慮過情感方面，也許是因為他只有三十三歲。但既然巴爾迪年近七十歲，這個解釋顯得合情合理。

「如果我更脆弱些，而現在有人告訴我，我很久以前失去的某個人以幽靈的形象回來了，那會非常令人欣慰。」巴爾迪總結道。

「所以，您認為沃克被騙了？」

「你很驚訝嗎？」巴爾迪一邊回應道，一邊走到一張長沙發上坐下，「外面充斥著騙子：通靈者、巫師、神秘主義者……他們很擅長從人們那裡挖出資訊，哪怕是最隱秘的細節或者我們以為絕對保密的事情。有時候他們光靠翻找我們的垃圾就夠了。他們利用這些資訊來策劃並不怎麼

⓭佛羅倫斯最古老的橋梁，位於阿爾諾河上。

高明的騙局，只基於一個簡單的論斷：每個人都會相信他們需要相信的東西。」

「這些騙子通常都試圖騙取錢財，但漢娜的動機是什麼呢？坦率地說，我看不出來……」

「這個女人精神不穩定，你自己也這麼說。在我看來，她構思出這個騙局是為了獲得關注和滿足感……說到底，想到能夠操縱他人，她就會獲得巨大的快感。」

為了達到這個目的，漢娜．霍爾把她的治療師——沃克和格伯——的私人生活的細節安插進她自己的故事中。

「正如我們觀察和傾聽她一樣，她也觀察和傾聽我們。尤其是，她會從我們身上學習。」

沃克早逝的姊妹、他的堂兄伊西奧，以及馬可的幼稚園裡的孩子們在腳踝上繫鈴鐺的事。雖然最令人費解的謎團要數那本解決了埃米利安的案子的童話書：格伯做夢都沒想過會向漢娜提起那件案子。

他一邊專心致志地考慮著這個方面，一邊小口喝著杯裡的水，然後把杯子放在身前的水晶茶几上。他這時才注意到書架上放著那個像幽靈一樣的小男孩在遊戲室裡畫的畫。

那列火車被改成了一張邪惡的臉。怪物「馬奇」，這是埃米利安給它起的名字。

巴爾迪保存著這幅畫，但讓格伯激動的不是這個。

「我向特雷莎．沃克提過埃米利安。」他回想道，「她可能在這之後告訴了漢娜。」

這就是其中的關聯。他為此感到寬慰。但為漢娜．霍爾的「神秘能力」提出一種可能的解釋並沒有解決他的問題，反而引發了新的問題。

「病人和沃克仍然保持著聯繫，但沃克沒有告訴我。」他的臉色陰沉下來，「這證明一位像她那樣專業的心理師也被騙了。」

「我先前對你說過什麼？」巴爾迪強調道。

現在他的的確確感到擔憂了。

「我應該怎麼做？」他向巴爾迪問道。

「你認為這個病人會對你和你的家人構成威脅嗎？」巴爾迪反問道。

「我真的不知道……那個女人曾經試圖搶奪一個新生兒，也許是想要把他活埋。」

「你不能向警方求助，因為你無法指控她犯了任何罪。此外，報警會嚴重違背醫生和病人之間的保密協議。」

「西爾維婭認為她在監視我們。」

「但這不夠，這不是犯罪。」

遺憾的是，他也很清楚這一點：「我一直在對自己說，突然中止催眠治療的做法是不可取的，但事實上我害怕這樣做的後果。」

「什麼樣的後果？」

「我害怕這會刺激她做出反應，讓她成為一個威脅。」他考慮道，過了一會兒又接著說，「如果巴魯先生處在我的位置，他會怎麼做？」

「你父親與此無關，這一次你必須自己解決一切。」

他想念那個渾蛋，這使得他更加生氣。

「沃克的私家偵探朋友說，在澳洲只有兩個三十歲左右的女人叫作漢娜・霍爾……其中一個是國際知名的海洋生物學家。」

「這有什麼關係？」

「我之前在想，兩個同齡且同名的人卻有著截然不同的命運，僅此而已。如果我不是我父親的兒子，也許我就不會做心理師，現在我也就不會處於這個境況。」

巴爾迪從沙發上起身，走到扶手椅旁，坐在了扶手上：「幫助那個陌生女人不會解決你和他之間的問題，無論那是什麼問題。」

彼得羅・格伯抬起目光看她：「直到十歲時，我的病人都和親生父母一起生活：他們在許多地方住過，常常更換身分。然後發生了一件事，那個女人提到了一個『火災之夜』，在那個晚上，她的母親讓她喝下了『遺忘水』。那個事件想必突然中斷了她與原生家庭的關係，之後她移民到了澳洲，成為眾人認識的漢娜・霍爾。」

第一次聽見這個名字時，巴爾迪身體一僵，格伯注意到了這一點。

「你來是想問我什麼事？」她懷疑地問道。

「我猜測，二十年前，漢娜被人從親生父母身邊帶走了，也許存在一份解釋其原因的文件。或許那個謀殺哥哥的故事也有人負責處理。」

「這個故事是無稽之談。」巴爾迪忍不住說道，「醒醒吧，彼得羅，不存在什麼謀殺，那個女人在騙你。」

但格伯並不想聽從，於是他毫無畏懼地繼續說道：「她的親生父母允許她選擇自己的名字，所以她在義大利時有過很多個名字。漢娜．霍爾這個身分是她去往澳洲才採用的。所以，我猜測她在十歲時被阿德萊德的一個家庭收養了。」

「你這麼晚還在這兒做什麼？」巴爾迪打斷了他，「你為什麼不回家去陪伴妻兒呢？」

但他沒有聽她的：「顯然，這些只是我的推論。為了證實這件事，我需要獲得授權查閱未成年人法庭保存的卷宗。」

那些卷宗就是所謂的「23號模式」，專用於最微妙的收養案件。巴爾迪很清楚這一點。巴爾迪深吸了一口氣，然後走近一張舊寫字檯。她拿起筆，在一張紙上寫了些東西，然後把它遞給格伯。

「把這個給文書處的工作人員看，他會讓你進去找你想找的任何文件。」

格伯接過那張紙，折疊起來放進衣袋裡。他簡單地點了一下頭，向老朋友道謝並告別，沒有勇氣再補充些什麼，或是直視她的眼睛。

當他從巴爾迪的家裡出來時，雨已經停了。一團冰冷的霧從阿爾諾河上升起，侵入了空無一人的街道，使人無法看清三、四米以外的東西。

在他頭頂上，阿爾諾福塔⓮的古老大鐘敲響了午夜十二點的鐘聲。聲聲鐘鳴在佛羅倫斯的街道上相互追逐著，直到在沉寂中消散。

格伯沿著維琪奧橋行走。他的腳步聲像金屬聲一樣在寂靜中迴響。金銀首飾店都關著門，商店的招牌都熄了燈。公共照明系統的路燈一會兒亮起，一會兒消失，如同光線組成的模糊蜃景——像古老的靈魂，它們是這片白色的虛無中唯一的嚮導。為了不失去方向，格伯跟隨著它們，甚至想要感謝它們。

他過了橋，走在歷史中心區迷宮般的小路上。濕氣侵入他的衣服裡，在他的皮膚上蔓延。格伯裹緊身上的外套以對抗寒冷，但只是徒勞。於是，為了讓自己暖和些，他加快了步伐。

起初，那些音符散亂無序地從遠處傳來。但當它們靠近後，就開始組合起來，在他的腦海中組成了一段似曾相識的甜美旋律。他放慢腳步，想聽得更清楚些。有人播放了一張老唱片。唱針在聲槽上滑過。彼得羅．格伯完全停下了腳步。現在，那些音符傳來又消散，就像一陣陣風。與音符一起傳來的，還有兩個聲音，有些失真……但很耳熟。

熊巴魯和毛克利正合唱著〈緊要的必需品〉。

一個低級趣味的玩笑，或者也許是一個惡意的玩笑。寒意穿透了格伯的身體，直達他的心底，他思索起開玩笑的人可能是誰。他環顧四周：戲弄他的人藏身在一片朦朧中。他立刻想起了他的父親。從地獄中再次迴響起父親最後對他說的話——一個垂死之人苦澀的傾訴。

在他為正在發生的事找到合理的解釋前，那音樂聲突然消失了。但寂靜並不能讓他解脫，因為彼得羅．格伯現在擔心，他在自己的腦海裡聽見了那音樂。

⓮維琪奧宮的塔樓，佛羅倫斯的地標建築之一。

20

他扶著鐵欄杆爬上法院的台階，因前一晚的再度失眠而疲憊不堪，雙腿沉重。他至少有兩天都忘記了刮鬍子，在出門前試圖給兒子一個告別吻時，他才從兒子的反應中意識到這一點。當他從西爾維婭面前走過時，她帶著越來越強烈的擔憂觀察他。他的妻子沉默的目光比任何鏡子都要真切。這天早晨，他把自己關在洗手間裡，服下一粒十毫克的利他林⑮，試圖減輕失眠的後遺症。結果是，他四處亂逛，就像在睜著眼睛夢遊。

一些治療師稱之為「殭屍效應」。

他來到文書處，認出了那位常常出現在巴爾迪庭審上的工作人員：一個五十歲左右的女人，不是很高，梳著一頭整整齊齊的金髮，戴著一副眼鏡，金色的眼鏡鍊掛在脖子上。

他向她出示了巴爾迪法官昨晚給他的那張紙。

「這個案子發生在大約二十年前。」他解釋道，「關於一個十歲的無名小女孩，她後來採用了漢娜·霍爾這個身分。她可能被澳洲阿德萊德的一個家庭收養了。」

工作人員查看了巴爾迪的便條，然後抬起眼看著格伯疲憊的臉。也許她正在疑惑他是不是身體不適。

「一個23號模式案件？」她用懷疑的語氣說道。

「沒錯。」心理師確認道，沒有再補充別的。

「我去終端設備上核查。」工作人員肯定道，然後消失在旁邊的房間中，那兒收存著庭審的卷宗。

格伯坐在一張寫字檯前等待，想知道這需要多長時間。他早早就到了這兒，一心希望能夠快速解決。事實上，沒有花去多少時間。

工作人員十分鐘後就回來了，但空著手。

「沒有23號模式案件涉及那個名字。」她宣告道。

格伯不相信，他堅信在『火災之夜』過後，漢娜被領養到了國外。

「您仔細核查過了嗎？」

「當然。」工作人員回答道，帶著點惱怒，「沒有義大利小女孩被外國家庭收養並採用漢娜·霍爾這個身分。」

彼得羅·格伯感到疲乏無力。昨晚去拜訪巴爾迪完全是徒勞無功。而且，圍繞著這個病人的謎團之網上又多了一個結。

就好像漢娜·霍爾的過去是一個只被保管在她記憶中的秘密。如果他想知道這個秘密，就必須重新回到她腦中的晦暗裡。

---

⑮ 一種精神興奮藥。

離開法院後，格伯決定立刻趕往事務所。走到樓梯平台時，他停住了腳步。有人藏身在半明半暗中等他。他慢慢地向前走，隨後便看見了她：漢娜．霍爾坐在地上，蜷縮在他的辦公室門旁邊的角落裡。她睡著了，但有那麼一瞬間，他覺得她像失去了知覺。

讓他產生錯覺的是她右臉上的瘀青——覆蓋了她的右眼、額角和一部分面頰。格伯注意到她手提包上的皮帶斷開了，她身上的衣服也被撕破了，還斷了一隻鞋的鞋跟。

「漢娜。」他低聲喚她，輕柔地晃了晃她。

她卻突然驚醒，睜大眼睛，驚恐地向後退。

「別害怕，是我。」他試著安撫道。

她緩了一會兒才漸漸明白自己並不處於危險中。

「抱歉。」她接著說道，同時試圖快速恢復鎮定，為他突然看見自己這個樣子感到尷尬。她用手背擦乾淨流出一道口水的嘴角，整理好遮住前額的頭髮，但事實上，她只是在試圖遮掩臉上的腫脹。

「發生什麼了？」格伯問道。

「我不知道。」她回答道，「我想有人襲擊了我。」

格伯估量著這個訊息，感到驚訝。誰會幹出這種事？為什麼要這麼做？

「是在您今早來這兒的路上發生的嗎？」

「不，是在昨天晚上，十一點以後。」

格伯意識到她整個晚上都待在這兒。他沒有疑惑她為什麼不回旅館，因為他想起了那張在佛羅倫斯空無一人的街道上迴響的老唱片：〈緊要的必需品〉。

「您願意告訴我這是怎麼發生的嗎？」

「我從普契尼旅館出來，我的菸抽完了，所以在找一台自動販賣機。霧很濃，我覺得我迷路了。過了一會兒，我聽見身邊有腳步聲，有人抓住了我，用力拽我，讓我摔倒在地。我的臉撞在了地上，我當時以為他們想要搶劫，但襲擊者跑掉了。別的我不記得了。」她頓了片刻。「啊，對。」她補充道，「當我恢復過來的時候，我的手裡捏著這個……」

一粒黑色的鈕釦。

格伯拿起它開始研究。鈕釦上還掛著一截扯開的線頭。

「我們應該去報警。」他說道。

「不。」漢娜立刻回答道，「我不想報警，拜託了。」

格伯為她的過度反應感到驚訝。「好吧。」他同意道，「但我們還是到辦公室裡去吧，我們應該處理一下這塊瘀青。」

他幫助她起身，打開門後，扶著她走過走廊。除了頭上有傷，漢娜走路也一瘸一拐的。而且，她好像仍處於驚嚇中。格伯攬住她的一側腰部，靠得這麼近，他聞到了她常穿的黑毛衣散發出的溫熱味道。那味道並不令人討厭。在劣質肥皂、汗水和香菸的混合氣味深處有種甜甜的東西。他讓她坐在了搖椅上。

「您有感到噁心或頭痛嗎？」

「沒有。」她回答道。

「這樣更好。」他對她說道，「我去弄點東西來處理那處挫傷。」

他下樓走到街角的咖啡館，片刻後帶著一些裹在餐巾裡的碎冰回來了。漢娜已經點燃了第一支溫妮菸，但在她把菸放到唇邊的時候，格伯注意到她的手比之前顫抖得更加厲害。

「我知道怎麼給您弄到一張處方。」他說道，設想她正在戒斷藥物。

「不必麻煩了。」她禮貌地回答道。

格伯沒有堅持。他跪在她面前，沒有徵求她的同意就用手指抬起了她的下頷，朝她靠得更近些，以便更好地檢查那處瘀青。他輕撫她的面頰，讓她把臉一會兒朝右轉，一會兒朝左轉。漢娜由著他這麼做，同時卻探查著他的眼睛。他假裝沒有注意到，但這種意料之外的親密接觸開始擾亂他的心神。他感覺到她呼出的氣息使他的臉一陣發癢，他確信她也有同樣的感覺。他小心翼翼地把冰袋敷在準確的位置上。漢娜疼得做出一個怪表情，但她的面部輪廓接著又恢復了溫和的樣子。她用她那雙憂鬱的藍眼睛注視著他，在他的目光裡尋找著什麼東西。格伯與她對視，然後拉起她的手，代替自己的手放在冰袋上。

「請您按著它。」他一邊囑咐道，一邊匆匆起身，就這樣結束了所有接觸。

漢娜卻拉住了他的手臂：「他們回來了……我不知道是怎麼做到的，但他們找到我了……」

看著她那恐懼的表情，格伯不得不再一次問自己，這究竟是真話，還是一個高明的騙術師的第無數次表演？他決定直截了當地面對她。

「漢娜，您知道昨晚襲擊您的人是誰嗎？」

女人垂下頭。「不……我不知道……我不確定。」她支支吾吾道。

「您剛才說『他們回來了』，所以那不只是一個人。」他追問道。

病人沒有表示肯定，只是搖頭。

「他們找到您是什麼意思？有人在找您嗎？」

「他們三個人都發過誓要找到我……」

格伯試圖解讀這些支離破碎的話語：「發誓？我不明白……是誰？是陌生人嗎？」

漢娜再一次看向他：「不，是奈利、盧喬拉和維泰羅。」

這三個名字彷彿出自一個恐怖童話。

「您過去遇到過這些人嗎？」格伯問道，試圖弄得更明白些。

「當時我還小。」

格伯憑直覺明白他們的相識要追溯到漢娜在托斯卡納的經歷。「我今天不能給您做治療。」

他毫不猶豫地說道，「無論如何，我不能這麼做。」

「拜託您了。」女人懇求道。

「您的精神非常疲憊，這樣做不安全。」

「我願意冒風險……」

「您所說的風險，是更加深刻地銘記關於發生的事的情感記憶。」

「我不在乎，我們開始治療吧。」

「我不能把您帶到那兒，讓您獨自面對他們三人……」

「我必須在他們再次找到我之前先找到他們。」

女人的話如此誠摯，讓他不願再表示反對。他在衣袋裡翻找，拿出漢娜從前一晚襲擊者身上扯下來的那粒黑色鈕釦。

「好吧。」格伯說著，把鈕釦拋向空中，然後又接住它。

21

這是沼澤地裡一個炎熱的夏天。天氣這麼熱，白天幾乎無法待在戶外。將近下午兩點的時候，一切都停止了，變得一片寂靜，連蟬也停止了歌唱。只能聽見植物之間在用窸窣聲的秘密語言交談。晚上，從平靜的水面上隱約能看見一道泛綠的光。爸爸說，這是埋在沼澤裡的樹根散發出來的沼氣。沼氣很好看，氣味卻讓人難以忍受。除了臭氣外，從沼澤裡還會冒出一群群像雲團一樣的蚊子，如果有人落到牠們中間，就無路可逃了。還有在草叢裡爬行的蛇，挖掘泥土的長長的蚯蚓。

沒有人想住在沼澤地裡。除了我們。

我叫貝兒，這一次的聲音之家是一座教堂。媽媽說教堂是人們去尋找上帝的地方。但我們到這兒時並沒有找到上帝。也許是因為我們這座教堂已經荒廢很久了。爸爸說這座教堂在這兒至少五百年了。我知道那是一段很長的時間，因為我們之中沒人會活五百年。至少不會在僅僅一世的生命裡。

當我們到達的時候，教堂裡滿是泥濘。我們費了好大力氣才把它清理乾淨。但之後，當地面露出來時，就可以看見它由五顏六色的小石塊組成，勾勒出人的肖像，就像拼圖遊戲一樣。有些人像的頭上還有一個白色的環。我興致勃勃地把一切都清理乾淨，因為我想要發現藏在那下面的其他畫。爸爸由著我去做，但他也告訴我這麼做沒有用，因為秋天一來，沼澤又會重新佔領我們的教堂。到時候，一切都會再次充滿污水和泥濘。

不過，到秋天時，我們肯定已經離開了。

教堂裡有一座鐘樓，但我們不能敲響那口小小的鐘。陌生人會聽見，會來到這兒。

我喜歡這個地方，阿多也喜歡。教堂旁邊有一塊墓地。那兒有很多鐵質十字架和墓碑。但很多十字架和墓碑都不是立在土裡，而是仰臥在地上。我、媽媽和爸爸為阿多挑選了一座墳墓，那座最漂亮的。我想他會在那兒待得很好。

一座石雕天使像守護著他。

我在教堂裡找到了一本書。我之前從來沒有見過它。書名叫《聖經》。媽媽說這是一本非常古老的書。書裡全是故事。一些故事很有趣，另一些則很奇怪。比如，有一個關於耶穌（人們又將他稱為基督）的故事，這個故事是最長的；還有一個有許多兒子的人，他寫了世界將會如何終結。不過，我最喜歡的故事講了一座很久以前建造的方舟，在世界被海水淹沒的時候，它拯救了所有的動物。書裡還有一系列規則，但沒有提到陌生人。我最喜歡的規則之一正是耶穌基督所說的。

「你們要彼此相愛，就像我愛你們一樣。」

我愛媽媽、爸爸和阿多。他們也愛我，這是肯定的。我不明白這本書裡的規則是用來做什麼的。但正是因為這些規則，一切都變得糟糕起來。

我正帶著我的布娃娃走在一條小徑上。我們採摘桑葚，放在一個籃子裡，這樣媽媽就會給我們做果醬餡餅。我的手指和嘴唇都被果汁染成了紅色，因為我吃了一些桑葚。我全神貫注於正在做的事，什麼也沒有察覺。

「嘿，小女孩。」

說話的聲音彷彿來自一口井或一個洞穴。我立刻回頭，看見了那人。那個老人坐在石牆上，正在把菸草捲進一張紙裡。爸爸有時候也這樣捲菸草。老人有著灰色的頭髮，我覺得他有段時間沒洗澡了。他的皮膚上滿是皺紋，帶著粉色的斑塊。我從來沒有這麼近地看到過一個老人。媽媽向我解釋過，隨著時間的流逝，人們身上會發生什麼變化，但我沒有想到年老的人會變得像他這樣滿臉皺紋。

老人穿著一條牛仔褲、一雙皮鞋，格子襯衫的胸口敞開著。他的衣服上滿是補丁和污點。他拿著一根拐杖，兩隻眼睛很奇怪。他的瞳孔像兩顆白色的彈珠。

「嘿，小女孩。」他重複道，「你知道在哪兒可以找點水喝嗎？請告訴我，我很渴……」

我望著他，明白了他看不見我。他只能聽見我的聲音。於是我不出聲，也不動，希望他會以為自己弄錯了，以為實際上周圍沒有人。

「我在跟你說話。」他強調道，「難道你的舌頭被吞了嗎？」接著他爆發出一陣大笑：「一個盲眼老人和一個啞巴小女孩，我們可真是一對。」

我不知道該怎麼辦。規則四說，我不應該靠近他，也不應該讓他靠近我。但這個老人看上去不是個威脅。他只是一個面容醜陋的老人。沼澤地裡的蟾蜍也醜陋，但牠們很有趣。所以我不應該從外表來評判。而且我一向很會逃跑，他肯定無法追上我。

「你是真的嗎？」我問道，一直與他保持著距離。

「抱歉，我不知道你是什麼意思……」

「你是真人還是幽靈？」和花園裡的那個小女孩交朋友的時候，我已經犯過錯了，我不想再落進同一個圈套。

老人做了個怪表情，他被驚呆了。「幽靈？當然不是。」他喊道。然後他再次爆發出一陣大笑。笑聲變成了咳嗽。為了止住咳嗽，他往地上吐了口唾沫：「你為什麼覺得我是個幽靈？」

「我從出生起，就沒有見過多少真正的人。」

老人思索著我剛剛說的話：「你住在這附近嗎？」

我什麼也沒說。

「你不回答是對的，好孩子。我敢打賭你父母教過你不要理會陌生人。好吧……你應該只信任媽媽和爸爸。」

「你怎麼會知道？」

「知道什麼？」

「規則一——」

「事實上，我知道所有的規則。」他斷言道。但我不相信他。

「那麼你再告訴我一條規則……」我想要考驗他。

「讓我們看看……」老人開始思考，「還有一條規則讓你不要把你的名字告訴我，對嗎？」

他是怎麼做到的？我感到驚奇。這麼看來，他說的是真話。

「如果你不介意的話，我想去你家喝點水。」

「我不能帶你回家。」我禮貌地回答道。

「我走了一整天的路，什麼也沒喝。」他從衣袋裡取出一條髒兮兮的手帕，擦了擦汗濕的脖子，「如果不喝水，我會死的。」

「如果你死了，我會很抱歉，但我幫不了你。」

「《聖經》裡說應該給口渴的人水喝，你沒有讀過教義嗎？」

我感到難以置信：「你也讀過這本書？」

他再次大笑：「當然讀過！」

「你知道這本書是用來做什麼的嗎？」

「用來進入天堂的。」老人回答道，「沒有人告訴過你嗎？」

我感到羞愧，因為確實如此。

「天堂是個極其美好的地方，好人在生命結束後會到那兒去。而壞人會下地獄，在那裡受永恆的焚燒之苦。」

「我是好人。」我立刻說。

「如果是這樣的話，你就應該給我水喝。」

他向我伸出手。我不知道該怎麼辦。我朝他走了一步，但又改變了主意。他明白了我的想法。

「好吧，我們這麼做。」老人說道，「你走在前面，我跟著你。」

「但你看不見我，怎麼跟著我？」

「我的耳朵比你的眼睛看得更清，我向你保證。」

當我們走到教堂附近時，我們的狗開始吠叫。媽媽正在洗衣服。她遠遠地注意到我們，停下了動作。從她的臉上，我看不出她在想什麼。她叫爸爸過來，爸爸立刻來了，也朝我們的方向看過來。我希望他們不會對我生氣。

「你們好，」老人露出一個憔悴的微笑，向他們打招呼，「我遇到了這個漂亮的小女孩，她好心帶我過來。」

我很高興他對媽媽和爸爸說我「漂亮」，儘管實際上他不可能知道我是否漂亮，因為他看不見。他們肯定會為這句讚美感到自豪，但從他們的表情上看不出來。相反，他們看上去很擔憂。

「你在找什麼?」爸爸問道。我不喜歡他的語氣。

「我一開始只想找些水喝,現在我想了想,懇請你們好心留我在這兒過夜。我不會給你們添麻煩,只需要一個安靜的地方就夠了。」

媽媽和爸爸看了看彼此。

「你不能待在這兒。」媽媽說道,「你得離開。」

這個答覆讓我很失望。這個可憐的老人能做出什麼壞事呢?媽媽不想和我一起上天堂嗎?

「拜託你們了。」老人懇求道,「我走了太多路,需要休息……」然後他開始像狗一樣嗅著空氣:「而且我能聽到一陣暴風雨就快來了。」

不知道爸爸今天是不是也在風裡感受到了雨的氣息。

「我明天一早就上路。」老人承諾道,「我應該在兩天後和我的兩個孩子重聚,我已經很久沒有見過他們了。」

我對自己說,他有家人,這是一件好事。有家庭的人不會是壞人。但在老人說出最後一句話的時候,媽媽和爸爸的臉上掠過一道陰影。

「有麵包沙拉做晚餐。」媽媽決定讓他留下來後,開口說道。

「那太好了,謝謝。」老人回答道,感到非常滿意。

我和媽媽在祭壇中央佈置餐桌。當天色變暗的時候,我們在周圍分散著點上了幾乎所有的蠟燭，那些蠟燭是我們到達的當天在聖器室裡找到的。這氛圍如此美好，就像一場節日宴會。在此刻之前，我們從來沒有接待過任何客人，我的心情十分激動。

老人走到教堂長廊的盡頭吸菸。爸爸走過去和他說話，我不知道他們說了些什麼。我先前在父母臉上注意到的害怕神色已經消失了。但他們倆仍然表現得很奇怪。

我們在餐桌旁坐下。爸爸開了一瓶他儲藏的酒，媽媽端來一盤盤浸在湯裡的麵包沙拉。羅勒的香氣非常誘人。

「好吃極了。」老人肯定道。「我們還沒有告訴彼此自己的名字。」他指出。

我期待著由媽媽和爸爸先來回應這個話題，但他們什麼也沒說。

「不管怎樣，我叫奈利。」

我的父母再一次望向彼此。於是我憑直覺明白他們知道他是誰。我不明白他們是怎麼知道的，但他們知道。

在餐桌上，我的父母話說得非常少，只聽見老人的聲音在教堂裡迴盪。他看上去完完全全像個愛閒聊的人。他並不令人厭倦，反而有很多可講的事。他也是一個徒步旅行者，經常旅行。與我們不同的是，他讓人覺得他遊覽過整個世界。他講述著那些我只在書裡讀到過的遙遠地方。從他的描述來看，那些地方似乎好極了。我疑惑著，他是一個盲人，怎麼會瞭解這麼多細節。

爸爸給他斟酒的時候，老人抓住了他的手腕。「我不知道為什麼……但我覺得自己好像經歷過這一切。」他肯定道，「也許是在一個夢裡。」他笑了：「我們或許在某個地方早就認識了，不是嗎？」

「不是。」爸爸立刻說道。「我並不這麼認為。」他肯定地補充道。

「可我卻有這種感覺。」老人變得嚴肅起來，「而且在某些事情上，我通常不會出錯……」

他再次嗅了嗅空氣：「你們身上有種熟悉的味道。」

恰恰在他說出這句話的時候，一聲驚雷傳入了教堂中。一陣穿堂風吹動蠟燭上的火焰，影子開始在牆壁上跳舞。

「也許是時候上床睡覺了。」媽媽說道，「我們睡在教區長寓所，你可以睡在這兒。」

「當然。我會睡得很舒服，謝謝。」奈利禮貌地回答道。

在小小的教區長寓所的三樓，媽媽、爸爸和我睡在同一個房間裡：他們倆睡在大床上，我睡在地上的一張床墊上。夜色被一道道閃電照亮，大雨傾盆。挺好，也許這場暴風雨會帶走炎熱。我喜歡雷聲。我喜歡計算閃電和雷聲之間隔了多少時間，這樣我就知道烏雲是在靠近還是在遠離。

媽媽和爸爸或許已經睡著了，我卻睡不著。今天發生的新鮮事讓我心煩意亂。在雷雨聲中，我似乎聽見了什麼。是奈利的聲音。我聽不清他在說什麼，那些話斷斷續續地傳來。我唯一立刻明白過來的是他在和別人說話。我起身想去看看，躡手躡腳地不吵醒媽媽和爸爸。我來到通往底樓的樓梯，往樓下的黑暗中看去。那些聲音從黑夜中浮現，就像池塘裡蟾蜍的屍體。現在那些聲音更加明晰了，但仍然聽不清。除了那個老人的聲音外，還有兩個聲音，分別屬於一個男人和一個女人。他們低聲交談著，也許是為了不吵到他人。接著他們突然沉默下來。誰知道這些人是誰，我疑惑地想著。然後我回到了床上。

這一次我睡著了。但在我陷入沉睡之前，一陣聲響吵醒了我。一陣哀嘆。我抬起身，環顧四周。雨已停了，教區長寓所裡一片寂靜。但那聲音不是我想像出來的，我的的確確聽見了它。那哀嘆聲又開始了。我是對的：有人在樓下哭泣。我伸出一隻手臂想去搖醒爸爸，但我的手落在了空蕩蕩的床上。我起身，看見大床上一個人也沒有。他們已經起床了？他們丟下我去了哪裡？我向樓梯走去，跟隨著那陣低聲的哭泣。我覺得那不是媽媽或爸爸的聲音。發生什麼了？在下樓查看前，我點燃了床頭櫃上的蠟燭。我慢慢地走下階梯，心臟在胸腔裡狂跳。但我還不知道自己是否應該害怕。

我到了樓下，注意到發出那哭聲的人恰恰在我面前。我走過去，試著用燭光照亮他。琥珀色的燭光映出了那個叫奈利的老人。他坐在一把草編椅上，弓著背，兩隻手都扶在拐杖上。他抽噎著，劇烈地晃動著背部，從那雙盲眼裡湧出許多淚水。

「發生什麼了？」我問道，「你為什麼哭呢？」

他似乎在此時才注意到我，因為他停止了哭泣，看不見的眼睛轉向我的方向。

「啊，小女孩……你不知道發生了多麼不幸的事。」

「有人傷害你了嗎？」

奈利抽著鼻子。「不是對我。」他回答道。

我立刻想到我的父母，內心充滿恐懼：「媽媽和爸爸在哪裡？他們為什麼不在這兒？他們去哪兒了？」

在回答之前，老人從口袋裡掏出手帕，大聲地擤著鼻子。他為什麼不告訴我？他為什麼要浪費時間？

「我的孩子們在預計的時間之前趕上我了。」

我環顧四周，尋找著他們，但我誰也沒看見。「他們在哪兒？」我問道。

「就在你身後。」奈利對我說道。

我知道我應該立刻回頭，但我沒有這麼做。我慢慢地轉過身，背後的黑暗在我脖子上激起一陣癢。我拿著蠟燭站在一面黑暗的牆壁前，試圖分辨出什麼——一個動作，一個形狀。我察覺到一陣腳步聲，然後我看見他們出現了。兩個人的身形：一個高些，另一個矮些。

那個男孩又高又瘦，一頭直髮長度過肩，雙眼深陷在面孔裡。

那個女孩穿著一套綠色背帶工裝，化著濃妝，抽著一支菸。

「他是維泰羅，她是盧喬拉。」老人向我介紹他們。剛才他就是在和他們說話。

維泰羅手裡拿著一把小刀，他把刀刃從手掌上蹭過，就像是在把刀磨快。盧喬拉握著一把生鏽的剪刀。我被他們包圍著。

「我的孩子們不是壞人。」奈利發誓道，「他們只是有時候讓我擔憂。」

那兩人看著對方，然後笑了。我再一次轉向老人。

「媽媽和爸爸在哪裡？」我問道，試著表現出堅定的樣子……但我聽見自己的話音在顫抖，他們肯定也察覺到了。

「如果你想再見到他們，就得把一件東西交給我們。」維泰羅說道。他的聲音像他握著的那把刀一樣尖細。

「你們想要什麼？我們什麼也沒有。」

「一件你們有的東西。」老人插話道，「那件寶物。」

當他說出那個詞的時候，他的聲音變了，不再哀怨，而是充滿惡意。但我們沒有什麼寶物。

「但我們沒有什麼寶物。」

「不，你們有。」

這不是真的。

「這不是真的。」

「那個匣子。」老人平靜地說道，「你們一直帶在身邊的那個匣子。」

我無法相信。他們想要阿多？

「那裡面沒有寶物，」我反駁道，「只有我的哥哥。」

他們三人開始大笑起來。然後奈利抬起拐杖，敲了一下地面，於是所有人都停止大笑。

「把寶物給我們，作為交換，我們把你的父母還給你。」

我感覺到自己的眼中湧出了淚水：「我不能……」

老人沒有出聲。

「我不能，拜託你們了……」

奈利呼出一大口氣：「聽著，小女孩，你的媽媽和爸爸昨晚沒有對我說實話。當人們對我說謊時，我會很生氣……但更糟的是，他們也對你說了謊，這讓我非常不高興。」

「對我說了謊？」這是什麼意思？

「他們在今天之前就已經認識我了。我記得，我從來不會弄錯人們身上的氣味。但他們裝作不認識我……在一段時間以前，我們所有人都在紅頂屋……」

在紅頂屋，這是什麼意思？

「但有一天夜裡，他們帶著寶物逃跑了，什麼也沒跟可憐的奈利說。」

「我發誓，我們有寶物的事不是真的。」

「不要發什麼誓！」奈利對我吼道。

我感到有人抓住了我的頭髮，有隻手拉了我一把，讓我向後跌去。盧喬拉壓在我身上，用她身體的全部重量壓著我，把剪刀對準我的一隻眼睛。維泰羅跪在我身邊，用小刀抵著我的喉嚨。

我感覺到刀片劃過了我的皮膚。

「聽話，孩子們，乖乖的。」盲眼老人責備他們道。但他們不放我走。盲眼老人接著說：「現在我們的朋友會告訴我們那個匣子埋在哪兒……」

「在墓地裡。」我用微弱的聲音說道，同時感覺自己就要死了，因為我辜負了媽媽和爸爸的信任。但我不知道還能怎麼辦。

「在墓地的哪裡？」

「在石雕天使像下面……」

濕潤的泥土是最難挖掘的，爸爸曾經告訴我。但維泰羅力氣很大，當他把鐵鍬插入土裡時，泥土似乎一點兒也不沉重。他甩出一鐵鍬泥土，又低頭開始挖，他不知疲倦。盧喬拉提著一盞煤氣燈，照亮坑洞。奈利坐在一塊墓碑上，把我抱在他的膝蓋上。他那虛情假意的溫柔令我直起雞皮疙瘩。那座石雕天使像監視著我們，它無能為力，正像每當你需要天使的幫助時，所有的天使都無能為力。

「需要多久？」盧喬拉抱怨道。

「我發誓，如果下面什麼也沒有，我就宰了她。」她的兄弟威脅道，惡狠狠地看了我一眼。

「有的，有的。」老人安撫他們道。「我們的朋友說的是實話。」他肯定道，撫摸著我的頭髮。

我不確定他們三個是否真的是一家人。事實上，在這個時刻，我什麼都不能確定。我只想知道我的父母在哪裡。我不知道他們遭遇了什麼事，這使得我滿心恐懼。他們對我的父母做了什麼？一旦他們打開匣子，發現裡面根本沒有什麼寶物，他們又會對我做什麼？

老人靠近我的耳朵。他的氣息溫熱且充滿腐臭味，但同樣讓我打了一個寒顫。

「紫寡婦在找你……」他對我說道，「你是一個特別的小女孩，但你不知道這一點……」

又是那個詞：特別的。我不明白這是什麼意思。紫寡婦是誰？她想從我這兒得到什麼？

一聲低沉的響動。鐵鍬頭撞上了什麼東西。我看見維泰羅跳進洞裡，開始徒手挖掘。

「往裡照亮。」奈利向盧喬拉命令道。

我沒有靠近，仍待在老人的懷裡。片刻後，我聽見墳墓裡傳來一陣笑聲。

「我找到了。」維泰羅高興地喊道。

我看見他那兩隻長長的手臂伸了出來，舉著裝有阿多的匣子，然後把它放置到坑洞的邊上。盧喬拉向她的兄弟伸出一隻手，把他拉了上來。他們二人轉向老人，等待著他的指示。

「我們把它打開吧。」老人吩咐道。兩個孩子滿意地微笑起來。

盲眼老人站起身，留我站在墓碑旁，走向他的同夥。我看見他們在擺弄那只匣子。維泰羅用那把小刀刮開封住匣蓋的瀝青，匣蓋上刻著我哥哥的名字。然後他把刀身插入一道縫隙，開始撬起匣蓋。

我不想去看。我不想見到阿多。我做不到。我問自己，在這些年裡他變成了什麼樣子，過去這麼久，他還剩下什麼？在此刻之前，我從未見過一具屍體。我害怕自己即將看見的東西。該死的傢伙們，但你們很快就會發現沒有什麼寶物。你們只不過喚醒了一個死去的小男孩。

匣蓋被撬了起來。我站在那三個人背後，儘管我向自己保證不過去看，卻還是偷偷看去。盲眼老人也很好奇，想知道匣子裡有什麼。

「那麼，匣子裡是什麼？」他問道。

維泰羅和盧喬拉觀察著匣子裡的東西，但沒人說話。然後他們走近奈利，低聲對他說了些什麼。

我看見了阿多。他的臉龐美麗極了，仍然完好無損。死亡對他很仁慈。他看上去彷彿的確只是睡著了。

老人的怒吼震撼了黑夜。他轉向我，用他那雙看不見的眼睛盯著我。在他空虛的目光後，我看見了地獄。我明白我不會有第二次逃走的機會了。於是我轉身開始逃跑，一頭扎進黑暗裡。

我感覺到老人的手抓著我的左臂。他的指甲插進了我的肉裡。我想要叫喊，卻屏住氣息，我需要屏息靜氣。我成功脫身了，但他的指甲在我身上留下了幾道深深的抓痕。

「抓住她，別讓她跑了！」他怒氣衝衝地向他的孩子們命令道。

我聽見他們在我身後跳起來，試圖來追我。維泰羅和盧喬拉提著那盞煤氣燈追來，但他們沒能抓到我。其中一個絆了一跤摔倒了，另一個試圖攔住我的去路，但我跑得太快了。快得像野兔一樣，爸爸總這麼說。過了一會兒，我再也聽不見身後有叫喊聲和腳步聲了，只能聽見自己的呼吸聲。我這時才停下來。我氣喘吁吁，耳朵裡嗡嗡作響，腦袋簡直要爆炸。但我獨自一人了。我發現自己跑到了沼澤地裡。那些垂柳接納了我，保護著我。

我在那兒站著，甚至不知道自己站了多久。我的膀胱彷彿要爆炸，但我只是靜靜地站著。接著，晨曦開始照亮天空，在樹葉間滑動，前來尋找我。我知道我應該回去，但我不知道什麼東西在等待著我，或者我會找到什麼東西。最終我下定決心，動身走上回程的路，祈禱某個我不認識的神明保佑我不必承受失去一切的痛苦。

當我來到教堂附近時，我遠遠地發現爸爸在墓地裡，在那座石雕天使像旁邊。他正在用瀝青重新封上裝有阿多的匣子。我向他跑過去，看見他的一隻眼睛腫了。

「你們到哪兒去了？」我絕望地問道。

他撫摸著我。「他們把我們鎖在鐘樓裡，但現在他們離開了。」他用悲傷的語氣告訴我，接著他注意到了我左臂上被奈利抓出的傷口，「媽媽在屋裡，她會給你包紮的。」

我沒有問，在那三個人強迫我說出匣子埋在哪裡之前，他們遭遇了什麼事情，甚至沒有問我們的狗下場如何。他也什麼都沒有問我。我想知道關於紅頂屋和紫寡婦的事情，但我明白，我們永遠也不會再提起這個故事。

「他們還會再來嗎？」

「不會了。」他向我保證道，「但我們今天就要離開。」

22

這是漢娜．霍爾第一次把阿多稱作她的哥哥。

「那裡面沒有寶物……只有我的哥哥。」

格伯把這看作一個重大的進展。

病人在數到「四」的時候就從催眠狀態中醒來了，無須再完成倒數。這個過程很自然，幾乎讓人感到解脫。

故事中關於打開裝有阿多的匣子的那一段讓格伯大受震撼：喚醒一個死去的小男孩對他的妹妹來說不會是個令人愉快的場面，尤其是，那個妹妹要為他的死亡負責。

漢娜堅信她瞥見哥哥的容貌完好無損，他的屍體沒有因時間流逝而腐壞，這只能是她的精神在重新呈現她真實所見的場景時的一種權宜之計，絕無其他可能。

格伯想像著那具被做成木乃伊的幼小屍體在腐爛的過程中變成黑色，變得凹陷。

他甩開這幅畫面，集中精力去看他在筆記本上記下的內容：那些一如既往需要在治療的第二階段深入研究的問題。與此同時，他手中仍然緊握著漢娜在開始治療之前交給他的那顆鈕釦：那次深夜襲擊的唯一一條線索。

「您真的認為昨晚襲擊您的是他們三人中的某一個？我看不出這與您剛才講述的故事有什麼

關係。」

漢娜什麼也沒說。她掀起左邊的袖子，露出象牙白的皮膚上那三道被抓傷的舊傷痕。

「這就是奈利最後的愛撫。」她說道。

接著，她同樣展示了右臂。在毛衣下面的是另外三道抓痕，血液凝結在傷口上。這些是新傷。

格伯試圖表現得鎮定自若，儘管他並不相信這些傷口出自那個盲眼老人之手。

「在您還是個小女孩的時候，奈利已經是個老人了，您清楚這一點嗎？他可能已經不在人世了。」

漢娜從手提包裡拿出菸盒。「您與死亡有種奇怪的聯繫，格伯醫生。」她說道，隨即點燃一支溫妮菸。

他不會讓自己被她拖入又一場關於幽靈的對話中。他必須保持對局面的掌控。

「關於紫寡婦的事，您能跟我講講嗎？」

「紫寡婦是個女巫。」漢娜毫無表情地回答道，「據奈利說，她在找我……」

「因為您是一個特別的小女孩，對嗎？」格伯複述道。

病人表示同意，但這一次，她仍然沒有明確指出是什麼天賦讓她變得特別。然而，格伯對這些話已經感到厭倦了。

「您剛才轉述了奈利的話：在一段時間以前，我們所有人都在紅頂屋。」他看著筆記本讀道。

「是的。」漢娜確認道。

「在您看來，這句話是什麼意思？」

漢娜思索著，吸了一口菸，又呼出一陣灰色煙霧。然後她搖搖頭：「我不知道。」

格伯並不怎麼確定：「『紅頂屋』是佛羅倫斯的老人們用來稱呼聖薩爾維醫院的，那是一家現在已經關閉了的精神病院。」

這是B先生告訴他的：當他還是個孩子的時候，大人們說「他去紅頂屋了」，意思是某人瘋了。在他父親的童年時代，精神疾病是一件不可捉摸的事，就像一個女巫的詛咒。

漢娜．霍爾觀察著他的臉，試圖弄明白他的那句解釋是什麼意思。「我的父母是瘋子？」她問道，「他們是從一家精神病院逃出來的，您想說的是這個嗎？」

格伯注意到她有些生氣，但假裝沒有發覺：「您為什麼沒有告訴我，您在澳洲曾試圖從一輛嬰兒車裡搶奪一個新生兒呢？」

漢娜身體一僵。「我從來沒有做過這種事。」她為自己辯護道。

不，你肯定做過，他想。「您當時想對那個孩子做什麼？」

「是誰告訴您的？是沃克，對嗎？」

她開始變得激動。格伯必須保持冷靜，必須表現得專業且態度堅定。

「沃克對您說了謊。」她喊道，站起身來，開始緊張不安地在房間裡走來走去，「我當時想救那個孩子……」

「救他？」格伯被這個蒼白的辯解震驚了，「從什麼危險中救出他？」

「從他母親那裡。」漢娜立即回答道，「她傷害了他。」

「您怎麼能確定這一點？」

「我知道。」她不假思索地回答道，「對一個小孩子來說，家是世界上最安全的地方。或者，是最危險的地方。」

聽見她不合時宜地引述這句話，格伯簡直要氣炸了。「漢娜，我想要幫助您。」他肯定地說道，試著展現出真心為她的狀況擔憂的樣子。「您身上某種精神分裂症的症狀很明顯。」他試著向她解釋，「當然，其他治療師肯定也會告訴您同樣的事……」

「他們錯了。」女人厲聲喊道，「你們全都錯了。」

「但在今天早上的治療後，我們知道，你的原生家庭貌似有一種缺陷……現在我們可以治療您的病症。」

女人抽著菸，仍然煩躁不安。

「不存在什麼幽靈，您臉上的瘀青和手臂上的抓痕很可能是您自己造成的……」他追問道，「您知道這意味著什麼嗎？這比被他人襲擊還要糟糕，因為這意味著您無法逃離想要傷害您的敵人。」

漢娜突然停下了。「也無法逃離幽靈。」她斷言道。接著，她用一種讓人難以捉摸的神情看向他，看起來既憤怒又像在懇求：「是因為您父親對您說的話，對嗎？」

格伯呆若木雞：「我父親和這有什麼關係？」

漢娜堅定地靠近他：「他在臨終前跟您說了一件事……」

他突然感到自己變得十分脆弱。他產生了一種毛骨悚然的感覺——這個女人能夠讀懂他的內心。

「是的，您父親跟您說了一件事。」她堅持道，「這讓您感到不安。」

她怎麼會知道B先生在臨終前告訴他的秘密？沒有人聽見他們的談話。他也從來沒有透露給任何人，甚至沒有透露給西爾維婭。

「和所愛的人之間從不需要有秘密。」漢娜肯定道，預料到他想起了自己的妻子。

他本想反駁說他不相信她的超自然能力，說這場拐彎抹角的表演騙得了像特雷莎．沃克那樣的人，但一定騙不了他。

「不存在什麼秘密。我父親選擇了在那個時刻告訴我，在他的一生中，他從未愛過我。」

她搖了搖頭：「這不是真的，而是您推論出來的……當他臨終前對您說話的時候，您聽見的已經是一個幽靈的聲音了，對嗎？」

格伯什麼也沒說。

「說下去吧，他究竟對您說了什麼？」

漢娜對自己非常有把握。彼得羅．格伯覺得，沒有哪句反駁能夠澆滅她貪婪又無恥的好奇心，而她正試圖用這種好奇心挖出他心底的秘密。於是他選擇說出最簡單的真相。

「一個字。」他說道，「僅僅一個字……但我不會把它告訴任何人。」

格伯理解了一件他此前一直不明白的事。一件把他嚇得要死的事。

漢娜．霍爾不是來接受他的幫助的。這個女人堅信自己是來幫助他的。

23

聖薩爾維醫院有許多幢樓，每一幢樓都標有一個從A到P之間的字母。

在很長一段時間裡，它曾是歐洲最大的精神病醫院，落成時間是一八九〇年。這家醫院佔地寬廣，面積達三十二公頃。由於在現代化的村落結構中插入了一大片綠地，它至今仍被看作城市建築的一個典範。它所在的地方在一個世紀前是佛羅倫斯的市郊，是貨真價實的城中之城，完完全全自給自足：從供水系統到供電系統，從食堂到教堂，再到墓地。

彼得羅·格伯清楚地記得某本大學教材裡對聖薩爾維醫院的描述，但其中漏掉了一個細節。聖薩爾維醫院是座地獄。儘管格伯選擇了心理師的職業，他卻從未踏足過那個地方。

佛羅倫斯人把這座「瘋人院」稱為「紅頂屋」——得名於這個彷彿處於人世之外的建築遠遠看上去的樣子。沒有人確切知道這個地方發生了什麼事，因為人們一旦進去了，就永遠不會再出來。

在一段時間以前，我們所有人都在紅頂屋……

奈利的話很有說服力。他、維泰羅和盧喬拉曾經是那家醫院的住院病人。正是在那個地方，他們認識了漢娜的父母。漢娜的父母是精神病人，這個事實並沒有讓格伯感到驚訝：怪異的舉止、偏執和受迫害妄想是精神疾病的明顯症狀。

在與漢娜會面結束後，格伯決定去一趟聖薩爾維醫院，想要看看能否找出那女人的父母在那裡待過的痕跡。

他開車來到醫院的大門口，觀察著延伸至柵門之外的淒涼的花園：一道草木組成的牆，用以對所謂的「精神健全人」掩藏起那個地方的樣子。

他只需按下對講機，讓人開啟自動開門裝置。他掛上擋，把車開進一條深入樹林的小路。開了大約一公里後，出現了第一座建築，主體呈橢圓形。他熄了火，走下車，迎接他的是一片淒涼的寂靜。

除了幾條流浪狗，這個地方已經多年無人居住了。

一九七八年的一條法令宣布關閉所有拘禁精神病人的機構，出發點基於一條假設，即病人在這些機構裡遭受了不人道的、有辱人格的對待。

終於，一個人影從保安室裡冒了出來。一個健壯的男人，穿著深藍色制服，佩掛著一大串鑰匙，鑰匙在他身側叮鈴作響。

「我還以為是維修人員來了。」這位年老的看門人抱怨道，「但我想您不是為那根壞掉的水管而來的，那東西已經漏了好幾天了。」

「不是。」格伯熱情地微笑道，「我是來參觀的。」

「很抱歉，博物館已經不對外開放了。政府請不起人維持它的營運。」

「什麼博物館？」格伯不知道聖薩爾維醫院還有一個博物館。

「那個記錄醫院院史的博物館。」看門人肯定道，「您不是為這個而來的？」

「我叫彼得羅・格伯。」他立刻自我介紹道，擔心自己會被趕走，「我是個兒童心理師。」

在過去，實習生們會被派往聖薩爾維醫院進行實習。很少有人能經受得住，他們通常會改行。但是，在他畢業的時候，這家醫院已經關門了。

「心理師？」那男人疑惑地問道。

格伯感覺到自己在被人審視，意識到自己外表欠佳。「是的。」他確認道。

「您在找什麼？」對方懷疑道。

「兩個病人的臨床紀錄……我想知道那些檔案被存放在哪兒。」

看門人笑了起來。「和其他所有東西一起，」他回答道，指向自己周圍，「全都被毀了。」

格伯無意間把目光落在那男人的外套上。

「您掉了一顆鈕釦。」他說著，指著那個位置。

看門人查看了一下。然後他也指了指格伯：「您也是。」

格伯看向自己：事實上，他的博柏利外套上也掉了一顆鈕釦。遺憾的是，他們兩人掉的鈕釦沒有一顆像漢娜聲稱她從襲擊者身上扯下來的那顆。

我怎麼了？他對自己說道。突然間，他開始注意起其他情況下不會在意的細節。這也屬於漢娜・霍爾在他的腦海中灌輸的頑念。

「您這一趟是白來了。」看門人斷言道，「不過，如果您想，我可以讓您在博物館來一次專屬參觀……我不常遇到能跟我聊兩句的人，我今天的值班時間太難打發了。」

從繫在腰間的鑰匙串中找出正確的鑰匙後，看門人打開了一扇沉重的鐵門，引他進入一條長長的走廊。因為有著帶柵欄的高大窗戶，所以走廊裡光線明亮。

走廊兩側有著貼滿了照片的巨大嵌板。有些照片是黑白的，其他的是彩色的。這些照片表明了曾經居住在這裡的病人們的情況。這是一個人類苦難的樣本集，那些男男女女被抽空了自我，像船難者一樣永遠聽任風暴的擺布。他們稱不上在生活，只是勉強度日，被強壯的護士看管著。而那些精神科醫生站在高處，從連接不同樓棟的通道上觀察他們，就像在動物園裡一樣。這裡缺少相應的精神藥物，治療手段是不加區分地使用胰島素和電擊。

「那些人被分為平靜型、了無生氣型和激動型。」看門人解釋道，「然後是半激動型，也有患病的和癱瘓的。還有患了癲癇的和淫亂的，那些人的性生活很混亂。老人們住在養老院裡。」

格伯知道，流落到類似地方的並非只有患有或輕或重的精神疾病的人，還有身體殘疾、沒有家人照料的人。直到幾十年前，這些地方收容的人還包括酗酒者、女同性戀者和男同性戀者，因為他們屬於被文明社會排除在外的類別。事實上，被關進像聖薩爾維醫院這樣的地方並不難。對女性來說，尤其如此。只要一個女人我行我素，或者有人指控她的舉止與現行的道德倫理不合，她就會被送到那裡，通常是經過了她親屬的同意。大部分診斷與真實的醫療衛生需求毫無聯繫。因此，這些地方也會收容缺少資財的孤寡老人，讓他們自生自滅。

對那些甚至不能早早進入真正的地獄的窮人來說，聖薩爾維醫院就是地獄。

這座博物館和館中的永久展品有一個偽善的企圖，意圖治癒佛羅倫斯因為那個世界受到的傷害。因此，格伯無法再在這個地方待下去。

「我弄錯了。」他說道，「聖薩爾維醫院在一九七八年就停止對外開放了，但我要找的人那時候還是小孩子，他們當時不可能住在這裡。」

格伯是現在才想起來的。奈利對漢娜撒了謊，說他在紅頂屋認識了她的父母。或者，更有可能的是，漢娜對格伯撒了謊。但她為什麼想引他來這裡？

「等等。」看門人攔住了他，「這個說法不準確。有件事一直沒有被透露出去：在被宣布停止對外開放後，這家精神病醫院仍然繼續營運了二十年。畢竟醫院總不能把在這裡度過了大半生的病人隨隨便便扔到大街上吧？這件事從來不是什麼秘密，只是沒人想要瞭解。」

他說得有理，格伯之前沒有考慮到這一點。

「那些精神病人的家人不願意把他們接回家，而那些可憐的傢伙也沒有別的地方可去。」

「那麼，在一九七八年之後，這裡依然收容了其他人？」

「這個地方一直是人類社會的廢棄品處理站……那條法令本意是好的，但人心不會因為一紙文件就改變。」

他說得有理，儘管沒人會公開承認這一點。在這個緊要關頭，格伯產生了一種直覺：「這些日子裡，還有別人來參觀博物館嗎？」

「您是今年以來的第一個人。」那男人立即回答道。

「沒有人到這裡來問問題嗎？」

看門人思索了一會兒，搖了搖頭。

格伯決定給他一條線索：「一個時常抽菸的金髮女人……」

「您說她抽菸嗎？也許……」

格伯正要請他把話說完，但對方先開口了。

「這裡有時會發生詭異的事。」他斷言道，但從他的臉上可以明顯地看出，他擔心自己不被相信，或者更糟，被看作瘋子，「請別誤解我，我不是個傻瓜，我很清楚人們對這種事是什麼看法……但如果你在一個廢棄的瘋人院工作，傳播出某些流言，也許會有人開始笑話你。」

「您看見什麼了？」格伯直截了當地問道，向他表明自己願意不加評判地傾聽。

看門人的聲音變得尖細而驚恐：「有時候我聽見樓裡有人在哭……有時候有人在笑……我不時聽見他們之間在交談，但從來聽不懂他們在說些什麼……他們還喜歡移動椅子：他們通常把椅子安置在窗前，朝向花園……」

格伯不置一詞，但他不得不承認，這個故事攫住了他。也許是因為這個地方的環境，也許是因為他的理性近來已經受到了太多次考驗。

「您為什麼要跟我說這個？」他問道，直覺意識到這僅僅是個開頭。

「來，我給您看一樣東西……」看門人說道。

他跟了上去，被引入博物館的一個房間，房間裡的牆壁上滿滿地貼著一張拍攝時間為一九九八年的大合照：四排穿著白袍的男男女女，整齊地排列在鏡頭前。

「這是醫院關門的那天。他們是在聖薩爾維醫院工作的最後一批人：心理師、精神科醫生、專科醫生……昨天，就在這張照片前的地板上，我發現了三個菸頭。」

「是什麼牌子的，您還記得嗎？」格伯立刻問道，想到了漢娜．霍爾的溫妮牌香菸。

「很抱歉，我不記得了。我沒有細看就把它們扔了。」

格伯疑惑，那人為什麼偏偏在這張巨大的照片前停下腳步？他開始仔細觀察照片上的臉，就像前一個人可能做過的那樣，然後他認出了一張熟悉的臉。

他只見過她兩次。第一次是在他快九歲的時候，在某個星期天的維沃利冰淇淋店裡，在一杯他不屑於品嘗的、正在融化的冰淇淋前。第二次是在卡勒基醫院，在心臟病科的等候室裡，她當時正在流淚，因為她大概一直愛著的那個男人即將死去。

如今彼得羅．格伯第三次遇見了她。他驚異地得知，這個女人對漢娜．霍爾來說也很重要。在這張老照片裡，她穿著的白袍上少了一顆黑色的鈕釦。

24

在開車回家的路上，他思索著怎樣才能找到父親的這個神秘女友。

既然漢娜把她牽扯了進來，他便想弄明白漢娜在她自己拐彎抹角的演出裡給這個女人安排了什麼角色。要弄清這一點並不容易。他不知道她的名字，甚至不確定這麼多年後她是否還在世。

天黑後開始下起了小雨，雨刷掃走小小的水滴，形成一道道閃亮的水痕，反射著霓虹燈招牌。當他仍在深思的時候，在離目的地僅有幾米遠的地方，彼得羅．格伯在擋風玻璃外發現了一樣不尋常的東西，立刻警覺起來。

在他家樓下閃著兩盞明亮的信號燈：員警機動隊的警燈。

格伯本能地想要加速，心中升起一種不祥的預感——員警的出現與他有關。

他停了車，從車上下來，匆匆趕往大門。他一步跨兩級地奔上樓梯，一直朝扶手之外的高處看去，想知道員警停在了哪一層樓。

是五樓。正是他家。

家裡的門開著，他立刻辨認出了馬可的哭聲和西爾維婭跟員警說話的聲音。他朝他們跑過去。

「你們還好嗎？」他衝進客廳，氣喘吁吁地問道。

他妻子把孩子抱在懷裡，兩人都穿著外套，就像剛剛到家一樣。西爾維婭看上去很不安。員警轉向他。

「一切都好。」兩名員警中的一人安撫他道，「沒有發生什麼嚴重的事。」

「那你們為什麼在這裡？」

他走近妻子，立即吻了吻她的額頭，想要安慰她。馬可伸出小手，因為他想去父親懷裡，格伯滿足了他。

「這位女士聲稱有人闖進了家裡。」員警解釋道。

「不是我聲稱，是事實如此。」她抗議道，接著又轉向格伯，「我回家的時候發現你的鑰匙插在鎖眼裡，我以為你之前回來過，把鑰匙忘在了那兒。」

格伯本能地在防水外套的衣袋裡翻找鑰匙，果然沒有找到。是他確實把鑰匙忘在那兒了，還是有人從他這兒偷走了鑰匙？

「但是，當我打開門的時候，你不在家。」妻子繼續說道，「燈都關著，除了客廳裡的燈。我來客廳檢查，發現了那個……」

她指向屋子裡沙發後面的一個地方。格伯向前走了一步，因為這張沙發阻擋了他的視線。皮質裝幀的家庭相冊攤開在地板上。照片散落得到處都是。有人從隔層裡抽出了這些照片，撒了出來。

像是出自一個幽靈之手。一個不安的鬼魂的惡意把戲。

這些照片是他童年時期的。在前幾張裡，他的母親還會出現，剩下的則展示出一個鰥夫父親和一個獨生子的孤獨。在那些假期、耶誕節和生日裡，總能感受到缺少了一部分，流露出一片悲傷的空虛。

看著這些照片，格伯意識到他已經好幾年沒有看過它們了。甚至，許多照片是他從未見過的，卻讓他想起它們被拍攝下來的確切時刻。這些照片一被沖洗出來，就被放進了相冊裡，沒人再看它們。

那些記憶為什麼現在回來了呢？就好像有人想要引起他的注意。B先生？他腦海中回想起漢娜．霍爾的話。

……當他臨終前對您說話的時候，您聽見的已經是一個幽靈的聲音了，對嗎……

「你們在家裡存放有現金、珠寶、名錶嗎？」一名員警問道。

西爾維婭意識到丈夫太過震驚，無法回答問題，於是答道：「我的首飾盒在臥室裡。」

「您可以去檢查一下是否少了什麼東西嗎？」員警請求道。

妻子離開客廳去臥室檢查了。與此同時，彼得羅．格伯把馬可放在沙發上，在他身邊癱坐下來。小男孩開始玩起了自己的手指，他的父親太過慌亂，沒有心思搭理他。格伯基本能確定，闖入者沒有帶走任何貴重物品。然而，一想到有陌生人侵入了自己摯愛之人的私人領地，他便陷入了某種混亂狀態。

「什麼東西也沒少。」片刻後，西爾維婭重新出現在客廳裡宣布道。

「如果是這樣的話，我認為這不是需要報警的極端情況。」一名員警說道。

「什麼？」西爾維婭感到難以置信。

「這甚至不算撬鎖入侵，因為鑰匙已經插在門鎖裡了。」

「那這個呢？」她反駁道，指向地上的照片。

「也許是有人想跟你們開個玩笑。」

「開個玩笑？」她重複道，發出一陣緊張的短促笑聲。闖入者將不會受到懲罰，她不甘心接受這個想法。

「我不是說這件事不嚴重，但這是最實際的假設，女士。那麼，你們有懷疑的對象嗎？」

面對員警的問題，西爾維婭將目光轉向了丈夫。格伯移開了自己的目光，心裡湧起一股負罪感。

「不，沒有。」她說道，但她明顯在略過一些東西。

員警大概也察覺到了。「這事不常發生，但有時候破壞財物的行為只是一個開端。」他斷言道。這是一個明確的警告。

「什麼的開端？」西爾維婭警覺地問道。

員警沉默了一會兒，然後才回答道：「如果闖入者第一次成功逃脫了，他們通常會再次犯案。」

晚餐後，西爾維婭藉口帶兒子上床睡覺，沒等格伯就去睡了。她仍然深受驚嚇，或許也在生他的氣，他不能怪她。

她把這件事遮掩了過去，向員警撒了個謊。兩人都明白，他把鑰匙忘在鎖眼裡的那個故事不可信。但相比「我丈夫有個精神分裂的病人，誰知道為什麼他讓她闖進了我們家」的說法，那個故事肯定沒那麼令人尷尬。

西爾維婭表現得像一個遭到背叛的妻子，因為羞恥而公開否認丈夫不忠的過錯。但是，當員警問他們是否有懷疑的對象時，她的目光裡凝聚著恥辱的重負和無聲的憤怒。

這場對他們家的惡意入侵也許是漢娜．霍爾的手筆，格伯不能排除這一點。但在沒有證據的情況下，他不願歸咎於她。儘管這名病人費盡心思地把一切變成一個謎，這也不能證明在他身上發生的所有事都是因為她。頑念的本質就是把任何事件都當作騙局或陰謀的結果。但妄想是滑向瘋狂的深淵的第一步，而他必須保持理智和清醒。

整理完廚房後，他坐在桌旁，拿著那本家庭相冊，想要把那些照片放回各自的隔層。在他放回照片的時候，他知道自己再也不會打開這本相冊了。為了整理這些照片，他不得不重新回顧那些已經在記憶中逐漸褪色的時刻。

您有沒有注意到，當人們被要求描述自己父母的時候，他們從不把父母描述成年輕人，而通常傾向於把他們描述成老人？

漢娜．霍爾說得有理——再次看到自己和父母在一起的照片時，彼得羅意識到他們因為年輕顯得多麼侷促和青澀。或許有一天，馬可也會驚訝地發現，他和西爾維婭曾經年輕過。

格伯繼續翻看著一張張照片，那些他很久沒有憶起過的細節重新浮現出來。比如，他母親的微笑。她去世的時候，他年紀太小，記憶很模糊，那微笑是唯一能表明她很高興把他帶到世上來的證據。它被封存在這僅有的幾張照片中，這些照片把他們一起永遠留存在了他生命最初的兩年裡。看起來，他的父親不這麼想，因為他迫切地要用僅剩的最後幾秒鐘生命向他透露那件糟糕透頂的事。

B先生的秘密遺言。

為什麼他不把那個秘密帶進墳墓裡？格伯做了什麼以致要遭受這樣的對待？

他把媽媽的死歸咎於我，格伯對自己說道，為一個在自己腦海裡存放已久的念頭提供根據。我不知道為什麼，但他堅稱我對殺死她的疾病負有責任。這有點像漢娜·霍爾堅信自己是殺死哥哥的兇手。

不，這更糟糕。糟糕得多。

格伯在翻到一張父母在他出生前的照片時，愈加堅信自己的想法。在他母親身上，那種會在幾年內帶走她的疾病已經露出了明顯的跡象。直到這一刻，格伯才想到，時間的流逝要快得多。她表達了想在死前要一個孩子的心願。B先生同意了，儘管他知道自己將不得不獨自撫養這個孩子長大。

這就是為什麼他父親一直對他缺乏溫情。這就是為什麼在臨死前，作為報復，他父親向他透露了這個他至今不願和任何人分享的秘密。

對格伯而言，發現這一點比得知自己從未被愛過更加殘忍。因為如果是他處在父親的位置上，面對一個會永遠提醒自己喪妻之痛的兒子，他或許也會產生同樣的感受。

這個兒子就像是判處他永不忘卻那種痛苦的徒刑。

他無法抑制住從臉上無聲淌落的淚水。他用手背擦乾臉，彷彿想要驅走一切弱點。然後他整理完了相冊裡的照片。

直到這時，他才察覺到少了一張。

面對那個空著的隔層，他疑惑自己是否弄錯了，因為那裡或許從來沒有放過照片。但是，有人可能故意抽走了一張照片，這個念頭註定要在他腦海裡生根，他清楚這一點。他會被迫不斷想起這個念頭，不斷問自己那張照片留存下了哪個場景，那個場景是否有著特殊的意義。

他一拳砸在桌子上，咒罵著這個晦澀的謎和漢娜．霍爾。就在這時，他的手機響了起來。

「現在打電話對您來說是不是太晚了？」

「不晚，沃克醫生。我很高興和您通話。」

「在我們那天的爭論後，我沒把握你還有意願。」

「我很抱歉，當時說話那麼大聲。」他讓她放心，「我得承認，我對漢娜．霍爾展開的治療進行得並不順利。」

「我原本期望聽到您說，治療正在取得令人滿意的結果。」

「很遺憾，不是這樣。」

「發生什麼別的事了嗎？」

「漢娜的父母或許曾經被關進精神病院。」

「這可能解釋了她的精神疾病的根源。」

「是的，但我認為不可能追溯到他們的病例。在那家醫院關門後，檔案全都被毀了……還有一件事不對勁：如果漢娜和他們一起生活到她十歲的時候……」

「您是說，直到火災之夜？」

「正是……我想說：如果是這樣，那麼在那之後，她會被託付給其他人收養，否則無法解釋她為什麼會前往澳洲，並且採用了她現在的身分。」

「在義大利不存在她被收養的證據，您是想告訴我這個？」

「在義大利沒有，但或許您可以在澳洲查證一下。」

「當然，我肯定會去查的。」

「漢娜在小時候就見過他們一直帶在身邊的那個木匣裡的東西。」

「真的？她有什麼反應？」

「她描述說，可憐的阿多就像是睡著了一樣，就好像死亡沒有侵蝕他。」

「這是典型的重構現實的作用過程。」

「是的，我也這麼想。」

「還有其他不尋常的事嗎？」

「她提到了一名女巫。」

「一名女巫？」

「她把她稱作『紫寡婦』。她重複了那個關於『特別的小女孩』的故事，還補充說，那個女巫為此正在找她。」

「女巫和陌生人。」沃克思索著，「您準備怎麼做？」

「讓一切順其自然。我已經厭倦了聽她說起幽靈和其他精神異常的蠢話。我會想辦法讓她開誠佈公地說清楚：我相信，那個女人以為她來這裡是為了重構關於阿多的遭遇的真相，也是為了幫助我。」

「幫助您？」

「讓我們這麼說吧，她放任自己對我的私人生活進行了一連串侵擾。」

「我很困惑，我沒有料到這一點。」

「請放心，我正在聽從您的勸告：我在繼續錄製我們的治療過程，時刻警惕著。」

「很好……那我先掛了，有個病人在等我。」

「或許您仍然和漢娜保持著聯繫？」

「沒有。」對方斷言道，「否則我會告訴您的。」

然而，格伯覺得她說的不是實話。

「謝謝您打電話來，我會儘快再和您聯繫的。」他說道。

「最後一件事，格伯醫生……」

「您儘管說。」

「如果我是您，我會深入調查那個關於紫寡婦的故事……」

「為什麼？」

「因為我覺得那很重要。」

彼得羅·格伯正要再次回答，卻聽見在電話的另一頭，特雷莎·沃克做了一件她之前從未做過的事。

她點燃了一支香菸。

25

「所以，迄今為止，你可能一直都在和假扮成心理師的漢娜・霍爾通話……」

西爾維婭很難相信漢娜・霍爾一直在假扮特雷莎・沃克，而他之前都沒有察覺這一點。彼得羅・格伯無法反駁她。

「顯然，我一有了懷疑，就給沃克在阿德萊德的事務所打了電話……你知道我發現了什麼嗎？」

「什麼？」她不安地問道。

「我和她的助理通了話，她告訴我，沃克醫生正在山裡為幾個病人舉行催眠治療研討會，她不想被手機打擾……於是我留下了我的電話號碼，請她給我回電話。」

「所以你並不確定漢娜是否假扮了沃克。」西爾維婭看起來很失望。

但格伯還隱瞞了一件戲劇性的小事：當他問助理沃克醫生是否有吸菸的癖好時，她困惑了一陣後回答說，特雷莎・沃克甚至見不得點燃的香菸。

他在半夜時分喚醒了妻子，告知了她這個令人不安的最新消息。把她牽扯進這件事使得他們的關係更近了。現在他們在黑暗裡，面對面，盤著腿坐在雙人床上。他們小聲地交談，小心翼翼地，就像四周的黑暗裡藏著一個看不見的人能聽見他們的談話。儘管他們都沒有告訴對方，但兩人都很驚恐。

「到了這個地步，或許漢娜．霍爾也不是她的真名。」西爾維婭驚呼道。

她說得有理，他們對她一無所知。

彼得羅．格伯不得不開始回憶，重構起最近這些日子裡發生的事件，以結合最新的發現重新審視它們。特雷莎．沃克在給他打的第一個電話裡告訴他漢娜來到了佛羅倫斯，並請他負責治療她。漢娜可能殺死了哥哥阿多的事被揭露出來。幾年前，漢娜試圖從嬰兒車裡搶奪一個新生兒。甚至在阿德萊德的第一次治療錄音也是假的：或許那一次格伯本可以察覺到為兩人配音的是同一個人，但他任由自己陷入了那個故事裡——真傻！除此之外，他為自己辯解，說他從未注意到漢娜和沃克的聲音相似，因為前者說義大利語，而後者說英語。

格伯也想到了自己在無意間提供給那位假冒的催眠師的所有資訊，那些資訊也使得漢娜的表演更加順利。他還向她提到了埃米利安。最令他憤怒的是，他甚至向她透露了他私人生活的細節。

但有一件事，漢娜說得有理。幽靈是真實存在的。她自己就是其中之一。這就是為什麼他沒有找到任何檔案記錄著一個義大利小女孩在被一個阿德萊德家庭收養後改名為漢娜．霍爾。這個身分並不存在。

他忍不住笑了出來。

「怎麼了？」西爾維婭惱怒地問道。

「沃克甚至告訴我，在澳洲有兩個漢娜．霍爾，其中一個是國際知名的海洋生物學家……就我們所知的來看，那個女人甚至並非來自澳洲——」

「別笑了。」妻子打斷道，但她也覺得他們的處境既可悲又可笑。

他們注視著對方，變得嚴肅起來。

「現在我們怎麼辦？」西爾維婭問道，試圖實際一些。

彼得羅・格伯很欣賞她這一點。面對逆境，她從不白白浪費時間追究責任或歸咎他人：她保持善意，團結齊心。

「我之前覺得，你認為漢娜・霍爾是精神分裂症病人很有道理，但你的診斷是錯的……」他對她說道，「那女人是個精神變態者。」

格伯注意到妻子變了臉色。她現在被嚇壞了。

「我們不能報警抓她，因為她沒有犯罪。而且，就算她闖進了我們家，我們也沒有證據。」他肯定道。

「那要怎麼解決？」

「我想表現得像對待笑話裡的瘋子那樣……」他厭惡那個詞。他父親曾教過他，這樣稱呼一個病人，尤其是稱呼一個人，是非常侮辱人的。然而，打這個比方來解釋他的計畫很有用。

「你要依從她……」西爾維婭驚訝地總結道。

「直到我發現她的真正目的是什麼。」他承認道。

「如果她的目的僅僅是想糾纏你，毀掉我們的生活呢？」

他考慮過這一點，這是個實際的風險。

「漢娜有一個目的。」他說道，「她正在試圖向我講述一個故事……開始時，我以為自己僅僅是個旁觀者。現在我明白了，我扮演著一個確切的角色，儘管我還不知道那是什麼角色。」

「你怎麼能確信她迄今為止對你說的話都是真的呢？那可能只是一堆謊話……」

「那麼你就是不相信我作為催眠師的業務能力。」他諷刺道，「如果她在恍惚狀態下說謊，我是會察覺到的……漢娜有能力在講述那些事件的時候插入誤導性的資訊，為的是迫使我懷疑或者迷惑我。比如馬可腳踝上的鈴鐺。她這麼做是為了向我表明，她控制著治療過程，因而也控制著我。但我認為她的故事結構是真實的：其中的許多事件都發生過……就像一個幻想出女巫和幽靈的小女孩。漢娜・霍爾想要迫使我找出哪些是她捏造的，哪些又是她童年時期的痛苦事實。」

西爾維婭似乎在說服自己，他們的問題可以得到解決。但格伯還沒說完。他深吸了一口氣——現在輪到最糟糕的部分了。

「我認為，漢娜打電話的時候點燃香菸，是有意向我透露她假扮了沃克。」

「為什麼？」妻子驚呼道，顯然被這個可能性嚇壞了。

「為了讓我害怕，或者為了讓我知道我們擁有第二個溝通的管道。無論如何，為了讓這個管道保持開放，我會繼續假裝下去：即使漢娜在利用這個偽裝從我這裡騙取資訊，我覺得她扮作心理師的第二自我比作為病人的第一自我更通情達理。此外，她已經向我提供了關於如何繼續治療的重要資訊。」

「你是指關於紫寡婦的故事？」

「漢娜利用沃克的身分向我指明要跟尋的線索，所以在下一次治療時，我們會從那個女巫說起。」

「有什麼我能幫上忙的嗎？」

「帶上馬可去利沃諾，去你父母家裡，直到我解決這件事。」他立刻說道。

「不可以。」她以她一貫的好鬥態度反駁道，而不是和他持相同的意見。

格伯握住她的手。他本應該向她坦白，在他毫無察覺或毫無抵抗之力的時候，漢娜・霍爾已經闖進了他的生活。

「我為你和我們的兒子擔心。」他憂心地說道，「現在我能肯定，漢娜・霍爾是個危險人物。」

西爾維婭瞬間就明白了這是個藉口，但她沒有論點可以反駁。她的丈夫決定了不對她說實話，這就夠了。而格伯不知道如何向她解釋，這不是常見的醫生對病人的移情。他感覺有什麼東西把他和漢娜・霍爾綁在了一起。只有這個結被解開，他才能夠回到原來的樣子。

西爾維婭慢慢地從他手中抽出了自己的手。這種抽離的觸感對格伯來說比任何辱罵之詞或迎面的一個耳光都要糟糕。他的妻子幻想著這次深夜談話可以把他們團結起來，然而卻把他們推到了這個地步。現在她的反應冷淡疏離，而格伯無法阻止這一點。他對那個精神不正常的女人有種執念，這個事實讓他也變得精神不正常了。

「你為什麼要這麼對我們？」西爾維婭問道，幾乎是在喃喃低語。

他無法回答。

妻子突然站起身來，堅定地離開了房間，甚至不屑於看他一眼。即便如此，格伯也能感覺到她繃緊的肩膀和握緊的拳頭中蘊藏的憤怒。他想要攔住她，試圖彌補過錯，收回所有話。但他已經做不到了。

在他做了剛才的這些事之後，他們再也回不去了。

26

他在天亮之前醒來，發現自己獨自躺在床上。在雙腳踏上地板的那一刻，從屋裡的寂靜中，他意識到家裡空無一人。

西爾維婭帶著馬可離開了。他甚至沒有聽見他們出門。

刷牙的時候，他沒有力氣去照浴室裡的鏡子，與此同時，他回想起昨夜發生的事情。在短短幾天內，他的生活和他家人的生活被搞得一團糟。如果在一週前有人向他預示一個這樣的結局，格伯還會當面嘲笑他。他問自己，這場混亂在多大程度上出自漢娜．霍爾之手，在多大程度上又是由他自己造成的呢？所以他現在獨身一人是對的。他需要獨自面對他的心魔。

仍然有一個方法可以脫身。他有一件任務需要了結。

他本應該重新找到小時候他父親試圖介紹給他的那個神秘女人。根據他近日的發現，她那時候在聖薩爾維醫院工作。現在他不得不自問，那個陌生女人對漢娜．霍爾有什麼意義，她和B先生之間究竟是什麼關係？是否像他迄今為止相信的那樣，他們的確有 段戀愛關係？又或者另有隱情？要得出答案並不容易，因為他對她一無所知，也不知該如何找到她。

然後還有那張從家庭相冊中消失的照片。如果漢娜．霍爾拿走了它，那說明它很重要，他對自己說道。

他估計自己最多睡了兩小時。失眠就是這樣。人們在有限的時間內陷入某種昏迷狀態，然後上浮至一種半精神錯亂的狀態，無法得知自己是醒是睡。

在趕往事務所前，他又服用了利他林。為了讓自己保持清醒，這一次他把藥量加至兩粒。來到那層寬闊的頂樓，格伯立即走向自己的辦公室。他思考過要如何接待漢娜・霍爾。他會表現得很平靜，完全不受最近發生的事件的干擾。他要用這樣的態度向她傳達出一個明確的訊息：他加入了她的遊戲。他願意讓她把自己引向她想要去的任何地方，無論付出什麼代價，他堅定地反覆告訴自己。

他點燃壁爐，沏好茶，但到了約定的時刻，漢娜卻仍未到達。二十分鐘後，格伯開始感到不安。這位病人通常都是準時的。能發生什麼事？

漢娜在一個小時後才露面。儘管她的衣服上還留著兩天前那次可能存在的夜襲的痕跡，她卻沒有更換自己的穿著。但有一樣新東西：她的表情很奇怪，和之前幾次相比，她似乎更平靜了些。

「您遲到了。」他提醒道。

但從漢娜自得的神色中，格伯意識到，女人完全清楚這一點，而且她是故意遲到的，為的就是讓他問她發生了什麼。

「我看見您臉上的瘀青已經痊癒了。」格伯對她說道，向她表明他不在乎她去了哪兒。

「開始時變成黃綠色，然後開始變黑。我不得不用粉底遮住它。」她回答道。

女人在搖椅上坐下，像平常一樣點燃一支香菸。她轉頭望向窗外。在連日的暴風雨後，太陽終於朝佛羅倫斯探出了頭。一道金色的光在辦公室裡蔓延開，從屋頂上滑下。領主廣場像一件珠寶，藏在歷史中心區由座座建築組成的迷宮裡。

漢娜迷失在她自己的思緒裡，露出一個短暫的微笑。格伯察覺到了那個笑容，心裡彷彿被刺了一下。他明白，他本應該瞭解帶給她那不尋常的幸福一刻的是什麼東西或什麼人。

「發生什麼了？」他問道。

漢娜再一次微笑：「昨天，我離開這裡的時候，遇見了一個人。」

他假裝不感興趣。「好的。」他簡單回覆。然而一點都不好。

「我當時在一家咖啡館裡，他請求坐在我身邊。」女人繼續說道，「他請我喝東西，我們聊了會天。」她停頓了一下：「我已經很久沒有那樣和人聊過天了。」

「哪樣？」他驚訝於自己會發問，甚至不知道這個問題是從哪兒冒出來的。

漢娜注視著他，裝作吃驚的樣子。「您知道是哪樣，您肯定知道……」她詭秘地回應道。

「我很高興您交到了朋友。」他希望自己的語氣聽起來沒那麼虛假。

「他帶我在佛羅倫斯參觀了一圈。」女人繼續說道，「他帶我去了傭兵涼廊，從那上面可以看見本韋努托．切利尼在《珀爾修斯》那件雕塑品後頸上的自畫像。然後他向我展示了雕刻在維琪奧宮外牆上的一個死刑犯的面部輪廓，或許是出自米開朗基羅之手。最後我們去看了育嬰堂的『棄嬰輪盤』，中世紀的時候，一些父母會把不想要的新生兒遺棄在那裡……」

她列舉的這些遊玩景點，都是他在幾年前為他想追到手的女孩了準備的保留節目。聽到這些，彼得羅．格伯又被一波新的困惑壓倒了。

「我說謊了。」漢娜說道，「是您告訴我去參觀那些景點的，您不記得了嗎？」

事實上，他不記得了，而且覺得這不可能。漢娜想再一次向他表明，她知道關於他現在的和他過去的許多事。

格伯以為自己準備好了去參與這個女人的遊戲，無論其中有什麼風險，但直到現在他才意識到，他對漢娜．霍爾的邪惡遊戲一無所知。

「紫寡婦。」彼得羅．格伯只說了這一句，點出了今天催眠治療的主題。

漢娜目光平靜地審視著他。「我準備好了。」她肯定道。

27

我叫愛洛，我再也不想獨自一人了。

在夏末的一天，當我和我的布娃娃一起玩耍的時候，我做出了這個決定。我厭倦了發明只有我一個人參與的遊戲。媽媽和爸爸永遠都有許多事要忙，沒空和我在一起。這天晚上，我告訴了他們，我想要有人做我的玩伴。一個能陪著我的小男孩或小女孩。我想要一個新的弟弟或妹妹。阿多被埋在地下，再也不能做我的哥哥。於是我想要另一個弟弟或妹妹，我想要。媽媽和爸爸對我的要求一笑置之，假裝什麼也沒發生，期盼我的這個念頭會過去。但這個念頭沒有過去，我堅持想要。我每天都向他們重複。於是他們試著向我解釋，我們一家三口的生活已經夠複雜了，如果是四口人，就會變得過於艱難。但我不願意讓步。當我的腦中出現　個念頭的時候，我就會變得咄咄逼人，直到得到我想要的東西。比如那一次，我決定要和母山羊一起睡覺，結果長了蝨子。我不斷糾纏他們，直到有一天他們把我叫去，要和我談談。

「好吧。」爸爸對我說道，「我們會滿足你。」

我高興得一躍而起。但從他們的表情中，我明白了會有一個條件，而我不會喜歡這個條件。

「當爸爸在我的肚子裡放進一個弟弟或者妹妹的時候，我們必須分開一段時間。」媽媽向我解釋道。

「要多久？」我立刻問道。我感到傷心，因為我不想離開她。

「要好長一段時間。」她簡單重複道。

「為什麼？」我已經感覺到自己的眼中蓄滿了淚水。

「因為這樣更安全。」爸爸對我說道。

「紫寡婦在找我。」我說道，「所以我們才需要一直逃跑……」

他們驚訝地看著我。

「奈利在墓地旁把我抱在他膝上的時候，提到了她的名字。」

「他究竟跟你說了什麼？」媽媽問道。

「他說紫寡婦在找我。」

「她是個女巫。」爸爸迅速解釋道。他看向媽媽，她立刻表示同意。

「這個女巫指揮著陌生人。」她補充道，「所以我們必須遠離她。」

決定下來了：我會有一個弟弟或妹妹。一開始他還很小，不能和我一起玩耍，但接著他會長大，我們就會永遠待在一起。我迫不及待。媽媽和爸爸沒有告訴我他什麼時候會到來。時間一天天過去，什麼也沒發生。然後有一天清晨，媽媽來叫我起床。

「我做了你最喜歡的早餐。」她說道。她的聲音很奇怪，很悲傷。

我們三人都坐到餐桌旁。天色還早，外面仍是漆黑一片。在我吃著抹了蜂蜜的熱麵包的時候，我看見媽媽和爸爸不停地交換著眼神，就好像他們得互相打氣一樣。

「現在媽媽要走了。」爸爸向我宣布道。

我什麼也沒說。我已經明白了一切，我害怕我會哭出來，會改變主意，會請求她不要離開。媽媽把她的東西放進一個背包裡。黎明時分，我們目送她離開了聲音之家。她獨自走過田野，不時回過頭來向我們道別。我們佇立在那兒，直到她消失在地平線處。白晝到來。

時光流逝。秋天過去了，冬天到了。我和爸爸過得還不錯，但我們想念媽媽。我感到有愧於他。我知道，如果我不提出那個要求，她還會和我們在一起。但爸爸對我很好，不讓我感到內疚。我們很少談到她，因為我們害怕回憶讓事情變得更糟。漸漸地，我們學會了過著沒有她在身邊的日子。我甚至開始做飯，重複著那些我看她做過千萬遍的動作。在某些晚上，我和爸爸一起坐在火爐邊。我想要聽他彈吉他。但自從媽媽離開後，他再也沒有彈過吉他。那些美好的事物不再令人愉快，而是在憂鬱中生了黴。

春天快要結束了，我在聲音之家的空地裡玩耍。我正在追逐一隻蒼蠅，我抬起目光，看見遠處一個身影向我走來。她揮揮手，就像認識我一樣。陽光晃花了我的眼睛，我無法分辨清楚。但接著我就看見她了：是媽媽。她身上掛著襤褸，繫在她的腰間。她的笑容更燦爛了，眼睛更清澈了。我去叫了爸爸，然後立刻跑去擁抱她。當她看見我時，她蹲下身，緊緊抱住我。我感覺到襤裸裡有什麼東西在動。她掀開布的邊緣，向我展示出一個小小的嬰兒。

「你應該為他選一個名字。」她對我說，「這是個小男孩。」

輪到我來決定我們應該怎麼稱呼他了。既然我的名字是個公主的名字，他也只能是個王子。

「阿祖羅[16]。」我高興地宣布道。

阿祖羅甚至不會說話。我試著教他些東西，但他聽不懂。他只會睡覺、吃飯和尿褲子。他有時會笑，但更多的時候會哭個不停，尤其是在夜晚。他夜裡不讓我們睡覺。我原以為家裡有個弟弟，一切都會變得更美好。我真正喜歡的唯一一個時刻，是爸爸拿起吉他開始彈奏，讓他安靜下來的時候。媽媽回家之後，音樂也回來了。但他們的注意力不再只集中在我一個人身上了。當我要求得到一個弟弟的時候，我沒有考慮過這一點。也許我本該再好好想想，因為現在大床中間的位置被他獨佔了，我不喜歡這樣。我不喜歡必須把所有東西都和家裡的新成員分享。於是有一天，我做出了一個決定。

我厭惡阿祖羅。

如果能回到過去，我寧願爸爸沒把他放進媽媽的肚子裡。既然無法回到過去，也許我可以用某種方式補救。媽媽說，如果你強烈地渴望某樣東西，鬼神就會把它送給你。好了，我已經想好要向鬼神許什麼願望了。

我想讓他們把阿祖羅也放進那個匣子裡，和阿多一起。

鬼神們聽取了我的祈禱，因為一天夜裡，阿祖羅開始咳嗽。到了早上，他仍然在咳嗽，接下來的幾天也一樣。他發了高燒，不願意吃東西。媽媽和爸爸輪流把他抱在懷裡，好讓他呼吸得更順暢些。他們累得筋疲力盡，我看得出他們不知道該做些什麼。媽媽用草藥為他準備了一種浸劑，把布放在裡面浸濕後，熱敷在他的胸口上。這些藥沒有起作用。阿祖羅病得很重。

「現在會發生什麼？」一天晚上，我問爸爸。

他撫摸了我一下，我知道他想要哭。他看著我，對我說道：「我想，阿祖羅會離開我們。」

我還小，但我知道這意味著什麼。阿祖羅很快就會被裝進一個匣子裡。到那時，我們就該把他帶在身邊，就像阿多一樣。媽媽看上去要比爸爸堅強，但我發覺她幾乎要癱倒。我感到內疚，我想做些什麼。於是我再一次向鬼神懇求，請他們讓阿祖羅和我們所有人免遭這樣的痛苦。但這一次鬼神們沒有聽我的。

由於是我讓阿祖羅生了病，所以也該由我來補救。在很長一段時間裡，我對自己說，如果紫寡婦沒有在找我，也許我們會過上一種不同的生活。如果我不在了，媽媽、爸爸和阿祖羅也許會住到一座城市裡，那裡有其他人，他們也不會害怕陌生人。最重要的是，城市裡有醫生、藥品和

⑯ 原文 Azzurro，義大利語中 principe azzurro（藍色王子）意為女子理想中的愛人，類似白馬王子。

醫院，可以治癒我弟弟的咳嗽。我不想讓阿祖羅死。但我知道，媽媽和爸爸永遠不會把他帶到城市裡去接受治療，因為他們必須保護我。我是特別的小女孩。於是，在一個清晨，當爸爸在外面尋找別的草藥，媽媽在阿祖羅身邊熟睡的時候，我走進房間裡抱起我的弟弟，把他包裹在襁褓裡，就像我看媽媽做過的那樣，然後把他緊緊繫在我身上。我在他們察覺之前離開了聲音之家。在田野和石榴林之外有一條小路，我在地圖上看到過。那條黑線通往一個紅點。我動身上路，不知道需要多久才能到達。阿祖羅一開始很輕，但後來漸漸變沉，可我必須堅持住。阿祖羅在咳嗽，不過後來就睡著了。但是，他睡得很奇怪。他過分安靜了。但我仍往前走。

我終於看見了城市，但它和我想的不一樣：那裡有高樓、燈光和車輛，但一切都只是一片巨大的混亂。我進了城，但立刻意識到我不知道該往哪兒走。這兒有人——很多人。他們從我身邊經過，卻看不見我。我想知道是否有陌生人混在他們中間。我就像一個幽靈。我一邊走著，一邊環顧四周。我不知如何是好。醫生和藥品在哪裡？醫院又在哪裡？我在一級台階上坐下。開始下雨了。現在我想回家，卻不知道怎麼回去。我迷路了。我想要哭。我偷偷看了看襁褓裡的阿祖羅，他沒被雨淋著，仍然在睡覺，於是我試著喚醒他，但他沒有醒來。於是我把一根手指伸到他的鼻子下方。他還在呼吸，但他的呼吸很微弱。他就像斷了一隻翅膀的小鳥。然後發生了一件事：我抬起目光，看見了媽媽。她穿過雨幕，越過川流不息的車輛來接我們。我很高興，站起身來。原諒我，我一邊想，一邊向她走去。她非常激動。我不知道她是不是在生我的氣。

「你再也不能這麼做了。」她一邊擁抱我，一邊責備道。她深受打擊，但很高興能找到我們。只有一位母親知道如何一邊快樂又一邊生氣。然後她解下我身上的襁褓，繫在她自己的腰上，牽起我的手，帶著我離開了。

「我不想讓阿祖羅被裝進匣子裡。」我抽泣著對她說道，「我想要他的病好起來，和我們待在一起。」

媽媽正要安慰我，但停住了。我知道正在發生什麼事，因為她在無意間握緊了我的手。我朝她看向的地方望去，看見了她見到的畫面。

紫寡婦就在街對面。她注視著我們，就好像只有她能看見我們。

她的確穿著一身紫衣。她的鞋子是紫色的，她的裙子、雨衣和外衣裡面的衣物也都是紫色的，甚至連她的手提包也是紫色的。媽媽沒有從她身上移開目光。然後她做了一件我不理解的事：她開始解下包裹著阿祖羅的襁褓，慢慢地把他放在了地上。我不知道她為什麼要這麼做。人們會踩到他的。接著我明白了：她這麼做是為了給那個女巫看的。媽媽轉向我。

「現在你必須快跑。」她對我說道。

她拉走了我，我們逃跑了，把阿祖羅留在地上。媽媽回頭去看我們身後發生了什麼事，我也回頭看了。紫寡婦穿過街道，走向阿祖羅。她在其他人踩到他之前把他抱了起來。但這樣她就無法追上我們了。媽媽必須做出選擇，選我或者選阿祖羅。而那個女巫也必須面對同樣的選擇。

阿祖羅現在和陌生人在一起了。為了救我，媽媽把他交給了紫寡婦。

28

漢娜睜開眼睛，呆滯地環顧四周。她沒有意識到自己在哭泣。格伯遞給她一張面紙。

「感覺怎麼樣？」他關切地問她。

他注意到女人不記得剛剛發生的事情。漢娜伸出一隻手擦了擦臉，然後注視著被淚水沾濕的手心，像是在疑惑淚水是從哪兒來的。

「阿祖羅。」格伯說道，提醒她催眠治療中的回憶。

漢娜臉上的表情慌亂起來：首先是不確定，然後是驚訝，最後是痛苦。

「阿祖羅。」她重複道，像是在認真思索這個名字，「我再也沒見過他。」

「您覺得他最後怎麼樣了？我猜測，您至少想像過。」

「陌生人把人抓走。」她厭煩地重申道，「我跟您說過了……他們把人抓走，沒人知道被抓走的人下場如何。」

「但在這件事上，您知道得很清楚，漢娜。」

女人身體一僵：「我為什麼應該知道？」

「因為您在火災之夜後也遇上了這種事。對嗎？」

「我和媽媽一起喝下了遺忘水。」她為自己辯解道。

他決定依從她，沒有抓著這個話題不放：「我想今天就到這裡吧。」

漢娜看上去很驚訝，她可以利用的治療時間竟這麼早就結束了：「我明天再來見您？」

「和平常一樣的時間。」格伯讓她放心，「但下次請您準時。」

女人站起身，重新拿起手提包。

「對了，您還準備在佛羅倫斯待多長時間？」

「您認為我們不會取得多少進展嗎？」她感到困惑。

「我認為您需要開始考慮一種可能，也就是我們的治療不會給出您尋找的所有答案。」

漢娜思索著。「明天見。」她簡單說道。

他聽見她出去時關上了辦公室的門。他獨自一人，思索著他剛才聽到的故事：弟弟，紫寡婦，母親為了救她拋棄兒子的那種犧牲。但究竟是為了從什麼危險中救出她呢？

他仔細地重新思考那個故事，他第一次感覺到，在那個女巫和陌生人的寓意下隱藏著一個切實可感的意義。他努力把這件事和自己的經歷聯繫在一起，想弄清楚在一個小女孩的世界裡，這些人物可能代表著什麼人或什麼東西。他們代替了某樣東西或某個人，他對此很肯定。埃米利安也用動物來代替收養他的家庭成員和那個收養機構的負責人。他治療過的許多未成年人都曾用妖怪和惡狼來描述傷害過他們的成人，或者僅僅是讓他們感到害怕的成人。

但是，一個全身永遠穿著紫色的女人——格伯對自己重複道——在現實裡找不到對應物。這個新的問題會是和特雷莎．沃克討論的最好話題……如果她確實是她自稱的那位催眠師就好了。格伯想到，在最近的幾小時內，他失去了所有的參謀。先是那位澳洲同行，然後是西爾維婭。

他必須獨自應對一切。

這個想法立刻帶來了另一個想法。他再次想起他的家庭相簿，想起散落在家中地板上的那些老照片。在失去妻子後，B先生也不得不「獨自應對一切」。

好了。一切都重新引向他，引向他那個已故的父親。他或許通過靈外質[17]的形式回到了人世，把格伯的客廳弄得一團糟。

格伯對這個荒誕的想法一笑置之，但與其說是出於信念，不如說是出於習慣。不過，正是在把這個想法與那晚和沃克的談話聯繫在一起時，他想到了沃克曾不遺餘力地向他反覆強調，讓他出於預防，在對漢娜進行治療時錄影。

……我是認真的。我比您年紀大，我知道自己在說什麼……

她為什麼這麼堅持這一點？又一次，漢娜透過她扮作沃克醫生的第二自我向他傳遞資訊。格伯有一種直覺，他應該重看那些錄影，以免遺漏了什麼。但他已經知道，他要找的是，為了闖入他家中，那女人在哪一個時刻從他的口袋裡掏出了鑰匙。

或許他其實很清楚那是在什麼時候。

涉案的那次治療是在前一次，當他在那場漢娜聲稱的襲擊發生後幫助她的時候。

在手機上重看那段畫面的時候，格伯意識到西爾維婭從來沒有看到過她的敵人長什麼樣。她們二人之間有著懸殊的差距。漢娜一點也不具備他妻子的優雅美麗。她不修邊幅，衣著馬虎。西爾維婭能讓經過的男人們回頭看她，他發現過好幾個人用目光向她獻殷勤。然而，漢娜・霍爾毫不引人注目。但也許正是因為只有他能注意到她，只有他看到了其他人察覺不到的東西，格伯才感到自己享有特權。

螢幕上播放著催眠開始前幾分鐘的畫面，他在這段時間裡檢查了女人臉上的撞傷，把冰敷在傷口上。他們的身體和臉龐靠得那麼近。再次看到自己與病人之間難以定義的親密時刻，格伯感到很不自在。他意識到這產生了模糊的、令人不安的效果。他當時以為那只是漢娜的自傷行為，但它實際上掩藏著別的東西，他堅信如此。這是漢娜想出的一個精明的計策，為的是靠近他，趁他不注意的時候從他身上拿走他家門的鑰匙。

格伯把那段錄影倒回了好幾遍。多虧了那麼多個微型攝影機，他能夠從不同的角度重看錄影，但他沒有發現任何異常。這個結果令人沮喪。全世界都在密謀欺騙他，讓他堅信照片散落那件事的確是他父親的鬼魂所為。或許那意圖僅僅是想讓他發瘋。突然間，他考慮到了一個他未曾思量過的面向。

如果是他自己把鑰匙留在門上，恰好讓漢娜・霍爾趁機利用了呢？她跟蹤我，他對自己說

⓱ 通靈學中靈媒在通靈狀態下散發出的物質。

道。她監視我。她知道關於我的一切事。如果是他在無意識間讓她進了家門呢？他真的被她糾纏到這種地步了嗎？

是的，是這樣。

漢娜知道關於他和B先生的事，這些事預示著某個真相將會被揭露。她想把他牽扯進她的故事裡。格伯不知道為什麼，但要做到這一點，最簡單的方法一定是利用他的父親。因為他對這個話題非常敏感，也因為這是一道尚未癒合的傷口。巴爾迪提醒過他警惕某些騙子操縱人心的手段。但如果漢娜．霍爾不是求財，那她想從他這裡得到什麼呢？她並不僅僅是想引起他的注意……

時長僅有一秒，但格伯清楚地看見，那個亮閃閃的小物件從漢娜手中徑直落在了地毯上。他本能地把目光從螢幕上挪開，往地上看去。但搖椅下面什麼也沒有。

它不可能消失了，他對自己說道。它還在這兒。

他採取了行動：他移動傢俱，仔細觀察藏得最深的角落，同時問自己要找的該是什麼。最終，他在櫻桃木小茶几的桌腿邊發現了那條神秘的線索。

一把小小的鐵質鑰匙。

他觀察著它。它太小了，不是用來開門的，更像是用來開掛鎖或者櫥櫃鎖的。他猜測著存放的是什麼東西，但接著又排除了這個選項，因為他想起了一件更加日常的東西。

「一個行李箱。」他對自己驚呼道。

格伯仔細思索了這個可能性。漢娜．霍爾沒有行李箱，他對自己說道。事實上，自從他認識她以來，她一直穿著同樣的衣服，但也許這正是重點……如果他明白那女人的頭腦是如何運轉的，那麼對她來說，沒有什麼是偶然的：透過穿著同樣的衣服，漢娜想要暗示他，她的行李箱裡裝著別的東西。有這種可能，格伯不想排除這種可能性。但這也帶來了一個嚴重的後果。

沒人能幫他確認是否存在一個行李箱。他必須親自去查證。

29

普契尼旅館和格伯想像的一模一樣：一家破舊的一星級小旅館，建於二十世紀七〇年代。垂直的霓虹燈招牌，一部分被雷電擊壞了。棕褐色的細木護壁板。入口設在火車站附近的一座樓房後部。

他把車停在旅館大門附近，等了將近一個小時，期望能見到漢娜從裡面出來。為了確認她在那裡，他給前台打過電話，想請他們把他的電話轉接到她的房間，一辨認出她的聲音就掛斷。然而沒有人接電話。但片刻後，當她經過四樓的一扇窗戶時，他瞥見了她。

他試著說服自己，她遲早會離開，好把房間留給他探查。說到底，漢娜想要他去找那個該死的行李箱，他很肯定這一點。

格伯嘆了口氣。他原本不想陷入這樣的境地。但這是他的錯，或者是那個從未愛過他的父親的錯。他想知道，如果父親沒有在臨終前透露那個秘密，沒有了那個負擔，他如今的生活會是什麼樣的。

B先生的秘密遺言。

與西爾維婭分開也是因為這個。因為他從來沒有懷疑過，父親每一個表達愛意的舉動都藏著厭惡。現在他不知道被恨和被虛假地愛，究竟哪一個更糟，所以就用一個藉口趕走了妻子。他覺得首先需要把自己的情感表達清楚。他不想讓妻子在若干年後再發現。這樣的話，過去她與他共同經歷的每一件事都會變得虛假。或許也是因為這個，格伯無法肯定漢娜的故事是真是假。雖然關鍵的是另一個問題。

他為什麼會想要把他父親的秘密吐露給一個陌生女人，而不是和他結了婚的那個女人？因為漢娜已經知道那個秘密了，他對自己說道。他無法解釋她是怎麼知道的，但他確定她知道那句話，B先生正是用那句話擾亂了他的生活。而他不敢問，害怕發現那正是事實。

……是因為您父親對您說的話，對嗎……

格伯注意到一個熟悉的身影走出旅館。漢娜點燃一支香菸，沿著人行道離開了。

他下了車，走向旅館大門。等到接待員從前台後面的辦公室短暫離開時，他趁機走了進去，撲到櫃檯上，流覽登記簿上客人的名字，尋找他感興趣的那個房號。他找到了想找的號碼，從架子上抓下鑰匙。

他來到四樓，找到正確的門，在被人發現之前偷偷溜進了房間。一進房間，他就背靠在牆上。

他在做什麼？這簡直是瘋了。

房間裡相當昏暗，只有一道光從小電視機上照過來，電視詭異地開著。格伯環顧四周，等待眼睛適應暗淡的光線。房間裡放置著一張單人床、一個床頭櫃和一個衣櫃，那衣櫃對這個狹小的空間而言大得出奇。一扇小門通向狹窄的洗手間。

這兒有她的氣味——菸味、汗味，並且再一次出現了那種他無法辨別的甜甜的氣味。

冷靜下來後，他向前走了一步。一個陌生的身影毫無預兆地擋在了他面前。格伯驚跳了一下，但接著意識到他撞見的是自己在牆上一面鏡子裡映出的影像。他看著鏡子裡的自己，這時才發現，他今天早晨穿著的衣服和昨天穿的一樣，很可能也和前天穿的一樣。

他在無意間養成了和病人一樣的習慣，顯得和她一樣不修邊幅、臉色糟糕。

他還沒四處細看，就直接去了洗手間。令他驚訝的是，盥洗台的托架上既沒有化妝品，也沒有香水，甚至沒有牙刷。仔細看來，除了那種使人感到壓抑的氣味，這個房間裡沒有任何東西能讓人想起漢娜．霍爾。

就像那女人從未到過這裡。一個幽靈，他對自己說道。

他去找行李箱。他沒指望它會在衣櫃裡，事實上衣櫃是空的。剩下的唯一一個可能是在床底下。

他在床底下找到了。

他抓住手柄，把箱子拖了出來。這是一個褐色的皮質旅行箱，又舊又沉。

他跪在磨損嚴重的機織割絨地毯上，一隻手伸進口袋，取出他在辦公室裡找到的那把鐵質小鑰匙，急切地想要確認它與行李箱上的帶扣鎖是配套的。但是，正當他要把鑰匙插入鎖眼中時，他的焦急感無緣無故地消失了。

他不再著急了。

他站起身來，坐在床墊上。他在床上坐了一會兒，注視著漢娜．霍爾的行李箱，它被包裹在溫暖的微光裡。他發現自己筋疲力盡。利他林的藥效過了，他很清楚。此外，他還意識到了一件事：如果他打開了那個行李箱，在他腳下就會出現一個漩渦，它必然會將他一直往下吸。

據他所知，那裡面可能有一個死去的新生兒。

他決定花幾分鐘來考慮。他挪了挪被子，躺在床的一側，把頭靠在枕頭上。他慢慢地吸氣、呼氣。漸漸地，不知不覺間，他伴著電視裡動畫片的聲音睡著了。

他夢見了漢娜·霍爾，夢見了B先生，夢見了沒有面孔的紫寡婦和陌生人。他夢見自己在裝有阿多的匣子裡，被埋在地下。他突然感到呼吸費力。

當他再一次掙扎著睜開眼時，白日的微弱光線已經完全消失了，透進房間的只有普契尼旅館外面的招牌上冰冷細微的燈光。他坐起身，呼吸重新變得順暢，但他察覺到，那無法穿透的黑暗並不是房間裡唯一的新事物。

還有一種不同尋常的寂靜。有人關掉了電視機。

漢娜回過房間？他想像著她在他睡著時躺在他身邊的樣子。她用她那雙深邃的藍眼睛注視著她，試著猜測他做了什麼夢。格伯本能地尋找起床頭櫃上的檯燈開關。他打開檯燈。他獨自一人。但當他轉向身邊的枕頭時，卻注意到了枕套上的一根金髮。

地上，那個皮質行李箱仍在等待他。

格伯這一次拿出了鑰匙來驗證。他沒有弄錯。打開行李箱後，他呆若木雞。沒有死去的新生兒。沒有刺激的可怕物件。只有一堆泛黃的舊報紙。他拿起一張報紙，讀起了此前就被標出來的一篇文章的標題。

真相比他所想的要簡單得多。正因如此，真相才更加可怕。

30

他等待著午夜降臨，以便給特雷莎．沃克打電話。

他思考了很久，最終決定了，這是他該做的最正確的一步。他必須和漢娜討論行李箱裡報紙上的內容，但這個話題太微妙了，不能直接和她提起。而她的第二自我非常適合做這件事：當漢娜成為特雷莎．沃克的時候，就像她在她自己和她的故事之間加上了一層過濾。披上心理師的偽裝能讓她以一種疏離的態度面對一切，可以與他人保持安全距離，避免自己受傷。

「您睡不著嗎，格伯醫生？」女人用熱烈的語氣先開口問道。

「確實睡不著。」他承認道。

「沃克」變得擔心起來：「發生什麼了？您還好嗎？」

「我今天發現了關於漢娜的一件事。」

「請說，我聽著……」

格伯正坐在自家的客廳裡，處於黑暗中：「漢娜．霍爾是她的真名，並且，實際上她從來沒有被收養過。」

「我不覺得這是一個重大發現。」

「我找到了一些二十年前的報紙……是關於那個著名的火災之夜的。」

「沃克」沉默了，格伯明白她允許他繼續講下去。

「漢娜和她的父母當時暫居在西恩納鄉下的一座農舍裡。一天晚上，陌生人包圍了聲音之家。他們在房子裡發現了他們。漢娜的父親設計了一套藏匿全家人的裝置：壁爐裡有一扇活動板門，通往一個小地下室。他們的計畫是，先放火燒掉房子，再藏在那裡，直到闖入者離開，以為他們都死於大火。」他停頓了一下，「在陌生人闖入之前，漢娜的父親在地板上灑了煤油，然後投下了一些燃燒彈。與此同時，母親把小女孩帶到地下室的藏身處。父親沒有趕上她們，因為他被抓住了。」他尋找著繼續說下去的力量，而電話那一頭只有沉默。「母親一點也不想被抓住，尤其不想拋下他們的女兒。於是，她讓她喝下了一只瓶子裡的東西，自己也喝了……遺忘水。」

「然後發生了什麼？」「沃克」問道，聲音細小，顯然帶著恐懼。

「那是一種曼德拉草提取液……那女人立刻就死了。小女孩倖存了下來。」

「沃克」花了幾秒鐘才使自己平靜下來。格伯可以聽見她的呼吸。

「裝著阿多的匣子呢？」她接著問道。

「報紙上沒有提到這個，因此我推測沒人找到它。」

「所以我們不知道漢娜是不是殺死她哥哥阿多的兇手……」

「我認為，事實上，漢娜沒有殺死任何人。」

「這怎麼可能？」她問道，「那她為什麼會有關於謀殺的記憶？」

「答案和陌生人的形象有關。」格伯斷言道，「但現在，我知道紫寡婦是真實存在的。」

3月11日

她在一個黑暗的房間裡待了幾天，被連接在她從未見過的機器上，那些好心的機器幫她呼吸，餵她營養液，清洗她的身體內部。她唯一的任務就是休息，人們不斷重複著告訴她。現在他們把她移到了另一層樓。她有一個專屬於自己的房間，房間裡甚至有一扇窗戶。在此之前，她從未如此靠近過陌生人的世界。她不習慣周圍有這麼多人，也不習慣他們說話的聲音。所有人對她都很熱情，尤其是護士們。她們對她非常關切，還送她禮物。其中一位護士給她帶來了一顆巧克力蛋。她不知道那是什麼味道，她從來沒有嚐過。

「等你開始自己進食的時候，你就可以嚐一小塊了。」護士向她許諾道。她的胃還無法消化固態食物，只能消化流質。醫生向她解釋說，需要的康復時間比預計的更長。她不清楚自己究竟生了什麼病，沒有人告訴過她。她所知道的唯一一件事是，她的肺吸入了過多的煙霧。也許這是真的，因為如果她用鼻子吸氣，就仍然會聞到那味道。不過，火沒有蔓延到她藏身的地方。

她幾乎不記得關於那場火災的任何事，在媽媽讓她喝下遺忘水的時候，一切都消散了。她想知道在那之後發生了什麼。人們告訴她，有人在大火蔓延到地下室之前發現了她，在聲音之家開始倒塌的時候把她拉了出來。媽媽在讓她喝下那個瓶子裡的東西前向她承諾過：「我們會睡著，然後，當我們醒來時，一切都會結束。」事實上，不記得那些讓她感到恐懼的時刻是件令人寬慰的事。

自從到了那裡，她就試著不違反那五條規則。她無法阻止那些陌生人靠近她，也無法逃跑，但她不和他們說話，尤其不告訴任何人她叫白雪。

她希望，只要自己這樣做，就能很快再次見到媽媽和爸爸。她非常想念他們，想和他們在一起。但她也想告訴他們，陌生人的世界並不那麼糟糕。儘管陌生人把他們從聲音之家帶走了，但也許陌生人並不像他們認為的那樣邪惡。

她回想起他們最後的居所，突然哭了起來，因為現在那座老農舍什麼也不剩了。大火吞噬了它。儘管她從來沒有喜歡過某個地方，但想到她居住過的所有聲音之家，會帶著她和爸爸媽媽一起幸福生活的記憶在某個地方繼續存在下去，她還是覺得快樂。

哭泣耗盡了她僅有的力氣，她在不知不覺間睡著了。醒來時，她發現身前有個驚喜。她的布娃娃用那隻獨眼注視著她。她立刻伸出手臂去抱她，但又停下了，因為她察覺到布娃娃在一個熟面孔的膝蓋上。

紫寡婦坐在床邊，對她微笑。

「你好。」她向她打招呼，「今天感覺如何？好些了嗎？」

她沉默著，懷疑地注視著她。

「他們說你還不想跟任何人說話。」對方繼續道，「我理解，你知道，換作我是你，我也會這麼做。我希望你不會討厭我來看你……」

她一動不動，她不想讓對方把她的任何動作解讀成敞開心扉的信號。

「你還沒有透露過你的名字呢。」女巫繼續說道，「這裡的所有人都很著急，因為他們不知道該如何稱呼你……所以我來了，因為我們已經認識過了。對嗎，白雪？」

她的名字被洩露了，她驚呆了。那麼，在火災之夜，在她即將入睡的時候，是這個女巫在喚她的名字。

「我們已經觀察你們一週了。」紫寡婦說道，「等待著合適的時機來救出你。」

從什麼危險中救出我？她想道。但她假裝不知道對方在說什麼。

「我們那天在雨中見過面，你記得嗎？」對方堅持道。

我當然記得。在那一天，紫寡婦帶走了阿祖羅。

「我本想向你打個招呼的，但我得照料你們留在街上的那個新生兒……對了，他很好，他已經回家了。」

回家了？什麼意思？但想到她弟弟的咳嗽已經痊癒了，她感到寬慰，儘管她不知道是否可以相信女巫的話。女巫們擅長炮製騙局和施咒，媽媽對她解釋過。

「我從那時起就在找你，我很高興能找到你。」

我可不高興，又醜又壞的女巫。

「你的父母教過你該怎麼做，對嗎？所以你不願意把你的名字告訴任何人。」

女巫知道關於規則的事。誰知道她會不會知道別的什麼，我必須慎重些。

「我相信你是個有教養的小女孩，你不願意違背媽媽和爸爸的話。」

我當然不願意。她很謹慎。

「我知道你不相信我。在我小時候，大人們也告訴我別相信不認識的人。」

我可認識你：雖然你現在看上去很和藹，但你把我帶走了。

「我思考了很久怎麼面對我們這場談話……然後我告訴自己，說到底，你已經十歲了，不只是個小女孩了。於是我認為，我會像對待一個成年人一樣和你談話，我會很真誠，我確信你會理解我。你已經浪費很多時間了。」

最後那句話是什麼意思？她在說什麼？

「首先，我想明確指出一點……不是別人不知道你的名字，是你不知道自己的名字。」

恰恰相反，我知道自己叫什麼。

「你的名字叫漢娜。」

我的名字叫白雪。

「你出生在一個離這裡很遠的地方：澳洲。在你很小的時候，你的父母帶你一起來佛羅倫斯旅遊。那是在夏天，當你們在一個公園裡散步的時候，有人把你從嬰兒車裡抱出來帶走了。」

她在說什麼？這不是真的！

「做出這樁惡劣行徑的人是被你喚作媽媽和爸爸的人。」

她覺得自己的心臟好像停跳了。不知不覺間，她開始搖頭，試圖驅走女巫的魔咒。

「我很抱歉讓你透過這種方式得知真相，但我認為這是對的……我們已經通知了你的親生父母，他們正從阿德萊德趕來見你。你知道，他們找了你很久。他們從來都不甘心失去你，每年都會回到這裡繼續尋找。」

她感到喘不過氣。

「發生在你身上的事也降臨在了另一個孩子身上。」

她明白女巫又在說阿祖羅了。

「不過他更加幸運，他一點也不會記得這段經歷。」

這不是真的！不是真的！不是真的！我想回到聲音之家！我想跟爸爸媽媽待在一起！立刻帶我回去找他們！

「我知道你現在恨我，因為我告訴了你這些事，我從你眼睛裡看出來了。但我希望你不久之後會願意再和我說話。」

她抽泣著，因為在哭，她無法做出反應。她本想跳到女巫的脖子上把她掐死。她本想大聲叫喊。然而她動彈不得，唯一能做的就是緊抓著床單。

紫寡婦站起身，在離開之前，把那個布娃娃交給了她。

「當你覺得準備好了的時候，我會回來向你解釋你想知道的一切事情……你只說要找我就行了。我叫安妮塔，安妮塔．巴爾迪。」

31

他在她離家去法院的時候成功攔住了她。安妮塔．巴爾迪在台階上停下，格伯察覺到她費了很大勁才認出自己。

「你怎麼了？」她擔憂地問他。

格伯知道自己形容枯槁。他幾天沒有睡覺了，他不記得上一次吃到一頓像樣的飯是什麼時候，也不記得上一次洗澡是什麼時候。但他迫切地想要知道真相，其他事情都是次要的。

「漢娜．霍爾。」他說道，確信巴爾迪會明白他為什麼在這個不尋常的時間來訪，「您為什麼不告訴我您認識她？」

幾天前的那個晚上，在她家客廳裡，當格伯第一次對她提起漢娜．霍爾的名字時，這位老朋友曾身體一僵。現在他清楚地想起來了。

「我在很多年前許下了一個承諾……」

「對誰許下的承諾？」

「你會明白的。」她堅定地斷言道，為的是讓他明白，在這件關乎誠信的事情上容不得反駁，「但我會回答你的其他任何問題，我向你發誓。所以，你還想知道別的什麼？」

「一切。」

巴爾迪把皮包放在地上，自己在一級台階上坐下。

「正如我告訴過你的那樣，那時候我做外勤工作。和小孩子打交道從來都不容易，你也清楚。尤其是，當成年人恰恰是他們需要提防的怪物的時候，很難說服他們信任一個成年人……但是在辦案的時候，我們有各種達成目標的技巧。比如，我們選擇一種著裝的顏色，一種顯眼的顏色，好讓小孩子注意到我們。我選擇了紫色。然後我們上街去尋找他們，尋找那些處境艱難的未成年人，被熟人或家人毆打或騷擾的孩子：他們得在成年人毫不知情的情況下注意到我們，向我們尋求幫助。目光接觸是很重要的。就這樣，我第一次注意到了漢娜．霍爾。她也注意到了我。」

「那麼，您不是在找她？」

「沒有人在找她。」

「這怎麼可能？」格伯難以置信。

「霍爾夫婦的確曾報警說他們年僅六個月的女兒被偷走了。那時候不像今天這樣到處都是監視器，而且這件事是在公園裡發生的，沒有目擊者。」

事實上，此前假定漢娜在阿德萊德偷走孩子的事，其實是多年前發生在佛羅倫斯的。她也不是犯罪者，而是受害者。

「所以，警方沒有相信霍爾夫婦。」格伯說道，焦急地想知道故事的後續。

「一開始是這樣，但接著，警方開始推測他們編造了一切——為的是掩蓋他們意外或人為造成小女孩死亡的真相。漢娜的母親患有輕度產後憂鬱症，事實上，她的丈夫正是為了讓她散心，才安排了這場義大利之旅：這被認為是一個充分的動機。

「當霍爾夫婦察覺到自己將會受到指控的時候，他們逃離了義大利。

「義大利向澳大利亞要求引渡他們，但沒有成功。

「與此同時，沒有人費心去尋找漢娜。

「霍爾夫婦在接下來的幾年內秘密回了佛羅倫斯幾次。他們沒有放棄。」

格伯無法想像他們經歷過的難以言喻的磨難：「那兩個偷走小女孩的人來自聖薩爾維醫院，對嗎？」

「瑪麗和托馬索是兩個可憐的離群者，他們在那家精神病院度過了人生的大部分時光。他們在高牆之中相識，然後相愛……瑪麗因為藥物作用無法生育，但她非常想要一個孩子。托馬索為她偷來一個小女孩，滿足了她的願望。然後他們開始逃亡。

「由於所有人都懷疑霍爾夫婦而沒有懷疑旁人，他們得以安然逃脫，多年來過著秘密生活，從一個地方流浪到另一個地方，總是與世隔絕，不為人所見。」

格伯無法相信這個荒唐的故事：「你們是什麼時候開始懷疑他們的？」

「在他們偷走另一個名叫馬蒂諾的新生兒的時候。」

阿祖羅，格伯在心裡糾正道。

「他們認為分開幾個月再重聚的做法很機智，但漢娜破壞了他們的計畫……我們當時正四處奔走尋找那個小男孩，這時有人注意到了那個奇怪的小女孩，她帶著一個襁褓裡的新生兒。我前去核查。她似乎迷路了，她很害怕，需要幫助。但她的母親瑪麗趕到她身邊的速度比我快：她把小男孩留在地上分散我的注意力，兩人一起逃走了。」

「但您沒有放棄，對嗎，法官？」

「我從小女孩的眼神裡看出不對勁。我意識到她也是被偷走的。我們開始調查，想要再次找到她。」

「漢娜所說的陌生人就是你們。」

巴爾迪點頭承認：「得益於一系列調查，警方查到了西恩納鄉村一座荒廢的農舍，並在夜裡包圍了那座農舍，想要闖進去解救人質……我當時也在，但出了點差錯。」

「是漢娜本人提醒了她的父母，對嗎？她以為他們處於危險之中。」

「托馬索被逮捕了，幾年後死在了監獄裡。我們對瑪麗無能為力：她自殺了。漢娜也喝下了同樣的毒藥，但在醫院治療了幾個星期後，她挺了過來。我去找她，告訴了她真相，那絕對是我這輩子做過的最艱難的事。」

格伯深吸了一口氣。這個故事很容易理解。但其中一個方面仍然有爭議。

「漢娜堅稱她有一個哥哥，名叫阿多。他被裝在他們一直隨身帶著的匣子裡。」

「幾天前，我從你那兒第一次聽到這個故事，但當時我們沒有調查出任何相關的資訊。」

「您認為我的病人編造了這一切？包括她小時候殺死哥哥的事？」

「我認為她除了馬蒂諾之外沒有其他兄弟。正如我對你說過的，瑪麗無法生兒育女，而且迄今為止，我們也沒有查到和漢娜．霍爾在同一個時期被偷走的兒童。」

疑點仍然存在，但現在是時候問出那個最難的問題了。

「我的父親是不是和這件事有過牽扯？」

巴爾迪看上去很煩躁：「為什麼問這個？」

「因為漢娜．霍爾知道關於我過去的很多事，而且坦白地說，我不認為這只是個巧合。」他慍怒地回應道。

「我可以告訴你一件事，但我不知道這是否對你有用……」巴爾迪繼續說道，「漢娜以為是她父母的人，實際上只比小孩子大一點：他們偷走她的時候，瑪麗十四歲，托馬索十六歲。」

32

兩個還是孩子的父母。

從漢娜在催眠時講述的故事裡推導不出這個重要的細節。或者，也許推導得出，但他沒有注意到這一點。

您有沒有注意到，當人們被要求描述自己父母的時候，他們從不把父母描述成年輕人，而通常傾向於把他們描述成老人？

每個人都傾向於把父母想像得比他們的實際年齡更大。這是為了讓他們顯得更成熟，也更老練。如果漢娜．霍爾清楚她的父母是青少年，也許會問出更多關於自己的情況的問題。

他對自己的父親也犯過同樣的錯。現在他和父親成為鰥夫時的年紀一般大了，他明白父親當時對於要獨自撫養一個年僅兩歲的孩子會感到多麼無力。儘管如此，格伯仍然無法原諒他。

B先生和漢娜．霍爾之間有著某種聯繫，他很確定。因為每一次他想到B先生的時候，她都會浮現在他腦海中。為了弄明白這種聯繫，他必須繼續治療漢娜，必須說服她阿多從未存在過。只有這樣，他才能把她從殺死哥哥的負罪感中解救出來。

他像之前的早晨那樣在辦公室等她。漢娜準時出現了。他們之間有著太多沉默的真相：從格伯造訪普契尼旅館到巴爾迪透露的事。但兩人都要裝作若無其事。

「我想嘗試一些別的東西。」他向她宣布道。

「您是指什麼？」

「到目前為止，我們都專注於火災之夜之前發生的事，現在我想探索在那之後發生的事。」

漢娜突然表現出心存戒備的樣子。「但這樣我們就會遠離關於謀殺阿多的記憶。」她抗議道，「這有什麼意義呢？」

格伯等著她點燃一支溫妮菸，準備回應這一擊。

「既然我們談到了這個，你有沒有想過去找阿祖羅？」他問道。

漢娜垂下眼。「我昨天去找他了。」她承認道，「一開始他不願意見我。」

「你們說了些什麼？」

「一開始很尷尬，因為我們都不知道該說什麼。後來我們開始聊起自己的生活。和我一樣，阿祖羅現在有另一個名字了：他叫馬蒂諾，今年四月滿二十一歲。他在工廠工作，做倉庫管理員。他有一個女朋友，兩個人很快就要結婚了。他還給我看了她的照片，她很漂亮。」

「再次見到他，您感覺怎麼樣呢？」

漢娜思索著：「我說不上來……我很高興他過得不錯。」

「在你們小時候，您救過他的命，這您知道，對嗎？」

漢娜把菸灰抖落在她一直用的手工黏土做的菸灰缸裡。她似乎不願意承認自己為那個孩子做的事。

「您為了他違反了您父母的第一條規則。」格伯緊追不捨。「只能信任媽媽和爸爸。」為了他們兩人好，他重複道。

他捕捉到了女人眼神中的猶豫。漢娜在證據面前躊躇不定。

「您明明違反了規則，這件事卻做對了，這怎麼可能呢？」他問她，「也許有什麼東西不對勁。也許有人弄錯了，或者對您說了謊。」

小孩子發現的最糟糕的事是，媽媽和爸爸不是永不犯錯的。當他認識到這一點時，他也就意識到，面對世上的眾多危險，自己更像是孤身一人。

漢娜的眼睛變得濕潤而悲傷。

「您為什麼要這麼對我？」她問道，聲音顫抖。

「您的父母想要保護您不受陌生人的傷害……您難道從未懷疑過他們才是陌生人嗎？」

一陣沉重的沉默落在二人之間。格伯可以看見漢娜手裡的溫妮菸在慢慢燃燒，一圈圈煙霧飄向高處。

「有時候我們掌握了揭曉真相的所有線索，只是並不真正願意接受真相。」格伯說道。

漢娜似乎被說服了：「您想要我做什麼？」

「我想要您和我一起回到紫寡婦來醫院看您之後發生的事。」

格伯啟動了節拍器。漢娜．霍爾開始在搖椅上搖擺起來。

33

他們給我穿上了一條藍色的連衣裙和一雙帶著小星星的粉色短靴。我從來沒擁有過這樣的鞋子。儘管我穿著它們還走不好路，但這雙鞋很漂亮。他們問我是否想要剪頭髮，我回答說：「謝謝，不用了。」因為通常給我剪頭髮的是媽媽，也只有她知道剪成什麼樣我會喜歡。他們向我解釋說，我應該打扮得漂漂亮亮的，因為我的親生父母今天會來看我。他們不斷地向我重複，我的父母遠道而來，所有人都擔心我會讓他們失望。我不知道我怎麼會讓他們失望，因為我甚至沒見過他們。

沒有人問過我是否同意。

房間裡很冷，而且太大了。我不喜歡這麼大的空間。我在一把非常不舒服的椅子上坐了一會兒，我身後有一個我不喜歡的女人。她一直在對我微笑，告訴我一切都好。我們在等待我的「新父母」到來，他們很快就會到。我不想要什麼新父母，我仍然喜歡我之前擁有的父母。

門開了，走進來幾個我從沒見過的人。其中兩個人手牽著手。一個男人和一個女人，他們看見我便放慢了腳步。他們不知道該做什麼，我理解，因為我也一樣。然後，那個男人向我走來，拉著那個女人，她對我微笑，但看著像是想哭。他們在我身前跪下，一切都太奇怪了。他們說著一種我之前從未聽過的語言，他們身後有個人向我翻譯他們剛剛說的話，好讓我聽懂。他們自我介紹，報出自己的名字，是些複雜的名字。他們堅持叫我漢娜。我已經跟所有人說過了我不喜歡被叫作這個名字，我想要做一個公主。

似乎沒人在意這一點。

霍爾太太想讓我叫她媽媽。不過她說，我想要多少時間來考慮什麼時候開始這樣稱呼她都行。但是她沒有問我是否願意。我喜歡她的金髮，但她的衣服色彩很單調。她撫摸了我很多次，但她的雙手一直汗涔涔的。霍爾先生也是金髮，但只有腦袋側邊有頭髮。他很高，肚子肥大。他一直樂呵呵的，當他笑起來的時候，他的肚子會上下抖動，臉頰會變得通紅。幸運的是，他沒有要求我叫他爸爸。

他們每天都來看我，我們一起度過下午的時光。他們每次都給我帶東西。一本書、一個可以做餅乾的玩具爐子、膠水、鉛筆和水彩筆，還有一隻絨毛小熊。他們很親切，但我仍然不明白他們想從我這兒得到什麼。

我住的地方是「親人之家」。我更喜歡聲音之家。這裡有其他小孩子，但我從來不和他們一起玩耍。他們也在等媽媽和爸爸來接他們。一個壞極了的小女孩說，我的媽媽和爸爸再也不會來接我了，因為媽媽死了，爸爸被關在一個叫監獄的地方，再也不能出來。這個壞極了的小女孩還說，我的媽媽和爸爸是壞人。我知道她不是唯一一個：所有人都認為他們是壞人，只是其他人不會當著我的面這麼說。我希望自己能說服他們這不是真的，媽媽和爸爸從來沒有傷害過任何人。比如，他們一直很愛我。我不知道爸爸實際上在哪裡，但我確信媽媽沒有死。如果她死了，她會在我睡覺時來看我，就像阿多那樣。當我談起這些事的時候，其他小孩子都嘲笑我。沒有人相信幽靈的存在。他們覺得我瘋了。

但有一件事，媽媽和爸爸弄錯了：陌生人本應該抓走我，卻抓走了他們。

今天，霍爾夫婦帶來了一些他們居住地的照片。那地方很遠，在世界的另一端。為了去那裡，需要乘坐三趟——有時是四趟——航班。他們的房子在一片海灣中，四周圍繞著草坪，他們還有一條名叫澤爾達的黃狗。在他們給我看的照片中，還有一個屬於我的房間。房間裡堆滿了玩具和洋娃娃，窗戶朝向大海。霍爾先生說，車庫裡有一輛自行車等待著我。我不知道自己是否願意去那個地方看看，我也沒弄明白媽媽和爸爸是否會與我們同行。當我問霍爾先生的時候，他不知道該怎麼回答我。

有時，當我和霍爾夫婦在一起時，霍爾太太會跑開，躲起來哭泣。

霍爾先生對我說，他們的城市名叫阿德萊德，那裡幾乎都是夏天。霍爾先生有一條帆船，他喜歡大海。他告訴我，澳洲有我從未見過的奇異動物。霍爾先生和藹可親，他和其他人不一樣。比如，當我談論起幽靈時，他不會發笑。相反，他說他相信有幽靈，他在海裡見過。沒有影子的生物，他這樣叫牠們——魚、蝦、烏賊。由於珊瑚礁之外沒有太多庇護能讓牠們藏起來躲避捕食者，這些動物就學會了變得透明。比如，牠們的肚子非常薄，由一片膠狀物構成，能像鏡子一樣映出東西，這樣一來，牠們就能藏起哪怕是最小的一塊食物。但捕食者也適應了這一點：為了看見這些生物，避免死於飢餓，牠們的眼睛進化了。

人們說我應該收拾自己的行李，因為幾天後我就會和霍爾夫婦一起動身。我們會回到在阿德萊德的家。我解釋說他們弄錯了，因為那不是我的家。他們卻說，那就是我的家，儘管我不記得了，因為我離開的時候年紀太小了。我不想去澳洲，但似乎沒有人在乎我想要什麼或者不想要什麼。既然說了也沒用，我就不再說了。我也不再吃飯。沒人知道我怎麼了，他們以為我生病了。這樣最好。終於，有人想起來要問問我了。

「我想和紫寡婦談談。」我簡短說道。

第二天，那個女巫來看我了。她一直表現得很親切，但我不信任她。

「怎麼了？」她問我。

「我可以見我媽媽嗎？」

「你的媽媽是霍爾太太。」她回答道。

「我真正的媽媽。」我堅持道。

紫寡婦思索了片刻。然後她起身離開了。

當我想要某樣東西的時候，如果得不到，我就會變得咄咄逼人，就像那次我決定和母山羊一起睡覺，結果長了蝨子一樣。我繼續拒絕吃飯。

紫寡婦再次來看我，我知道她很生氣。她對我說：「你跟我去一個地方，但之後要重新開始吃東西，明白嗎？」

她所說的地方灰暗又悲傷，門都是鐵質的，裝著柵欄。那兒全是警衛。我不知道這是什麼地方，甚至不知道為什麼有人會待在這樣的地方。他們把我帶到一個沒有窗戶的房間裡。這裡只有一張桌子和兩把椅子。這時候他們才告訴我，我不久後就會見到爸爸。我高興得想要唱起歌來。但他們向我解釋說，我不能擁抱他，甚至不能觸碰他。我不明白為什麼，但他們對我說這是這個地方的「規則」。儘管不是我的規則，但我知道我必須接受。鐵門開了，兩名警衛押著一個男人走進來。男人的手腕上戴著鎖鍊，走路很費力。我花了一會兒工夫才認出他，因為他的頭髮很短，臉上有傷。是火災之夜的火讓他變成這樣的。但他正是爸爸。他一看見我就流下淚來。我忘記了不能擁抱他，朝他跑過去，但有人抓住我，阻止了我。於是我坐下來，他也在桌子另一端坐下。我們就這樣待了一會兒，一言不發地看著對方，無法控制地流著淚。

「你怎麼樣，親愛的？」爸爸問我。

我想說我過得糟糕透了，說我想念他和媽媽，卻只回答道：「我很好。」儘管我知道我不該說謊。

「他們跟我說你不願意吃東西。為什麼？」

我感到羞愧，我不想讓他知道這件事。

「我很高興你來看我。」

「我想回到聲音之家。」

「我覺得這不可能了。」

「這是某種懲罰嗎？我做了壞事嗎？」我抽泣著問道。

「為什麼這麼說？你什麼也沒做錯。」

「是因為我殺死了阿多，取代了他的位置。那次我發高燒、肚子痛的時候，花園裡的那個女孩告訴我的。」

「我不知道是誰把這個念頭塞進你腦海的。」爸爸對我說，「你沒有殺死任何人：阿多是在我們帶走他的時候死去的。」

「你們從哪裡帶走他？」

「從一個糟糕的地方。」他回答道。

「紅頂屋。」我說道。

他點頭表示肯定：「但那些事發生在你來到我們的生命中之前，親愛的。這件事與你完全無關。」

「是誰殺了他？」

「是陌生人殺了他。」有那麼一會兒，爸爸似乎迷失在了某個念頭中。「我和媽媽離開紅頂屋那天，我們從搖籃裡帶走了阿多。我們以為他睡著了。因為害怕陌生人會找到我們，我不知道我們走了多久。但我們感到幸福，因為終於自由了，我們建立了一個家庭。」爸爸的臉色陰沉下來，「天亮的時候，我們在鄉間的一座荒廢的農舍裡停了下來。我們筋疲力盡，只想睡一會兒。媽媽想喚醒阿多給他餵奶，但當她試著把他貼近胸口的時候，他身體冰冷，一動不動。於是媽媽開始叫喊，我永遠不會忘記她的叫喊聲和她的痛苦……我把阿多從她懷裡奪下來，試著往他幼小的肺裡吹氣，但那沒用……所以我把他裹在被子裡，找來木頭做了一只匣子。我們把他放進匣子裡，我用瀝青封上了匣蓋。」

我想起當時奈利以為匣子裡藏著寶物，讓維泰羅和盧喬拉把它打開，我第一次看見了我哥哥的臉。

「當我看見他的時候，他看上去就像在睡覺。」我說道，為了安慰爸爸。

「阿多是我和媽媽給他取的名字。」他回想著，「我們覺得這名字美極了，因為沒人叫這個名字。」

就在這個時候，他們告訴我見面時間結束了，我們應該告別。爸爸首先站了起來，他們正要把他帶出房間。我想要吻一吻他，但沒有得到允許。他最後一次轉頭看我。

「你應該吃東西，你應該向前走。」他囑咐道，「你很堅強，沒有我們也能過得很好。」

我知道他費了很大勁才能告訴我一切。他強忍著淚水，但他很痛苦。

「我愛你，親愛的……無論你聽到關於我和媽媽的什麼事，永遠都不要忘記我們有多愛你。」

「我答應你。」我艱難地從喉嚨裡擠出聲音說道。在那一刻，我明白我們永遠不會再見面了。

我試著向所有人解釋，我不想跟隨霍爾夫婦去澳洲。我想重新和爸爸媽媽一起生活在聲音之家。但沒人聽我說。我想要什麼或者不想要什麼，都不重要。

沒有人真正願意傾聽小孩子要說的話。

34

「……五……四……三……二……」

隨著倒數結束，漢娜從追尋過去的旅途中回到現實，她神情放鬆，終於得到了平靜。

格伯只能想像，在澳洲和霍爾夫婦一起開始另一段人生，對於漢娜來說會有多麼艱難。某些故事有圓滿的結局：好人得勝，媒體欣喜，觀眾感動。但從來沒人知道在那一刻之後發生了什麼，也很少有人在乎發生了什麼。想到這一點，沒人願意讓殘酷的現實毀掉美好的結局。在很多人看來，「得救了」的小女孩是在陌生人身邊長大的。

陌生人會把人抓走。

漢娜在他們的某次會面中這樣說道。實際上，陌生人不僅把她從她所知的唯一一個世界中帶走，把她從讓她學會愛和被愛的家庭中帶走，甚至還成為「媽媽」和「爸爸」。但對那些推崇「他們從此過著幸福美滿的生活」這種完美結局的人來說，這只是一個次要方面。說到底，誰在乎呢？事情的結果就是格伯面前出現了這樣一個痛苦不安的女人。

「那麼，我並沒有殺死阿多。」她說道。她看上去輕鬆了些，但仍然對某些事情不太信服。

格伯關停了節拍器：是時候也把那件事說清楚了。

「阿多從來都不存在，漢娜。」他肯定道，試著表現得體貼些，「偷走您的那個女人無法生育。」

但是她不相信：「我的父母為什麼要編造那個謊言？」

「為了證明他們對霍爾夫婦做的事是合理的。」

「向誰證明？」

「向您證明，漢娜。也向他們自己證明，為的是讓自己信服這麼做是對的。」他停頓了片刻。「以眼還眼——這是世界上最古老的規則。」他說著，把它和漢娜小時候被要求服從的五條規則進行比較。

「以眼還眼？我的爸爸和媽媽把我偷走，是為了報復？您弄錯了：我的父母從來沒有傷害過霍爾夫婦。」

「不是針對霍爾夫婦。」格伯承認道，「他們怨恨的不是霍爾夫婦，而是這個社會。遺憾的是，人們已經證明了，和一直被尊重的人相比，被欺負的人更傾向於為自己受到的傷害進行報復。這兩個孩子肯定在聖薩爾維醫院受到了虐待，所以他們認為，外部世界虧欠他們……欠他們一個家庭。」

這在犯罪行為中很典型，格伯想。但漢娜並不信服。

「但我的父親在監獄裡告訴我，他們從紅頂屋帶走阿多的時候，他已經死了，我記得很清楚，我見過匣子裡的屍體：儘管過去了這麼久，屍體仍然被保存得很好。」

「往匣子裡看的時候，您處於極度緊張的狀態。」格伯提醒她道，「您跟我講過，當時您坐在奈利的膝上，不知道您的父母在哪兒。此外，還應該考慮到您當時年紀很小，缺乏基本的經驗，無法準確理解眼前事物的意義。最後，我們不該忽略，離那個時候已經過去了許多年：您當前的記憶不可避免地發生了變化。」

「但是多虧了催眠治療，現在我什麼都回憶起來了。」漢娜反駁道。

格伯不得不打破病人的幻想，他厭惡自己的這部分工作。他決定利用治療小孩子時所用的例子。

「我想向您解釋，記憶的目的，並不僅僅是將過去的事物留存在腦海中……小時候，當我們第一次觸碰火焰的時候，我們會感到一種永遠不會忘記的疼痛。於是，每一次看見火的時候，我們都會當心。」

「記住過去是為了準備面對未來。」漢娜肯定道，她理解了這個機制。

「所以，我們會忘記對我們沒有用處的所有東西。」格伯向她確認了這一點，「催眠無法從我們的大腦中恢復某些特定的記憶，原因很簡單：我們的記憶認為它們毫無用處，於是不可逆地刪除了它們。」

「但是爸爸說過，阿多當時活著，後來才死的。」

「我知道他說了什麼。」他打斷道，「但這不是真話。」

漢娜沉下臉。「開始時，您承諾會傾聽我心裡的那個小女孩……但沒有人真正願意傾聽小孩子要說的話。」她重複道，就像在催眠中說的那樣。

格伯為她感到無限惋惜。他本想要起身，走近去擁抱她，緊緊抱著她，好讓這一刻快些過去。但漢娜讓他吃了一驚，因為她仍然不願意接受現實。

「您想讓我恨我的父親，只是因為您恨您的父親，對嗎？」漢娜對他怒目而視，「您不想讓我保留關於他的美好記憶，只是因為您有一筆債還沒有收回……有人虧欠您嗎，格伯醫生？以眼還眼。」

「您弄錯了，沒有人虧欠我。」格伯回答，感到被刺傷了。

但漢娜還沒有說完：「告訴我，您父親臨終前低聲告訴您真相的時候，您耳邊感受到的那種死亡般的癢意，是不是現在依然能感受到？」

不知不覺地，格伯退回到扶手椅邊坐下。

「一個字。」她肯定地說道，「您的父親只說了一個字，但足以讓您不再天真……哪一樣更好？是一個相信女巫和幽靈的小女孩的幻想世界，還是認為這個憤世嫉俗的理性世界是唯一存在的真實世界？在這個世界裡，死亡的確是萬事萬物的結局，人們根本不詢問我們的想法，就決定什麼對我們好，什麼對我們不好。也許我的確瘋了，因為我相信某些故事，但有時，問題其實僅僅在於我們用何種方式看待現實，您不這麼覺得嗎？您別忘了，在您的世界裡被稱為瘋子的人，對我而言是媽媽和爸爸。」

格伯一句話也說不出來。他感到難以置信又無能為力。

「阿多是真實存在的。」漢娜肯定道，起身去拿包，「他仍然被埋在那個匣子裡，葬在聲音之家附近的那棵柏樹下。他在等人去接他。」

然後她向門口走去，意欲離開。格伯本想攔住她，對她說些什麼，但他沒能想出任何可說的。走到門口，女人停下來，再次轉向他。

「您父親的秘密遺言是一串數字，對嗎？」

這是真的，格伯驚得呆住，只能點頭承認。

10月22日

「勇敢點，彼得羅，往前走……」

在這之前，他從未走進過他父親的樹林。他總是停在門口，欣賞那些紙質的樹木，它們有著金色的樹冠，被長長的藤蔓連接在一起。這個地方是為「特別的孩子」準備的，巴魯先生總這麼說。就連這個名字也是特別的，父親不允許他使用它。

「我們為什麼來這裡？」他疑惑地問道。

「因為今天你滿九歲了。」父親嚴肅地說道，「我想送你一件禮物。」

但彼得羅不相信。這件事看上去像一種懲罰，儘管他不明白是哪種懲罰。也許是因為冰淇淋的事，因為上個週日他在那個女人面前表現得不禮貌？他不敢問父親，就這樣準備勇敢地接受父親為他準備的懲罰。

「這件禮物是一次催眠治療。」巴魯先生有點出乎意料地宣布道。

「為什麼？」

「我無法向你解釋，彼得羅，這太困難了。但有一天你會明白的，我向你保證。」

他試著想像，有什麼事是他在未來的某一天會理解而今天無法理解的，但他什麼也想不出來。於是他轉而問了一個更加實際的問題：

「如果我再也醒不過來了呢？」

父親笑了起來。彼得羅感到被他的反應冒犯了。但接著，巴魯先生摸了摸他的頭。

「這是個非常常見的擔憂，我所有的小病人都會問同樣的問題。你知道我是怎麼安撫他們的嗎？」

他搖了搖頭，感覺自己沒那麼傻了。

「我告訴他們，被催眠的人實際上可以在任何時刻醒來，因為這只取決於他自己。所以，如果你感覺不對勁，只需要倒數，然後睜開眼睛就行了。」

「好吧。」彼得羅說道。

父親牽起他的手，兩人走進紙質的樹林。待在這裡讓人愉快。父親讓他在機織割絨毯的草坪上等待，還在他的後頸下墊了一只柔軟的枕頭。父親走向角落裡一張茶几上的唱片機，用優雅嫻熟的動作從包裝裡取出一張唱片，把它放在唱盤上，然後打開開關，帶著唱針的唱臂自動啟動，落在聲槽上。

〈緊要的必需品〉用熊巴魯和毛克利的聲音為樹林帶來了生機。

父親走過來，在他旁邊躺下。他們平躺在對方身邊，雙手交叉放在肚子上，欣賞著佈滿白色雲朵和明亮星星的天空。他們很平靜。

「可能有一天你會因此而恨我，但我希望你不會。」父親說道，「事實是，我們兩人相依為命，而我不會永遠活下去。原諒我選擇了以這種方式做這件事，若非如此，我永遠都不會找到做這件事的勇氣。而且，這樣做是對的。」

彼得羅仍然不明白，但他決定相信父親。

「那麼，你準備好了嗎？」

「是的，爸爸。」

「現在閉上眼睛……」

35

格伯在下午早些時候回到了他空蕩蕩的家中。他已經無法再對其他預約的病人進行治療了。他不具備傾聽他們和用催眠探索他們內心所需的平靜心緒。這就是為什麼他更願意完全取消自己的排程。

他朝臥室走去，感到頭痛欲裂。他沒脫衣服和鞋子就躺倒在被單之間，裹在防水外套裡瑟縮了一下，因為他突然感到很冷。那是利他林的副作用。他像胎兒一樣蜷成一團，等待著那一陣陣規律地擊打著他頭骨的抽痛過去。疼痛一減輕，他就睡著了。

他被投射到一連串如萬花筒般的不安的夢境中。他在一個陰暗的深淵中漂浮，深淵裡居住著發光的魚群，還有霍爾先生所說的那些沒有影子的生物——海中的幽靈，牠們學會了適應惡劣的生存環境，變成了透明的。

漢娜和牠們很像。她永遠穿著黑色的衣服，因為她所經歷的生活教會了她如何讓自己隱形。

那片海裡也有他的母親——B先生的妻子。她展現出和全家福上一樣靜止的微笑，就像一座蠟像：一動不動，漠不關心。他叫她媽媽，但她沒有回應。

沒有人真正願意傾聽小孩子要說的話。他再次聽見了漢娜憂鬱的聲音。*您父親的秘密遺言是一串數字，對嗎？*

然後手機響了，格伯重新睜開眼睛。

「你去哪兒了？」巴爾迪生氣地問道。

她找他做什麼？她為什麼發火？

「都十點了，你還沒到這兒。」她不耐煩地責備道。

「十點？」他問道，聲音裡還帶著睏意。

他查看了時間。確實是十點，但這是早上十點。他睡了幾個小時？答案是十幾個小時。事實上，他仍然感到暈頭轉向。

「我們在等你，」巴爾迪不依不饒，「只差你一個人了。」

「我們約好了要見面嗎？」他不記得了。

「彼得羅，出什麼事了嗎？我昨天晚上打電話給你的時候，你說沒問題，你會來。」

他不記得有打電話這回事。就他所知，他從昨天下午起就一直在睡覺。

「關於埃米利安。」她說道，「你得來一趟這個孩子的養父母家，其他社工也在。」

「為什麼？發生什麼了？」他警覺地問道。

「我得確認你的看法。感謝上帝，他的養父母願意把他接回去。」

他氣喘吁吁地趕到目的地。他無法補救自己的遲到，不得不在露面前跳過了整理儀表的步驟。除了衣服皺巴巴的，他知道自己身上的味道也不好聞。而且，他感覺衣服有些寬鬆，這意味著他在最近的幾天裡至少瘦了兩公斤。

他很肯定，巴爾迪見到他這個樣子，一定會用她犀利的眼神狠狠瞪他。然而，他從這位紫寡婦的眼睛裡捕捉到的，主要是擔憂。

他之前問過巴爾迪，為什麼不在他第一次提到漢娜·霍爾的名字時告訴自己她認識她，但她拒絕回答。兩人當時的對話仍然在他腦海中迴響。

我在很多年前許下了一個承諾……

對誰許下的承諾？

你會明白的。

答案僅是被推遲了，所以他沒有過於堅持地追問。但是，在這天早晨之後，他會再次嘗試向她問出結果。與此同時，他試著恢復清醒，以便能更好地致力於自己的工作。這並不容易。他已經筋疲力盡了。

地址是郊區的一座小別墅。

儘管收養埃米利安的這對夫婦相當年輕，他們裝修房子卻用了老式風格，可能是他們父母那個年代的風格。就好像夫婦二人沒有獨立出來，沒有形成自己的品味。比如淺色的大理石地板、上漆的傢俱、水晶吊燈，還有一堆陶瓷的小裝飾品和小雕像。

社工們完成了例行的現場勘查，為的是確認這戶人家是否滿足再次收養這個白俄羅斯小男孩的條件。與此同時，格伯心不在焉地在這個環境裡漫步，尤其試圖不讓人過於注意他的存在。他感到自己像一個在縱酒作樂之後的早上經歷宿醉的人，不適和羞愧的感覺取代了酒精帶來的快感。

巴爾迪和埃米利安的養父母在單獨交談。那個女人和她的丈夫手牽著手。他們談話的主題是小男孩的厭食症。格伯心不在焉地聽到了一些片段。

「我們已經諮詢過了幾位醫生。」埃米利安的養母說道，「我們還會諮詢別的醫生，但我們認為，除了上帝的幫助之外，我們的兒子主要需要我們的關心和愛。」

格伯想起他出席最後一次庭審時的場景，當盧卡讓所有人圍成圈為埃米利安祈禱的時候，在其他人無法看見她的時候，這位母親閉著眼睛露出了微笑。

在他回憶的時候，格伯被一條通往別墅地下室的走廊吸引了目光，埃米利安說他曾在那裡目睹養父母、祖父母和盧卡叔叔戴著動物面具的狂歡。

一隻貓、一隻羊、一頭豬、一隻貓頭鷹和一頭狼。

埃米利安的腦海中想到了什麼？格伯問自己。小孩子也會變得暴虐和殘忍，他很清楚這一點。他和巴爾迪之前得出結論，即在白俄羅斯經歷了飽受虐待的生活後，小男孩想要體驗成為施暴者是怎樣的感覺。

他開始上樓，設想著樓上是小男孩的臥室。事實上，他的臥室正好在父母的臥室旁邊。他往裡走了一步，環顧四周。一張小床、一個衣櫃、一張小寫字檯，許多玩具和絨毛玩偶。這個房間顯然是收養家庭滿含愛意精心準備的，為了讓這個新來的孩子立刻有家的感覺。在牆壁上，相框裡的照片展示出埃米利安和這個義大利家庭的幸福時刻，在海邊旅行、在遊樂場遊玩等等。

但也有別的。在門邊的一張小茶几上放置著一些帶有宗教意義的物件，看上去像是某種淨化、驅魔用具。

格伯想像著那場面：收養埃米利安的家庭成員聚集在小男孩床前，唱著讚美詩，做著為他驅魔的禮拜儀式。

這念頭太荒唐，他搖了搖頭。正當他準備離開房間時，他察覺到有件東西從床頭櫃的一個半開的抽屜裡盯著他。

他走上前去，拉開抽屜，發現那是埃米利安在他們最後一次見面的時候，在催眠狀態下畫的肖像。實際上，有好幾張紙上畫了不同的版本，每一幅都非常相似。

雙眼銳利，卻沒有瞳孔，嘴巴巨大，牙齒尖利。

「怪物馬奇。」他喃喃自語，回憶起埃米利安給它取的名字。

但是，格伯第一次想到，這個詞可能有一個實際的含義。他掏出手機，打開自動翻譯應用，輸入了這個詞。結果令他一驚。

「馬奇」在白俄羅斯語裡的意思是「媽媽」。

埃米利安就是這麼稱呼他的親生母親的。在這幅畫像的怪物外表下，可能藏著這個小男孩在原生家庭中經歷過的一切恐怖的記憶。

就在這時，格伯聽見樓下傳來的說話聲，決定去看看發生了什麼。他從樓梯平台的欄杆處往下看，發現一名社工剛剛陪埃米利安回來了。

養父母跑過去擁抱他。現在他們一家三口手牽著手跪下，被在場的人善意的目光包圍著。

當格伯下樓梯下到一半的時候，小男孩抬眼向格伯看去。他看上去既失望又憤怒。事實上，他對推翻了自己謊言的人產生怨恨是很正常的。但是，被他這樣盯著，格伯感到很不舒服。格伯決定去面對他，於是微笑著走了過去。

「你好，埃米利安，你感覺怎麼樣？」

小男孩什麼也沒說。但頃刻間，他感到一陣噁心，嘔吐在了格伯的褲子上。

所有人看到這個場面都驚呆了。埃米利安的養母匆匆趕來照料兒子。

「我很抱歉。」那女人對格伯說著，從他身邊走過，「緊急情況是無法預料的，當他情緒激動時，就會這樣。」

格伯沒有回應。

在確保埃米利安好些之後，養母邀請他畫個十字，誦讀一段禱告，以驅走剛剛這段不快的回憶。

「我們現在一起祈禱，然後一切都會過去。」她說道。

格伯仍然很震驚。巴爾迪走過來，遞給他幾張紙巾，讓他擦乾淨身上，但他尷尬地走開了。

「請原諒。」他說著，向廚房走去。

他來到了一個纖塵不染的環境裡。地板發亮，爐子非常乾淨，就像從來沒有使用過一樣。房子的女主人炫耀著她高超的持家本領。但一陣殘留的熟食的氣味洩露了真相，花香味的空氣清新劑徒勞地掩蓋著這陣氣味。

格伯走近洗碗槽，從碗碟架上拿起一只杯子。他擰開水龍頭，用顫抖的手接滿一杯水，喝了幾口。然後他將兩隻手臂撐在台面上，任由水繼續往下流。他閉上眼睛。他應該離開這裡，他無法再在這個地方待下去。我就要癱倒了，他對自己說道。我不想讓任何人目睹我在自己身上搞出來的這副可笑樣子。

沒有人真正願意傾聽小孩子要說的話。

漢娜．霍爾的話闖入了他的思緒。這聽上去像一項指控，主要針對的是他——這位兒童心理催眠師。格伯當時回擊了這項指控，因為他為埃米利安盡力做了能做的一切。如果他沒有發現埃米利安利用一本童話書的內容來污蔑那些接納了他、承諾會愛他的人，這些無辜的人大概還會被人指指點點。那麼，他為什麼會對埃米利安感到愧疚？

我的茶點總是很糟糕。

這是埃米利安在從催眠中醒來之前說的最後一句話。這是為他傷害新家人所做的某種辯白。一個小孩子的完美藉口。

格伯突然有了一種直覺。他睜開眼睛，重新向潔淨完美的廚房看去。他聯想到了他在樓上臥室裡看見的那些宗教物品。有人正在試圖淨化埃米利安的靈魂。

不對，他對自己說道。只有他的養母。

對這個女人來說，面子非常重要。所有無法生育的女人，都渴望向他人證明，實際上她們無論如何都值得被叫作「媽媽」。

由於她有著虔誠的宗教信仰，做母親對她而言不僅是一件生物學上的事情，更是一種天職。最好的母親會願意照顧另一個女人生下的孩子。儘管這個孩子並不完美，儘管他有厭食症。相反，她承受著這個生病的孩子的痛苦，就好像那是她自己的痛苦。一位這樣的母親不會抱怨。她在祈禱時會滿意地微笑。因為她知道，有位神明會看見，會讚賞她的信仰。

「我的茶點總是很糟糕。」格伯對自己重複道。

他開始打開所有櫥櫃，瘋狂地尋找證據。他在一個櫃子的頂部找到了。用來塗抹食物的榛子醬。他打開罐子，觀察裡面的東西。通常情況下，沒有成年人會去嚐專門為小孩子準備的食物。因此，沒有人會發現埃米利安的養母的秘密。

只有一種方式才能拿到確鑿的證據。於是他將一隻手指插進那團軟膩的醬裡，又把手指放入口中。

當他辨別出那種甜味深處的酸味時，他本能地把東西吐在了地上。

埃米利安永遠無法說出真相，沒有人會相信他。所以他才編造了關於一場魔鬼般的狂歡的故事，把全家人都牽扯其中。他沒有選擇的餘地。

因為沒有人真正願意傾聽小孩子想要說的話。連格伯也是。

36

B先生經常引用一個小女孩的病例，她在催眠狀態下強迫一隻布偶小象吃藥，如果它拒絕的話，她就威脅說她不會再愛它了。小女孩的行為讓他識別出她的母親患有名為「代理型孟喬森症候群[18]」的心理疾病：那個女人悄悄地給女兒服用大劑量的藥物，只是為了讓她生病，吸引親戚朋友的注意，讓自己在人們眼中表現得像個關心女兒的好媽媽。

不過，催眠師之所以記起這個病例，只是因為安妮塔．巴爾迪提到了它。她是想用這個例子說服他，如果他們發現了埃米利安身上的真相，那都是他一個人的功勞。

「可能是你的潛意識提示了你該做什麼。」巴爾迪堅持道，她指的是那罐被下藥的榛子醬，裡面摻入了餐具洗滌劑。

但是格伯堅信，那個白俄羅斯小男孩能夠得救，要歸功於漢娜．霍爾。因此他立刻去找她。他很清楚，這不如說是一個在事務所之外與她見面的藉口。他發現，在約定好的時間見面已經無法再滿足他。就像一個為愛癡狂的戀人，他需要意外和偶遇。

他來到普契尼旅館，衝到前台處詢問，期盼她在自己的房間裡。

「很遺憾，那位女士昨晚就離開了。」接待員說道。

這個消息讓格伯呆住了。他道了謝，向門口走去，但他想了想，又走了回去。

「霍爾女士在這家旅館住了多久？」他一邊問道，一邊把一張鈔票遞給接待員。

他堅信，早在她出現在他的生活中之前，漢娜就來到了佛羅倫斯，為的是收集關於他的資訊，否則無法解釋她怎麼會瞭解那麼多關於他過去的事。

然而，接待員卻回答道：「她只在這裡住了幾天。」

格伯沒有料到這一點。注意到他的驚訝，接待員補充了一個細節：

「這位女士訂了一個房間，卻從來不在這裡過夜。」

格伯記下了這條訊息，再次道了謝，然後匆匆離開，他驚得不知如何是好。但這間接證明了他沒有猜錯：如果漢娜在別的地方睡覺，那就沒人知道她在這座城市裡待了多久。這個女人為了演好這場戲，準備了很長時間，連普契尼旅館裡那個簡陋的小房間也是表演的一部分。

她還在這裡，他對自己說道。

但他已經厭倦了那個騙局，這就是為什麼現在最重要的是和她談話。他想到一種可能性，把手伸進口袋，掏出手機。

他立刻打給了「特雷莎・沃克」。

一個預先錄製的聲音用英語告訴他，使用者目前不在服務區。

他又嘗試了幾次，回家後也試過，但每一次嘗試的結果都是一樣的。最後，他背靠在走廊的

⑱一種心理疾病，表現為故意捏造或致使他人（通常是子女）患病，以此獲得周圍人的關注和同情。

牆上，慢慢地讓自己滑到地面上，緊張又疲憊。他就這樣呆坐在黑暗裡。他不得不屈服於這明顯的證據，即便他做不到。

漢娜・霍爾不會再回來了。

他迫切地想要找到她，突然想起只剩一種可尋的途徑——網路。「沃克」有一次對他說過，在澳洲有兩個三十歲左右的女人叫作漢娜・霍爾。一個是國際知名的海洋生物學家，另一個是他們的病人。

格伯打開手機上的瀏覽器，在搜尋引擎裡輸入那個女人的名字。當搜索結果出現時，他不知為何想起了霍爾先生所說的沒有影子的生物。從網路深處浮現出了他意料之外的東西，如果他沒有讓自己被表象所矇騙的話，他本可以輕易察覺到。

螢幕上的照片裡，那位國際知名的海洋生物學家和他的病人長得一樣。

從來就沒有兩個漢娜・霍爾。

只不過，唯一真正存在的漢娜・霍爾並不是一個寒酸且不修邊幅的女人。照片上的她駕駛著一艘帆船，一頭金髮隨風飄揚。她面帶微笑，和他在一起的時候，她從未這樣笑過，這使他感到一絲嫉妒。但最重要的是，她雖然和他的病人有著相同的外貌，卻是個完全不同的女人。

她很幸福。

他本應該感到高興，因為漢娜——真正的漢娜——克服了被偷走的創傷，也克服了被轉移到一個陌生家庭的創傷。他本應該為她感到驕傲，因為她活出了自己的人生，沒有讓過去的遭遇影響自己。然而他只能想，漢娜・霍爾為什麼要演這齣戲，然後又突然消失。他和自己打賭，她實際上是個注重養生的人，甚至通常不吸菸。

您父親的秘密遺言是一串數字，對嗎？

就在這時，有人按響了他家的門鈴。格伯猛地站起來，走過去看來人是誰，祈禱著會是她。但他一打開門，出現在他面前的那張臉立刻讓他失望了。

但那是張熟悉的臉。

與他們僅有的兩次見面相比，她已經老了許多，但他還是認出了他父親的這位朋友：他小時候在冰淇淋店裡看到的神秘女人，他成年後在B先生臨終前看見的那個女人。

「我認為這個屬於你。」這位聖薩爾維醫院的前員工對他說，因為吸了太多菸的緣故，她嗓音沙啞。

接著，她舉起手，向他展示從家庭相冊中被偷走的那張老照片。照片上是格伯剛出生時的樣子。

37

他們從家裡出來，躲進布雷拉大街上的一家小咖啡館，那是夜裡這個時候唯一一家還開著的店。這家咖啡館像一個十字路口，彙集了逃避白日陽光的人們：失眠者、不法商販、妓女。

他們坐在一張僻靜的小桌旁，桌上放著兩杯味道糟糕的咖啡，B先生的神秘女友點燃一支香菸，確信在這樣一個地方，沒人會對此提出任何異議。格伯注意到她抽的是溫妮菸。

格伯的手裡握著那張老照片：「這是誰給您的？」

「我在信箱裡找到的。」

「您怎麼知道這個新生兒是我？」

女人注視著他：「我永遠都忘不了。」

「為什麼？」

她沉默不語。一個微笑。又一個秘密。又一個推遲的答覆，正如他當時問巴爾迪，她為什麼不願意立刻告訴他她認識漢娜·霍爾。

「您和我父親是什麼關係？」他問道，態度粗魯。

「我們是好朋友。」這女人僅僅這麼回答，同時也在暗示，在這個平淡的解釋之外，她不會再多說什麼。除此之外，直到現在，她甚至都不願意告訴他她的名字。

「您為什麼來找我？別告訴我只是為了把這張照片還給我……」

「是你父親告訴我，如果你在找我，我就來見你……我想，這張照片是他的邀請。」

B先生安排了這次見面？格伯感到驚訝。

「您和我父親有過一段戀愛關係？」他問道。

女人爆發出一陣沙啞的笑聲，但她很快就被一陣咳嗽哽住了。

「你的父親深愛自己的妻子，甚至在她死後也對她忠貞不渝。」

格伯對西爾維婭感到一陣愧疚。在最近幾天的事件之後，也許他已經無法再自認為是個忠誠的丈夫了。

「你的父親是個非常正直的人，是我認識的人當中最正派的人之一。」陌生女人繼續說道。

但格伯不想聽她說，於是打斷了她。

「瑪麗和托馬索。」

聽見他說出這兩個名字，女人不再說話了。

「我對別的都沒有興趣，只對他們感興趣。」他堅決地說道。

女人長長地吸了一口菸：「聖薩爾維醫院是一個與世隔絕的世界，有它自己的規則。那裡的人們基於這些規則生活和死去。」

格伯回想起漢娜在小時候被要求遵守的那五條規則。

「一九七八年，當那條下令關閉所有精神病院的法令頒布之後，誰也沒有想到，外部世界的規則不適用於我們的世界。光是命令我們搬遷是不夠的，因為在醫院圍牆裡度過人生大部分時光的許多人都不知道還能去哪兒。」

格伯想起在他去那裡尋找檔案的時候，聖薩爾維醫院的看門人也對他說過同樣的事。

「我們繼續把他們留在那裡，毫不聲張。顯然，外面的人都知道，但人們更願意忽略這一點。他們認為，等到被關起來的瘋子都死了，這個問題也就自動解決了。他們只需要讓時間來解決……」

「事實並非如此……」

「官僚人員忽略了一點，在聖薩爾維醫院這樣的地方，生活無論如何都會找到繼續下去的辦法……我就是在那時候參與遊戲的。」

「什麼意思？」

「你是不是疑惑，那兩個未成年人在精神病院裡做了什麼？」

當時托馬索十六歲，瑪麗十四歲。

「不，實際上我沒有疑惑過這一點。」

女人站起身，在杯子中剩餘的咖啡裡熄滅了菸頭：「你會在Q大樓找到你想找的答案。」

但格伯沒有料到她會這麼快離開。而且，還有一件事說不通。他抓住她的手臂：「等等……聖薩爾維醫院的大樓編號是從A到P，不存在Q大樓。」

「事實上，」女人注視著他，確認道，「的確不存在。」

38

在馬贊蒂大街，在看上去最容易攀爬的地方，他翻過了高高的圍牆。他落在一個雜草叢生的地方，驚險地躲開一個不知從何時起就在那裡的碎玻璃瓶頸。地上散落著陳舊的垃圾，他必須注意腳下的每一步。

在滿月的照耀下，他走進樹林。

守護著這個地方的樹木似乎不在意他的出現。它們整齊劃一地在晚風裡搖晃，在空氣中發出齊聲的低吟。

格伯終於找到了那條柏油小路，它就像一條匯入河口的支流，肯定會通往這組建築群的中心。他一邊往前走，一邊觀察著組成了聖薩爾維醫院這座荒棄之城的那些建築。

每一座建築的正面都印著一個字母。

按照字母的順序，他在一座白色小樓前停下了。這是唯一一座沒有字母標示的建築。

臭名昭著的Q大樓，格伯喃喃道。只有一種方式可以確認，那就是走進去。

要進去並不容易，因為破碎的窗戶被釘上了沉重的金屬柵欄，無法從這裡通行。不過，有一扇後門已經被強行打開了，格伯正是從那裡進入了樓裡。

他的出現打破了寬闊空間的寂靜。他的腳步在碎玻璃和碎石上嘎吱作響。地板在多個地方鼓起，瓷磚的間隙裡生長出頑強的灌木，它們成功在水泥之中開出了一條道。月光從天花板的裂縫中傾瀉而下，一種明亮的霧氣懸在空中。

格伯真切地感受到他不是獨自一人。看不見的眼睛躲藏在角落或陰影裡，正在觀察著他。他聽見它們在互相低語。

他們還喜歡移動椅子。看門人這樣告訴過他，隱晦地指向那些居住在此地的不安靈魂。他們通常把椅子安置在窗前，朝向花園。儘管已經死了，他們的習慣卻沒有改變：一小排空椅子被安置在玻璃窗前。

但第一件真正讓格伯驚訝的事是他來到第一間寢室時看見的。床的尺寸和常規的不一樣。它們更小些，是小孩子的床。

格伯一邊繼續探索，一邊疑惑自己來到的是什麼地方，為什麼這個地方一直被當作秘密隱瞞著。他走到一座磚砌的樓梯腳下，正要走上二樓，但他停住了。有一樣東西迫使他往下看，在那裡，一級級階梯消失在某種深淵中。

灰塵上有一些腳印。

格伯沒有隨身帶手電筒，他咒罵自己竟沒有想到這一點。他只剩下手機內置的手電筒。他用手機照亮，開始往地下室走去。

走下最後一級階梯的時候，他期望會發現一個倉庫或一個老鍋爐房。然而，這裡是一條走廊，盡頭只有一扇門。他一邊走向那扇門，一邊環顧四周，因為牆上畫著童話中的快樂人物。

他對這個地方的功能做出了上千種猜測。但是，沒有一種猜測能讓他安心。跨過最後一道門檻的時候，他用燈光四處照著。有個物件反射出了一道不尋常的光。他仔細觀察，所見的東西讓他不安起來。

那是一張供產婦使用的不鏽鋼分娩床，椅背被降低了，擱腳板被抬高了。

一開始，他以為這是幻覺，但接著，他確信了這一切都是真的。他慢慢地走向前去，立刻察覺到這裡還有另外一個房間。他走進門，發現面前有四排金屬搖籃、盥洗池和給嬰兒換尿布的檯子。

一個托兒所。

顯然，這些小床是空的，但他照樣可以想像出曾經在床上熟睡著的那些幼小的軀體。

格伯被這件難以置信的事壓倒了。一部分的他想要立刻逃離，但另一部分的他無法動彈，還有三分之一的他渴望探索面前這個荒謬的地方。他決定依從那三分之一的自己，因為如果他不把事情的來龍去脈弄清楚，如果他沒有至少試著去尋找答案，他就再也不得安寧。

他轉過身，發現自己處於一座醫護人員值班亭前。透過玻璃隔板，他可以看見一張寫字檯和一個小卡片箱。

他不知道手機電量還剩多少，他完全沉浸在翻看堆在桌子上的檔案中。他在那裡坐了多久？他無法停下來。他的好奇心貪得無厭。但不只如此。他感到自己對在這個荒唐的地方待過的無辜的人負有義務，外界的人對他們的生活所知甚少。他們是一個保守著可怕秘密的少數群體，就像一個政治集團。

在聖薩爾維醫院這樣的地方，生活無論如何都會找到繼續下去的辦法。

B先生的神秘女友說的恰恰是這些話。翻閱那些檔案的時候，格伯開始理解這句話的意思了。

Q大樓是一座產科病房。

他想起這家精神病院是一座自給自足的城中之城。這個系統的存在獨立於外部世界運行。這裡有一個小型電力中心，有一條與佛羅倫斯的引水管道分離的引水管道，有一個做飯的食堂，有一塊墓地，因為進了這裡的人甚至到死都不會有出去的希望。

但它的自給自足也適用於另一件事。

病人們相識，相愛，決定要共度一生。有時候，他們會把新的生命帶到世界上。

聖薩爾維醫院對這件可能發生的事也有所預備。

在那些年裡，這家精神病院不僅收容被證實了有精神疾病的人，也收容只能依附他人生存的人和被社會拋棄的人。他們被關起來，只是因為他們不同於一般人。神智不清的人和精神健全的人都有情感上的需要。有時候，一切都在兩相情願的關係中發生，遺憾的是，另一些時候並非如此。

這些行為常常會帶來懷孕的後果。無論是否自願懷孕，這種情況都需要處理。

我就是在那時候參與遊戲的。

B先生的朋友這樣說道。

從面前的檔案裡，格伯發現那個神秘女人是一名產科醫生。多虧了她的筆記，他才能重構產婦和新生兒的故事。

許多新生兒死於他們的母親使用的藥物和接受的治療，被埋葬在墓地的一座公用墓穴裡。但大多數孩子都活了下來。

透過這種方式來到聖薩爾維醫院內部的人註定要在這裡待下去，和其他人完全一樣。沒有人會願意收養瘋子的孩子，格伯喃喃道。這種想法可以理解。人們害怕那些孩子體內潛伏著和他們的父母同樣的陰暗疾病。

但是在外界，人們不能說出這個事實：一代又一代的男孩和女孩生活在那些圍牆裡，僅僅是因為他們在那裡出生。他們代替了他們的父母，有的人遺傳了他們的疾病，有的人只是隨著時間流逝才開始精神失常。

在他查閱的這些個人檔案中，格伯找到了瑪麗的檔案。

格伯讀了她那個短短的故事：她和托馬索都是出生在聖薩爾維醫院的孩子。他們可以被歸為那些在分娩後存活下來的「幸運兒」。兩人在這個地獄裡一起長大，然後相愛。這對戀人中沒有人表現出有精神疾病的症狀，只是因為出生在那裡而感到拘束。在他十六歲、她十四歲的時候，他們有了一個孩子。

瑪麗並非沒有生育能力。巴爾迪對他說了謊。

他們給孩子取名為阿多。但遺憾的是，他在來到世上僅僅幾個小時後就死去了。

媽媽想喚醒阿多給他餵奶。

當漢娜到監獄裡探望托馬索的時候，他這樣告訴她。

但當她試著把他貼近胸口的時候，他身體冰冷，一動不動。於是媽媽開始叫喊，我永遠不會忘記她的叫喊聲和她的痛苦……我把阿多從她懷裡奪下來，試著往他幼小的肺裡吹氣，但那沒用……所以我把他裹在被子裡，找來木頭做了一只匣子。我們把他放進匣子裡，我用瀝青封上了匣蓋。

格伯回想著這一系列令人毛骨悚然的事件，同時繼續閱讀那些檔案。由於分娩時意外出現的併發症，瑪麗再也無法生育。因此，她和托馬索先後偷走了漢娜和馬蒂諾。正如他之前所想的那樣，他們的犯罪行為是為了向阻止他們成為父母的命運報復。

格伯感到他來到了故事的結尾。從這裡起，只有漢娜·霍爾一人掌握著答案。顯然，他最在意的答案是，他的病人和他的父親之間有什麼關係，以及她為什麼知道這麼多關於B先生的事。

格伯在考慮這些事情的時候，他的目光落在了小阿多的出生和死亡證明上的官方印章和簽名上。他認得那個簽名，也知道那個印章的含義。

那是未成年人法庭的印章，旁邊是安妮塔·巴爾迪的簽名：她確認了這些事件和紀錄上所寫的內容絲毫不差。

這是什麼樣的巧合？這不可能是個意外。同樣的人物在這個故事中重複出現，這一點讓他覺得另有隱情。這是一場騙局，或者，是一個被操縱的真相。

我在很多年前許下了一個承諾……

巴爾迪是向B先生許下的承諾？如果不是他，又會是誰？

在這一刻，彼得羅．格伯明白他弄錯了，因為這個謎團的答案不只掌握在漢娜．霍爾手中。

二十年後，在地下，在聲音之家旁邊的一座墳墓裡，仍然可以找到這個答案。

39

要找到發生火災之夜的那座農舍並不困難。他只需要跟隨在漢娜・霍爾的行李箱裡找到的報紙文章上的線索。

他看見那座農舍出現在汽車擋風玻璃裡。在火紅的晨曦中，它彷彿仍在燃燒。現在它只不過是小山丘頂上的一座廢墟，常春藤覆蓋著它，兩棵孤零零的柏樹守衛著它。為了到達那裡，格伯不得不在土路上行駛了九公里。

他停下車，下車環顧四周。這片荒涼的西恩納鄉野一直延伸至地平線。但最讓他印象深刻的，是那絕對的寂靜無聲。

沒有迎接新一天的鳥鳴，也沒有拂過冬季植被的輕風。空氣凝滯而沉重。這個地方讓人想到死亡。

他沿著農舍旁的小路前行，不知道自己究竟在找什麼。但接著，他心不在焉地朝地面望去，認出了一個溫妮菸的菸頭，然後是第二個、第三個。菸頭組成了一條軌跡。他跟了上去，想看看它們會把他引向何處。

扔在一棵柏樹下的一只空菸盒證明了漢娜曾到過這兒。格伯現在也知道該從哪兒挖掘了。

他帶了一把鐵鍬來，把它插進被早晨的寒冷凍硬的土地。他慢慢地往下挖著，回想起漢娜被帶離家人的那晚發生在這裡的事情：紫寡婦帶領陌生人包圍了農舍；托馬索點燃了火，為了趕走他們，也為了爭取時間讓全家人藏進砂岩壁爐下的密室；瑪麗不願放棄她的女兒，讓她喝下了遺忘水。

挖到大約一米深的時候，鐵鍬尖撞上了什麼東西。

格伯跳下坑，想要徒手把東西挖出來。他把手指插入泥土中，摸索著木匣的輪廓。漢娜說得有理，匣子最多只有三拃長。在完全把它挖出來之前，他用掌心擦乾淨匣蓋，認出了托馬索用燒紅的鑿子刻上去的那個名字。

阿多。

這只小匣子用瀝青封著口。格伯取出一把鑰匙，開始把瀝青從匣蓋和匣身之間的空隙裡刮除。完成這項工作後，他停了幾秒來喘口氣。然後他打開了匣子。

匣子裡的新生兒大哭起來。

格伯失去了平衡，往後摔倒過去，背部重重地撞在地上。恐懼從頭到腳貫穿了他全身。哭聲開始減弱，變成了一種陰暗的走調的喘息聲。於是格伯再次靠近，準備仔細看看。

那不是一個嬰兒，而是一個洋娃娃。

是一個玩具，內部安裝了可以模仿嬰兒哭聲的裝置。漢娜講述過奈利和他的「孩子們」打開匣子尋找那不可能的寶藏時的情形，在聽過她的描述後，他本應該料到這一點。她說過，阿多看上去就像仍然活著，就像死亡並沒有觸碰過他。

但這是個什麼樣的故事啊？

格伯深受震驚，糊裡糊塗地回到車裡。他把自己關進駕駛室，卻沒有啟動引擎。他呆坐著，注視著虛空，感到自己的心臟甚至拒絕跳動。

手機鈴聲使他驚醒過來。

他任由它響著，以為那是西爾維婭。他本想聽聽她的聲音，但此刻他找不到言語來解釋。手機不響了，沉默再一次佔據了他周圍的空間，但接著又響起來，持續不斷地響。於是格伯拿起手機，想讓它安靜下來。

他停住了，因為螢幕上顯示的是「特雷莎．沃克」的電話號碼。

「情況怎麼樣？您有什麼發現嗎？」「沃克」用漢娜．霍爾的聲音問道。

「阿多是一個洋娃娃。」他說道。

「阿多是一個幽靈。」她反駁道。

「別說了，不存在幽靈。」他粗暴地回應道。這句話艱難地攀上他乾澀的喉嚨，才得以說出口。格伯不明白為什麼漢娜堅持要糾纏他。她有什麼目的？

「您確定嗎？」她問道，「世上存在太多我們無法解釋的現象，這些現象往往與我們的研究物件有關：人的精神。」她有意停頓了一下：「有時候，幽靈就藏在我們的頭腦裡……」

這個女人想從他這裡得到什麼？她為什麼還要假裝成一個心理師？

「您來接受一次催眠吧。」她繼續大膽地說道，「催眠是通往未知的入口。有些人想要探索未知，而另一些人卻不想，因為他們害怕自己會在那底下找到什麼東西或者什麼人。」

格伯正要告訴她，他已經厭倦了這場滑稽的表演，但漢娜又打斷了他。

「我們的病人們最害怕的是什麼？」

「無法醒來。」他回答道，不知道自己為什麼還要繼續這場遊戲。

「我們又是怎麼安撫他們的？」

「告訴他們可以在任何時刻醒來，因為這只取決於他們自己。」這是B先生教給他的。

「您曾經接受過催眠嗎？」女人問道，轉移了話題。

格伯被激怒了：「現在這有什麼關係？」

「兒童催眠師在小時候從來沒有被催眠過嗎？」她追問道。

就在這時，格伯似乎從電話裡聽見了那張老唱片的音樂聲：〈緊要的必需品〉聲音失真，從遠處傳來。他屈服了。

「我九歲生日那天，我父親對我進行了一次催眠。」

「他為什麼要催眠您？」「沃克」平靜地問道。

「那是一件禮物。」

我無法向你解釋，格伯，這太困難了。但有一天你會明白的，我向你保證。

「我父親讓我在樹林裡躺下，他自己躺在我身邊。我們靠得很近，很平靜，欣賞著佈滿了白色雲朵和明亮星星的天空。」

可能有一天你會因此而恨我，但我希望你不會。事實是，我們兩人相依為命，而我不會永遠活下去。原諒我選擇了以這種方式做這件事，若非如此，我永遠都不會找到做這件事的勇氣。而且，這樣做是對的。

「您父親的秘密遺言是哪串數字？」漢娜．霍爾立刻問道。

他猶豫了。

「說吧，格伯醫生，是時候說出來了，否則，您永遠都不會知道他想要給您的禮物是什麼。」

格伯沒有開口的勇氣。

「當您的父親對您說話的時候，他已經處於另一個世界了：那串數字是從來世說出來的。」漢娜堅持道。

格伯被迫回想起那個場景。巴魯先生低聲說了些什麼，但因為隔著氧氣面罩，他沒能聽清。他又靠近了些，父親努力重複了剛才所說的內容，而他揭露的事像一塊巨石砸在他年輕的心上。他感到難以置信又心煩意亂，離開了奄奄一息的父親。他在巴魯先生眼中看見的不是遺憾，而是寬慰。冷酷又自私的寬慰。他的父親——他所認識的最溫和的人——擺脫了自己的秘密。現在那個秘密完全屬於他了。

「是哪串數字？」漢娜催促道，「您只要說出來，就會知道真相……您只要說出來，就會自由了……」

格伯顫抖著流淚。他閉上眼睛，用細若游絲的聲音說出了那個字：「十……」

「很好。」她回應道，「現在繼續吧：數字十之後是什麼？」

「……九……」

「非常好，格伯醫生，非常好。」

「……八，七，六……」

「這很重要，請繼續……」

「……五，四，三……」

「我為您感到驕傲。」

「……二……一。」

那首歌曲停了下來，沉默降臨，彷彿是個獎賞。魔咒消失了，真相浮現出來，那是他的父親透過對他僅有的一場催眠治療藏在他記憶中的。

那件禮物。

「我的母親在我出生之前就病了。」他回想起來，在家庭相簿的老照片上，他注意到了她身上疾病的跡象，「在臨死前，她想要一個孩子。她因為要治病而無法如願，我的父親就用了別的方法來滿足她。」

格伯突然間想起了一切。

40

十月二十二日，一個狂風暴雨的夜晚。

我現在就在那兒。

聖薩爾維醫院裡的住客們在暴風雨天氣裡要比平時更加不安，護士們必須費些力氣才能管束住他們。許多人驚恐地藏起來，但更多的人在大樓中走來走去，胡言亂語：他們似乎汲取了空氣裡充斥著的能量。每當一道閃電落入附近的花園時，瘋子們的聲音就會整齊劃一地響起，就像信徒在歡迎他們的黑暗之神。

快到晚上十一點的時候，瑪麗躺在她小房間裡的床上。她正在嘗試入睡，頭上蒙著一個枕頭，為的是隔絕與雷聲的轟響混為一體的瘋子們的吵鬧聲。就在這時，她開始感到第一次陣痛。疼痛來得氣勢洶洶又出乎意料，正如撕裂天空的道道閃電。她呼喚她的托馬索，儘管知道他沒法來幫助她，因為陌生人——那些不相信他們的愛情的人——把他們分開了。

瑪麗呻吟著，被人們用擔架抬著匆匆穿過空蕩蕩的走廊，來到了Q大樓的地下室。

那晚值班的產科醫生正是冰淇淋店的那個神秘女人。在把新生兒從女孩的腹中取出來之前，她躲進護士的值班亭，打了個電話。

「來吧，一切都準備好了……」

瑪麗分娩時沒有使用任何藥物，她經受了把一個孩子帶到世界上的所有痛苦。她不知道，那將是她唯一一次做母親的機會，因為她年紀太小，出現了併發症，無法再生育。即使她知道，她也不會在乎。現在要緊的是擁抱她的阿多。

但當痛苦終於停止，當她辨別出她親愛的孩子的哭聲時，在她伸出手去握住他的手時，瑪麗看見產科醫生抱著孩子離開了，她甚至沒能看見他的臉。

女孩感到絕望，沒有人費心來安慰她。但這時出現了一個面帶笑容的人影。

是巴魯先生，這位紳士前來紅頂屋看望她和托馬索已經有一段時間了。他是兒童催眠師。他會幫助她，他是她的朋友。事實上，他正把阿多抱來給她，阿多被裹在一張藍色的毯子裡。但當他靠近她的時候，瑪麗發現那只不過是個洋娃娃。巴魯先生試著把洋娃娃安放在她的懷裡。

「這兒，瑪麗，這是你的孩子。」他對她說。

但她立刻憤怒地把他推開：「不，這不是我的阿多！」

這時，在房間的某處，有人播放了一張唱片。是毛克利和熊巴魯的那首歌。巴魯先生把一隻手放在女孩的前額上。

「放心。」他肯定道，「這件事，我們和托馬索一起商量了很久，你還記得嗎？」

瑪麗只記得他們兩人都沉浸在某種愉快的睡夢中，巴魯先生的聲音引導著他們。

「現在時候到了，我們已經準備好了。」兒童催眠師宣布道。

然後，伴隨著精心炮製的話語和溫柔的聲音，他開始說服她，讓她相信她懷裡的洋娃娃是真正的孩子。

瑪麗的意識一點點散去了，消解成了某種陰暗的、幻影般的東西。巴魯先生向她保證，她和托馬索很快就可以一起照料他們的兒子。

在完成他作為施咒者的工作後，催眠師離開分娩室，在走廊上遇見了產科醫生，她正抱著一個襁褓等待著他。

「永遠不要告訴他，說他不是你的兒子。」女人囑咐道。

「我不知道怎麼跟他解釋他來自這裡。」他讓她放心，「但如果有一天他來找你……」

「不必有顧慮。」她打斷他道，「我們做的事是對的：我們是在拯救他，別忘了。他如果待在這裡面，會有怎樣的未來？他會落得跟瑪麗和托馬索一樣的下場。」

巴魯先生表示同意，儘管他為將要發生的事情感到不安。

「你的法官朋友準備好文件了嗎？」

「準備好了。」他確認道，「他在任何層面上都會是格伯家的孩子。」

為了緩和緊張的氣氛，產科醫生微笑了一下：「對了，你們準備叫他什麼？」

「彼得羅。」他回答道，「我們打算給他取名叫彼得羅。」

於是我和我的父親一起離開了紅頂屋這個地獄，走向一個新家，一個虛假的家庭和一個尚待捏造的未來。

41

在這一刻，在許久以後，在這輛停在荒野中的汽車裡，父親在他九歲生日時插入他精神中的回憶最終在彼得羅．格伯清醒的記憶中扎下了根。就像他一直知道這件事一樣。

B先生透過催眠說服了托馬索和瑪麗，那個洋娃娃是他們的兒子。但如果他們自己的頭腦製造出的假象能夠存在於聖薩爾維醫院的圍牆中，那麼離開醫院後，它就會失去根基。是這家精神病院讓這個假象成為真相。所以，兩人堅信兒子死於他們私奔的途中。

「因此，在您父親臨死前向您透露那串數字之後，您對他感到憤怒。」假冒沃克的漢娜從電話另一端肯定道，「憤怒讓您否認了真相，於是您堅信，您的父親不愛您。」

「B先生從未問過我，是想要瞭解真相還是更願意繼續活在欺騙中。」他反駁道，「在臨死前，他僅僅開始倒數，為的是讓他的靈魂從他的秘密中解脫出來。」

「和漢娜．霍爾一樣，您也沒有選擇的機會。」她同意道，「因為，如果漢娜能夠選擇的話，或許她更願意繼續和她以為是她父母的人一起生活。」

彼得羅．格伯被迫問自己，是怎樣的命運在他們相識的許多年前就把他們聯繫在了一起。他和漢娜是兄妹。

他們雖然沒有血緣關係，卻擁有同樣的父母。他被瑪麗和托馬索帶到這個世界上，而她代替了他被他們撫養長大。他們兩人相識，都是因為有人專斷地想要拯救他們。

「漢娜策劃了這一切，為了讓我發現關於我自己的真實故事。」彼得羅·格伯肯定道。

「真有意思。」假冒的沃克說道，「這麼說來，漢娜·霍爾從澳洲來，不是為了讓自己得到解脫，而是為了讓您得到解脫。」

他繼續依從她，因為他被嚇壞了。他不知道，如果他結束這場鬧劇，將會發生什麼事。他將被迫根據那個真相重寫自己的人生。但他明白了一件事，這令人感到安慰。

在重新整理過去記憶的工作中，他不會獨自一人。

漢娜會陪在他的身邊，她會在治療他童年創傷的時候引導他的記憶，趕走他作為小孩子時的痛苦，就像真正愛我們的人知道該怎麼做那樣。

儘管彼得羅·格伯仍然沒有勇氣睜開眼睛，走出黑暗中舒適的藏身之所，但他知道她就在那裡，在某個地方，近在咫尺。也許就在擋風玻璃外幾米處，她正背對他站著，手機舉在耳邊，朝地平線望去。

「一切都很好，彼得羅。」女人用平靜而令人安心的聲音說道，「一切都結束了：現在你可以睜開眼睛了。」

致謝

斯特凡諾・毛里——出版人兼我的朋友，以及在全世界出版我的作品的所有出版人。

法布里齊奧・科科、朱塞佩・斯特拉澤里、拉法艾拉・龍卡托、埃萊娜・帕瓦內托、朱塞佩・索門齊、格拉齊奧拉・切魯蒂、阿萊西婭・烏戈洛蒂、埃內斯托・范范尼、戴安娜・沃倫特、朱麗亞・托內利和我最親愛的克莉絲蒂娜・福斯基尼。

我的團隊。

安德魯・尼恩貝格、薩拉・農迪、芭芭拉・巴爾別里，以及倫敦分社傑出的各位合作者。

蒂芙妮・加蘇克、阿內斯・巴科布紮、艾拉・艾哈邁德。

維托、奧塔維奧、米凱萊、阿基列。

喬瓦尼・阿爾卡杜。

詹尼・安東南傑利。

亞歷山德羅・烏薩伊和毛里齊奧・托蒂。

安東尼奧和菲耶蒂娜——我的父母。基婭拉——我的妹妹。

薩拉——我的「現在和永恆」。

Storytella 234

心理催眠師

La Casa Delle Voci

心理催眠師/多那托.卡瑞西(Donato Carrisi)作；李蘊穎譯.
-- 初版. -- 臺北市 : 春天出版國際文化有限公司, 2025.03
面 ; 公分. -- (Storytella ; 234)
譯自 : La Casa Delle Voci
ISBN 978-626-7637-23-4(平裝)

877.57 113020828

ISBN 978-626-7637-23-4
Printed in Taiwan

作　者　多那托・卡瑞西
譯　者　李蘊穎
總編輯　莊宜勳
主　編　鍾靈

出版者　春天出版國際文化有限公司
地　址　台北市大安區忠孝東路四段303號4樓之1
電　話　02-7733-4070
傳　眞　02-7733-4069
E—mail　bookspring@bookspring.com.tw
網　址　http://www.bookspring.com.tw
部落格　http://blog.pixnet.net/bookspring
郵政帳號　19705538
戶　名　春天出版國際文化有限公司
法律顧問　蕭顯忠律師事務所
出版日期　二〇二五年三月初版
　　　　　二〇二五年四月初版三刷

定　價　399元

總經銷　楨德圖書事業有限公司
地　址　新北市新店區中興路二段196號8樓
電　話　02-8919-3186
傳　眞　02-8914-5524
香港總代理　一代匯集
地　址　九龍旺角塘尾道64號 龍駒企業大廈10 B&D室
電　話　852-2783-8102
傳　眞　852-2396-0050